먼 바다였던 당신

갠지스강에서 히말라야까지, 사색이 깃든 12개국 여행기

먼 바다였던 당신

발행일   2019년 12월 18일

지은이   이계형
펴낸이   손형국
펴낸곳   (주)북랩
편집인   선일영   편집   오경진, 강대건, 최예은, 최승헌, 김경무
디자인   이현수, 김민하, 한수희, 김윤주, 허지혜   제작   박기성, 황동현, 구성우, 장홍석
마케팅   김회란, 박진관, 조하라, 장은별
출판등록   2004. 12. 1(제2012-000051호)
주소   서울시 금천구 가산디지털 1로 168, 우림라이온스밸리 B동 B113, 114호
홈페이지   www.book.co.kr
전화번호   (02)2026-5777   팩스   (02)2026-5747

ISBN   979-11-6299-135-0 03810 (종이책)   979-11-6299-351-4 05810 (전자책)

이 도서의 국립중앙도서관 출판예정도서목록(CIP)은 서지정보유통지원시스템 홈페이지(http://seoji.nl.go.kr)와
국가자료공동목록시스템(http://www.nl.go.kr/kolisnet)에서 이용하실 수 있습니다.
(CIP제어번호: CIP2019050787)

먼 바다였던 당신

갠지스강에서 히말라야까지, 사색이 깃든 12개국 여행기

이계형 지음

북랩 book Lab

목차

여행 소요 1부
· 7 ·

2부
산과 더불어

· 157 ·

부
여
행

소
요

01 / 당신은 행복합니까?
- 북인도

나는 행복을 느끼며 살아가고 있는 사람인가

나는 행복을 느끼며 살아가는 사람일까요?

인도에서 돌아온 날 아침, 공항에 맡겨두었던 차를 찾아 반듯한 고속도로를 달려오면서 내게 물어본 말이었습니다.

낯섦……. 수십 년 동안 살아왔던 내 나라의 길과 집과 산과 들과 사람들이 왜 이다지도 낯설게 느껴지는 것일까요? 쇠똥으로 질척거리는 바라나시의 그 좁은 골목길, 남루한 사람들의 모습, 쥐와 동침하는 침대열차, 매연과 먼지 속에서 마시는 짜이 한 잔, 어둡고 딱딱한 나무 의자에 옹송그리며 앉아 먹던 라씨 한 컵, 빤히 바라보는 사람들의 눈길들이 오히려 편안하고 낯익은 풍경이 되었던 까닭은?

편리와 안락함을 얻은 대신에 나는, 우리는 정녕 무엇을 잃고 살아가고 있었는지…… 잃어버린 것이 도대체 그 무엇일까 내내 생각하였습니다. 그토록 바라던 풍요와 넉넉함을 챙기는 동안, 정작 잃어버린 중요한 그 무엇 말입니다.

인도에 다녀왔습니다. 천의 얼굴, 만의 얼굴을 지닌 인도의 한 모서리를 보고 온 것이었겠지만……. 아껴두었던 나라, 언젠가 꼭 가려던 나라, 그리고 어쩌면 앞으로도 살아 있는 동안 '꼬옥' 다시 찾을 것만 같은 나라. 그 나라.

사람들이 묻습니다. 인도가 어떻더냐고, 뭐가 가장 인상적이었느냐고, 느낀 점이 무엇이냐고. 그럴 때마다 그저 한 번 웃습니다.

'잘 모르겠습니다' 같은 어벙한 대답이 나올 것만 같았으니까요. 실은 한두 마디 말로 축약할 능력도 모자라지만, 그렇게 말해서도 안 될 것만 같았습니다. 존재했던 그 어마어마한 인도의 모습과 또, 존재하는 인도의 총체적인 모습을 한 데로 뭉뚱그려 한두 마디 말로 붙잡는다는 것은 예의도 아니거니와, 어쩌면 애당초 불가능한 것일지도 모른다는 생각이 들었습니다. 그러나 사람은 흔히 제멋에 산다고 하지요. 그것이 실체의 본질에 가까운 것이든 아니든 관계없이 내게 와 부딪혀 새로 의미화된 것이 오직 내 것이 될 수 있습니다.

유사(類似)의식. 누군가의 글에서, 누군가의 느낌에서 내면화한 것을 그대로 옮겨 자기화하는 것은 인도에 대한 유사의식이거나 판타지일 뿐입니다. 실상 나를 포함한 많은 인도 여행객이 이러한 판타지에 매료되어서 비행기에 오르는 것은 그럴법한 프롤로그가 될 터. 그러나 에필로그는 판타지가 아닌, 내 혈관 속으로 꿈틀대는 것들의 소리여야 하지 않을까요? 내 혈관 속으로 꿈틀대며 지나는 것들이 있는지 내 속을 향해 가만 귀 기울여 봅니다.

어디서부터 시작해야 할까요? 그 능청스럽게 더딘 기차? 벌린 입을 다물지 못하게 하였던 무굴 제국의 수려한 성과 타지마할? 섬려하게 새겨놓은 석상의 파노라마, 성애(性愛)마저도 소름 끼치게 아름다운 카쥬라호의 밀교 사원들, 좁은 골목길을 어슬렁거리던 소들과 곡에 하듯 그 길을 빵빵거리며 지나는 오토바이, 버닝가트에서 연신 사라져가는 마지막 육신들, 재생을 기원하는 강가 목욕, 가트에 줄지어 앉아 박시시를 하는 걸인들……

소녀 '푸자'

강가('갠지스'의 현지 이름)의 길게 이어진 가트를 하염없이 거닙니다. 거닐다가 다리가 아프면, 가트에 앉아서 쉬기도 하였습니다. 한 소녀, 엽서를 팔고 있네요. 바람이 불면 대오를 이탈한 엽서들이 이내 배를 뒤집습니다. 더러운 얼룩이라도 묻을라치면(점심 무렵 살짝 비가 내렸었거든요) 찌든 때로 꼬질꼬질한 치맛귀로, 소맷귀로 닦아내곤 하는데… 그러다 숫제 못쓰게 돼버려 구겨서 버리기까지 합니다. 소녀의 입성처럼 엽서도 남루하기 짝이 없습니다. 사람들은 어쩌다 눈길을 줄 뿐 그저 스쳐 지나가기만 합니다.

> "이름이 뭐니?"
> "푸자"
> "아니, 진짜 이름이 뭐야?"
> "푸자"

한결같이 이름을 '마이 네임 이즈 푸자'라고 답합니다. 푸자(아르띠 뿌자)는 바라나시 강가에서 저녁마다 힌두신에게 바치는 예배 의식입니다. 그런데 소녀는 자기 이름이 푸자라고 계속해서 말하네요. 엄마 아빠도 형제도 없는 고아라고 합니다. 아홉 살.

너무 신파적인 레퍼토리 아니니? 아마도, 널 바라보고 있는 근처가 누군가 있을걸? 나는 단정이나 하듯 속으로 뇌어봅니다. 그러나 거짓말이 아닐지도 모른단 생각이 들었습니다. 그리고 설령 거짓말인들 그것으로 얼마 돈벌이가 될 것 같지도 않았습니다. 소녀의 눈은 거짓 없어 보입니다. 앵무새처럼 대사를 왼 것 같아도 보인다는 추측은, 쉬이 사람을 믿지 못하는 내 의심 많은 심장이 만들어낸 촌극일지 모릅니다.

　　"오늘 얼마나 팔았니?"

　고개를 좌우로 흔듭니다. 하나도 팔지 못했답니다. 엽서 한 장을 집어 들어 봅니다. 1장에 10루피랍니다. 2장을 주겠다네요. 우리 돈으로 300원도 안 되는 돈…… 10루피를 주고, 두 장을 고릅니다. 푸자의 얼굴에 미소가 번집니다.
　그런데, 정말 집이 없는 거니?

주소 없이 쓴 엽서

　엽서를 씁니다. 주소 없이 쓴 한 장은 강가강에 띄워 보냅니다. 다음 생이 있을까요, 없을까요? 냉정한 이성은 없다. 그냥 무(無)일 뿐이라고 단호하게 선 긋듯 말합니다. 그래도 웅크린 마음 한편에선 있다고 말하고 싶습니다. 그렇게 믿고 싶습니다.
　우리 뜨거운 심장과 영혼을 지닌 인간이 저 아래 버닝가트(화장터)에서 연기로, 한 줌 재로 사라진다는 것은 차마 너무 무상하니까. 저들은 모두 환생을 믿으며 아무도 죽음을 슬퍼하지 않습니다.

눈물 한 줌 보이지 않습니다. 마침표가 아니라 다음 생을 향해 떠나가는 과정일 따름이라 생각한다니까요.

저녁에 배를 타고 꽃불을 띄우며 소원을 빌기 위해 꽃으로 둘러싼 촛불을 삽니다. 어떤 어른이 가지고 온 꽃불은 꽃송이도 싱싱하고 보기도 좋습니다. 그 한 모퉁이 끼인 푸자의 꽃은 몇 개 되지 않는 것은 물론이고, 약간 시들어 있기까지 합니다. 14명이나 되는 사람이 지나치면서 최소 두 개부터 예닐곱 개를 사는 사람도 있어, 꽃불을 파는 어른들은 거의 30~40개나 팔았는데, 푸자는 하나도 못 팔았습니다. 오히려 그 틈새에 끼려다가 꽃을 흩뜨리기도 하여 눈물을 글썽이기도 하네요. 그런 푸자에게 2개를 샀습니다. 꽃불을 띄웁니다. 푸자에게서 산 허름한 꽃불은 잘도 타오르고, 내려놓기 무섭게 강물 흐름을 따라 두둥실 흘러내려 갑니다. 소원을 빌었습니다. 이기적인 내용입니다. 건강하게 행복하게 살아가도록 해 달라고.

그런데 다음 순간 퍼뜩 저 멀리로 멀어지는 꽃불을 바라보며 '다음 생'이라는 조금은 황망한 생각의 회오리에 휩싸이는 나를 봅니다. 조금 전에 본 푸자의식에 절반쯤 영혼이 젖어 들기라도 한 것이었을까요. 버닝가트에서 타오르는 육신을 너무 많이 본 까닭이었을까요. 바라나시 강가강 위에 얹혀 있는 육신인 까닭이었을까요.

낯선, 정겨운 풍경들

바라나시 강가 근처의 좁은 골목길을 배회하는 것은 경이로움 그 자체이기도 합니다. 경이로움의 첫 풍경은 응당 지나는 사람들이지요. 순례를 위해 끝없이 몰려드는 사람들. 그 틈에 드문드문 관광객들의 다국적 표정까지 더하면, 정말 바라보는 것만으로도 심심할 틈을 찾을 수 없습니다.

악기가 진열되어 있는 좁고 남루해 뵈는 가게는 그저 단순히 악기판매점이 아니랍니다. 거기 주인은 거의 모든 악기를 연주할 줄 알며 가르칠 수도 있는 음악가지요. 악기를 배우는 사람, 요가를 배우는 사람들…… 좁은 골목 안은 예술의 거리이기도 합니다. 느릿느릿 몇 주에서 수개월까지 머물며 악기를 배우는 사람도 많습니다. 저는 소리가 깊은 인도의 대표적 타악기라는 '타블라'를 하나를 샀습니다.

시장길을 거닐면 낯설지만 정겨운 풍경은 파도처럼 온몸을 휘감아 옵니다. 저 삶의 눈부신 활동사진들! 때로 낡은 영화관이거나, 추억의 필름에서 본 흑백 영상 같은 가공하지 않은 풍경들이 날것으로 길거리에 쏟아져 나옵니다.

물컹이는 소똥도 눈 흰자위 선명한 검은빛의 얼굴도, 연신 구워 내는 '난'도, 좁은 길을 헤집고 지나는 릭샤도, 오토바이나 자동차가가 내뿜은 다소 이질적인 매연조차도, 살아 펄떡인다는 느낌.

아, 무슨 기시감이거나, 전생이거나 하는 그런 거창한 의미를 말하고자 하는 것이 아닙니다. 무질서함, 온갖 것이 뒤엉켜 엉망인 듯한 삶의 모습 속에 깃든, 그러나 폭력적이거나 파괴적인 모습이라곤 찾아볼 수 없는, 그러면서도 소박함이랄까 순수함이랄까 하는 그런 것들이 일으키는 생의 파동 같은 것. 그것들의 뒤엉킨 펄떡임…….

당신은 행복합니까?

묻습니다. 당신이 있는 그곳에서…….

당신은 행복합니까?

이제 1막. 인도와의 첫 만남을 접으면서 다른 한쪽 마음으로 언젠가 여름에 시간을 만날 수 있다면, 히말라야 산자락에 걸린 북쪽 인도의 풍경에 발 담그는 그림을 그립니다. 교통이 두절되고 문득 문명과는 아득한 거리가 느껴지는 그런 고립된 세상, 덧칠되지 않은 사람들, 막막한 하늘, 공연히 글썽이는 눈물 같은 풍경…….

그러고 보니 참 가보고 싶은 곳이 많기도 하네요. 생은 그런 거잖아요. 가만히 앉아서 지는 햇살을 거듭 받아들이기에 우리 가슴은 사뭇 너무도 뜨거운 것. 다시 돌아올 일상이지만 그 무지개 언덕 너머엔 무엇이 있을까 하는, 어릴 적 가슴 설렘의 박동을 반추해 낼 수 있는 영혼이 있기에 일상 또한 거듭 반짝이는 빛으로 채색할 수 있는 것.

매혹의 근거 같은 것은 애당초 어디에서도 객관타당한 것을 제시할 수 없습니다. 내가 당신에게 빠져들었는데, 그 이유가 이런 이런 것이었다고 말한다면 그것은 과연 올바른 사랑인가요? 사랑은 어쩌면 맹목적인 것입니다. 이유를 말할 순 없지만, 한없이 좋은 것, 거듭거듭 깊이로 빠져드는 무지막지하기도 한 것. 때로는 감정의 횡포 같은 것. 어쩌면 빛나는 고통.

존재했던, 존재하는 것은 모두 그 자체일 뿐, 그를 통해 의미화하여 삶을 개량하는 것은 모두, 바라보는 자, 특히 가슴을 열고 저마다의 눈으로 바라보는 자의 몫이요, 그들에게 생이 주는 최대의 선물이기도 합니다.

영원히……라는 맹세는 결코 인간은 영원에 이를 수 없다는 비극적 인식에 대한 반역의 표현이기도 하다는 것을 압니다. 그것이 슬픈 우리 인간들이지요. 그러나 나는 아직도 영혼이라든지 다음 생이라든지 하는 것들을 믿고 싶습니다. 이것은 굳이 종교적 신념을 말하는 것이 아닙니다. 아니 어쩌면 종교적 신념이란 것들도 이와 다를 바 없는 것이랄 수 있겠군요. 육신은 비록 강가의 버닝가트에서 한 줌의 재로 남아 강물에 뿌려져 사라질지언정, 노래하고 꿈꾸고 사랑하던 인간의 영혼은 불태워버릴 수 없는 것. 태워도 결코 태워지지도 없어지지도 않을 그야말로 영원한 그 무엇을 말입니다.

생의 마지막 순간까지 / **02**
- **티베트**

티베트 고원을 달리는 열차 안에서

어느새 어둠이 내려앉았습니다. 해발 4000~5000m를 넘나드는 고원 위를 내달리는 낮시간 동안, 몸은 피로에 겨웠지만, 바라보는 마음의 눈은 한순간도 피곤한 줄 몰랐답니다. 고원(高原)이라고 믿을 수 없을 것만 같은 펑퍼짐한 언덕의 지평선이며, 야크 떼, 양 떼와 그 사이를 가로지르는 꿈결 같은 시내, 이따금 나타났다간 사라지곤 하는 설산이며 호수…….

공해도, 찌든 세상의 근심도 닿지 않은 티베트 고원 위로, 몇 만 년 전에 내려보냈던 머언 우주의 별, 그 시원(始原)의 빛이 그대로 티베트 고원에 내려와 닿겠지요.

겨울, 초원 위를 유유히 거닐며 한가로이 마른 풀을 뜯던 야크 떼들도 이제 모두 엎드려 잠을 청할까요. 양을 몰던 목동이며, 오체투지로 먼길을 재촉하던 순례자들도 곤한 몸을, 바람도 재울 수 없는 허름한 텐트 안에서 잠시 뉘어, 쉬고 있을까요.

이야기의 재미에 빠져 있는 동행에겐 피곤해서 먼저 쉬겠노라며 들어서선, 2층 침대 위에 누웠습니다. 전신으로 전해져오는 열차 특유의 리듬에 온몸을 맡겨봅니다. 밤새 고원을 가로지르는 이 환몽과도 같은 흔들림. 레일 위를 규칙적으로 달려가다가도 이따금 불규칙적인 단절음과 함께 좌우로 살짝 흔들리는 옅은 파격의 리듬이 몸 안으로 젖어들면, 마음은 이 고원을 넘어서서 머언 우주의 별들 사이를 유영하기라도 할 법합니다.

그렇습니다. 이 순간…… 이 아릿하고도 먼 낯섦과의 마주침이 결국 우리네 삶과 같은 것이 아닐까요. 조금은 쓸쓸한 여행과 같은 것이 생이라 생각하다가도 마음 한편, 어둑한 사원 실내를 밝히는 버터램프처럼 문득문득 밝아오는 사랑, 그리움, 희망이란 것들의 별빛 반짝임.

4인실 침대 열차 안. 나머지 셋은 카드놀이에 열중인 중국인들입니다. 어설픈 영어 몇 마디로 인사를 나누었지만, 그들과의 만남은 거기가 끝이었습니다. 그들은 그들의 놀이에 열중이었고, 침대에 엎드린 나는 나만의 세계로 빠져듭니다. 고요히 흔들리는 기차 음률에 따라, 천만리 아득한 세상 밖 그 어디로든…….

시간에 온전히 나를 맡길 수만 있다면, 버리듯 세상을 박차고 나올 수만 있다면, 내 몸속에 흐르는 핏줄기의 흐름에 따라 나를 바람처럼 풀어둘 수만 있다면, 노새나, 야크 떼가 걷는 원시의 그 길을 따라 차마고도를 여행하고도 싶었습니다.

'그러나'라는 역접이 변명과 변호를 대신해 줍니다. 그러나 나는 시원(始原)의 그 세계에서는 그저 어설픈 관찰자일 뿐, 그 속에 온전히 살아가고 있는 주인공이 아닙니다. 노새나 야크를 대신한 열차, 승용차지만 그들 삶의 족적을, 한 편린을 바라볼 수 있는 것만으로도 내게는 더없이 넉넉해지는 생입니다.

가장 낮은 곳에서 남루하게 걷는 부처

걍체, 시가체를 향해 떠나는 아침 길. 고지 특유의 미열과도 같이 약간 들떠 있는 듯한 옅은 두통은 산소 결핍으로 인한 것이라지요. 전날까지, 동행 중 한 명은 이곳 병원 신세를 졌답니다. 치료라고 해야 커다란 산소통 옆에서 쉼 없이 산소를 공급받는 것뿐이었지만……. 산소 결핍은 평범한 다른 이에게도 곧잘 숙면을 가로막는 요인이기도 합니다.

그 전날 밤엔 나도 그랬답니다. 몇 번이나 자다 깨기를 반복했는데 라사를 벗어날 무렵, 아직 산을 넘지 못한 달이 해쓱한 얼굴로 머물러 있고, 머언 산 우듬지로 햇살이 하나둘 비춰드는 순간 달리는 차창으로 펼쳐지는 모습에 몽롱하던 의식이 퍼뜩 깨어났습니다. 바코르 광장에서도, 조캉 사원 앞에서도, 드레풍, 세라 사원에서도, 포탈라궁 언저리에서도 봐왔던 익숙한 모습이었지만 그날 아침은 달랐습니다. 그저 다른 정도가 아니었답니다. 무엇인가가 심장 저층에서부터 솟구쳐 오르는 듯한 느낌의 전율. 그렇습니다. 솟구쳐 오르는 느낌은 마치 전율과도 같은 것이었지요.

어둠이 채 걷히지도 않은 아침 차가운 아스팔트 길 위로 꾸물거리며 오는 것은 분명, 우리와 같은 사지를 가진 멀쩡한 사람들입니다. 400㎞ 안팎의 길을 70여 일에 걸쳐 오거나, 심지어 1,000㎞가 넘는 길을 5~6개월에 걸쳐 고행을 마다하지 않는 순례자들의 오체투지 행렬……. 옷은 차마 말로 옮길 수 없을 정도로 남루해졌고, 검게 그을린 얼굴에 짓찧은 이마만 하얗게 군은살이 배겨 있으며 덕지덕지 말라붙은 머리들……. 그럼에도 간간 마주치는 눈빛만은 형언하기 어려울 정도로 반짝이는 사람들의 모습이었습니다. 순간, 내게로 와 명멸하는 숱한 생각들을 어떤 말로 표현해야 할까요?

그 순간 내 마음으로 와 안긴, 전율의 감정만으로도 이번 여행은 충만한 느낌이 되었습니다. 그 나머지 여행지를 둘러보는 것들은 모두 덤이라는 생각까지 들었으니까요.

할 수도 있고 안 할 수도 있는 것이 아니라 신심(信心)은 그 자체로 이들에게 하나의 커다란 삶입니다. 우리의 인생이 살 수도 있고 살지 않을 수도 있는 그런 선택의 영역 밖의 것인 것처럼. 아니 그저 현세의 삶에 머무는 것만으로 국한되는 것이 아니라 우주를 향해 걸어가는 윤회의 연결입니다. 남루한 그들은 사원에 감금되어 우러러보는 화려한 형상의 부처가 아니라, 가장 낮은 곳에 가장 남루하게 걸어 다니는 살아 있는 부처이기도 합니다.

인천공항을 출발해 중국으로 향하던 비행기 안에서 달콤한 음률의 기독교 성가를 들은 기억이 납니다. 음악 하나만으로도 충분히 감성에 저절로 젖어들 수 있을 것 같은 세련된 종교가 있습니다. 대학 시절, 미션 합창 동아리에서 성가를 함께 부를 적에 함빡 젖어들게 만들던 화음은 그 자체가 신의 목소리처럼 느껴지고, 그 종교에 대한 경외심마저 갖게 해 주는 것이었습니다. 거기에 서구식의 합리와 감각이 더해져서 세련되고 깔끔한 품격마저 갖춘 기성 종교에 비하면, 이들의 행렬은 얼마나 남루한 것인가. 좀 더 난도질하여 말한다면 얼마나 미개하며 야만적인 것인가요?

그러나 쉬이 젖어들 수 있다는 것은 그만큼 또 쉬이 회의(懷疑)에 빠질 수 있다는 것의 반증이기도 합니다. 들이기 쉬운 발걸음만큼, 거두는 발걸음 또한 가벼울 수 있을 테니까요. 이들의 이 고난에 찬 걸음은 그러나 한 점의 의혹도 회의도 없어 보입니다. 어쩌면,

이 세상에 태어난 것이 스스로의 선택에 의한 것이 아닌 것처럼, 이들에게 신심은 생과 사의 존재를 훌쩍 뛰어넘는 초월적 힘의 질서에 따른, 거역할 수 없는 도도한 흐름으로 보입니다.

라사에서 간체, 시가체로

라사에서 간체를 향하는 길, 구절양장같이 아찔한 고갯길을 달려 이른 언덕 정상 캄바 라(4,750m). 거기에 이르러 굽이굽이 산허리를 휘어감고 있는 얌드록 쵸(해발 4,488m, 둘레 250㎞ '쵸'는 우리말로 '호수'란 뜻)와 호수 저 너머로 노진캉창산(7,191m)의 설산 이마와 마주하게 됩니다.

기실, 내가 처음 티베트를 찾으려고 할 적에 당신에게서 들었던 그 말씀을 기억합니다. 환상적으로 아름다운 경치가 눈 앞에 펼쳐지고, 어떤 신비로움이 당신 품에 덥석 안겨들 것이라고 기대를 한다면 찾지 말라던……. 현상적으로 아름다운 것을 아름답게 느끼는 것은 누구에게도 이견이 있을 수 없는 아름다움일 뿐입니다. 그 아름다움은 또한 모든 이를 즐겁고 기쁘게 하는 것입니다. 그러나 간혹, 아름다움 이면에 있는 또 다른 아름다움. 혹어 겉으로 아름다워 보이진 않지만 속에 깃든 진정한 아름다움. 간과되고 있는 아름다움 그것에 생의 또 다른 진리가 숨어 있는 것은 아닐까 생각하였습니다.

티베트의 신비는 현상적 아름다움으로만 드러나는 것이 아님을 알겠습니다. 야크의 배설물에도 씻지 않은 머리와 검게 그을린 유목민의 낯빛에서도 남루한 그들의 차림에서도 향기처럼 배어나는 아름다움이 있습니다.

그러면서 두드러진 것이, 남들보다 앞선 것이, 세상의 기준보다 높이에 위치하는 것이 항상 부러운 눈이었지만 그럴수록 목마른 자신을 돌아볼 줄 몰랐던 세상에서의 내 삶이 문득 가여워지곤 했습니다.

노진캉창산(7,191m) 고갯마루를 지납니다. 그 고갯마루 해발이 5,050m. 소형 버스에 탄 일행 여섯 명 중, 세 명이 휴대용 산소의 도움을 받아야 했답니다. 웅대한 자연 앞에 한없이 어리고 약한 우리 존재를 겸허히 바라봐야 했지요. 내게도 어질한 기운이 찾아왔습니다. 걸음은 무더지고 호흡은 가빠지며 미열 같은 것으로 약간 흐느적이는 듯한 머리…… 오체투지의 자세로 겸손하게 나를 낮추라는 신호로 받아들였습니다.

고원지대임에도 유난히 경작지가 많아 부농이 많다는 간체에 이르니 높은 언덕 능선을 따라 마치 서구의 어느 중세 성처럼 보이는 간체종이 우뚝 나타납니다. 영국군의 침략에 끝까지 맞서 싸웠다는 요새였다고 럽상(현지가이드)이 설명해줬습니다. 그 앞에서 서터를 몇 차례 누른 다음, 티베트 불교의 각 종파가 혼합된 것으로 유명하다는 펠코르 체데(白居寺)와 티베트에서 가장 크다는 쿰붐 스투파를 둘러보았습니다.

티베트에 이른 사흘째. 이미 여러 사원을 둘러보았습니다. 내일은 시가체의 타쉬룬포 사원과 거기에 모셔져 있다는 높이 26m의 세계 최대 금동미륵좌상을 보게 됩니다. 이젠 너무 많이 유포되어선 가히 식상한 비유일 수도 있는 '신들의 땅'이라는 표현이 실감 날 법도 한, 보는 이를 압도하는 웅대하고도 섬려한 사원들과 상상을 초월하는 승려의 숫자들…… 급기야는 그 웅대함에 저절로 다 소곳해져선 옷깃을 여밀 법도 합니다.

포탈라궁에 있는 5대 달라이라마 초르텐은 가로 14m 규모에 무려 3,700㎏의 금을 들여 만들었다고 합니다. 금빛 찬란한 지붕이며 육중한 궁궐과 사원의 위압적 권위. 그러나 티베트의 정신은 고형(固形)화된 그런 물리적인 것에 있는 것이 아님을 나는 거듭 깨닫습니다. 400㎞거나 1,000㎞를 마다하지 않고, 성(聖)의 세계에 대해서는 숭배를, 자신에 대해서는 한없는 낮춤을 오체투지의 자세로 삶 속에서 실천하는 티베트인(Tibetans)들의 불심. 그 속에 신들이 깃들어 있고, 그들이 있기에 티베트는 거대한 신들의 영지가 되는 것이라 생각합니다.

부처로 모셔지고, 신격화되어 금으로 치장된 초르텐을 권력과 권위의 화신으로 깎아내리는 말이 아니랍니다. 그러한 웅대함 또한 진심 어린 티베트인의 신심(信心)의 발로라는 데에 이르면 권력의 추악한 수탈로 보일 수도 있는 그런 위압적인 불상과 사원들에도 숙연할 정도의 외경이 어느새 깃드는 것을 발견할 수 있으니까요. 식상한 표현이 되고 말았지만, 진리는 단순한 문장 속에서도 발견됩니다. '중요한 것은 겉으로 잘 드러나지 않는 법이다.' 결국, 보다 중요한 것은 내 속에 깃들어 있다는 말이지요.

먼 바다를 그리워하는 호수 - 남쵸

남쵸를 향합니다. '남'은 티베트어로 '하늘'을, '쵸'는 '호수'를 뜻하니 이름 그대로 '하늘호수'입니다. 지상에서 가장 높은 곳에 위치하고 있는 호수이지요. 아름다울까요? 그럴 수도 있겠지요. 눈부시게 시리거나 망망하거나 하늘빛을 닮았거나……

시가체에서 라사로 다시 돌아와서, 다시 라사에서 남쵸를 다녀오는 데에 오가는 시간만도 10시간. 500㎞여의 거리에 이른답니다. 길어야 한 시간 남짓 머무르기 위해, 그 먼 길을 마다하지 않고 달리는 것일까요?

처음, 이 여행을 생각할 때 내게 떠오른 것은 단 두 가지였습니다. 하나는 지상에서 가장 높은 곳에 있다는 호수 '남쵸'에 다녀오는 것, 그리고 또 하나는 4,000~5,000m의 고원을 달리는 칭짱열차를 타보는 것이었습니다. 거기에 무엇이 있는지, 그 길을 달려 나오면 어디가 나타나는지에 대한 관심이 아니었습니다. 비논리적이지만, 그냥 거기를 달려가는 그것이 나의 바람이었습니다. 그랬습니다. 더 이상도 더 이하도 아닌 '내가 마음으로 염원하는 그 길을 따라서 다녀오는 것' 이것이었습니다.

겨울엔 가는 길에 눈이 내리고, 길이 끊어져 종종 이르지 못하는 경우도 많다고 들었습니다. 그런데, 티베트에 이른 날부터 날씨가 전에 없이 너무 좋기만 하여서 남쵸에 이르는 길 또한 아무런 무리가 없습니다.

설산과 야크 떼가 누비는 초원, 그 사이에 깃든 유목민의 듬성듬성한 집과 황량한 시내와 간간 몰려드는 모래먼지……. 남쵸 가는 길의 풍경은 내 눈을 잠시도 딴 곳으로 돌리지 못하게 하였습니다. 내 부족한 눈을 메우려고 연신 카메라를 들이대기도 하였습니다.

해발 5,190m 고개를 넘고 또 달려서, 드디어 남쵸(4,710m)에 이르렀습니다. 바다처럼 일렁이는 파도…… 아닙니다. 아주 오래전에는 바다였다가 지상으로 떠밀려 올라, 지상 가장 높은 곳에서 출렁이며 먼 바다를 그리워하는 바다였던 호수. 그래서 물을 안고도 목마르게 그리워 출렁이는지 모릅니다.

바다에 대한 그 그리움이 이제 하늘을 가까이하여 벗이 된 호수입니다. 살을 에는 듯한 추위도, 눈보라도 없었습니다. 그래서 다소 신화적 상상력을 한편에 담고 있던 내게 남쵸행은 조금 싱겁기까지 했습니다. 간혹, 티베트인들도 여기서는 간혹 두통을 호소하곤 한다는데…….

함께 한 사람들에 관한 얘기, 그리고 티베트 대학 교수와의 만남과 대화, 식민지 티베트와 중국과의 관계, 중국화되어가는 티베트의 모습 등등 못다 한 얘기가 많습니다. 하지만, 그런 것들에 대한 얘기는 가슴에만 담아두겠습니다. 티베트에서의 편지를 여기서 줄이려고 합니다.

내 혀 짧음에 대한 변명 같지만 숱한 말을 한꺼번에 너무 많이 쏟아내 버리면, 내 속에 깃들었던 소중한 생각도 어느 사이 달아나 버릴 것만 같습니다.

아직 내 머릿속엔 마른 풀과 황량한 황무지 그리고 간간 하늘에 닿은 호수와 초원 사이 흐르는 물줄기들과 머언 설산…… 사이사이 야크 떼가 파노라마처럼 펼쳐져 있습니다. 내 눈으로 담아두었던 이 영상으로 다시, 세상을 살아갈 자양을 얻습니다.

사랑하는 당신, 이제 겨우 나는 당신을 향한 첫걸음마를 시작했을 뿐입니다. 세월과 더불어, 시간과 더불어 내 육신도 하나둘 쇠약해져 가고 그를 지탱하던 열정들도 뉘엿뉘엿 고개를 넘어서겠지만 당신을 향한 그리움은 생의 마지막 순간까지 놓을 수 없습니다. 그것을 내 사랑의 숙명으로 여기려 합니다.

03 / 해가 뜨고 지듯 한 생이······
– 네팔, 안나푸르나

해가 뜨고 지듯 한 생이 지나갑니다

네팔, 카트만두행 칼 직항편. 7시간 30분 비행이 온몸을 뒤틀리게 할 즈음, 좌석 앞 잡지를 뒤적이다 퍼뜩 온몸이 젖어드는 듯한 한 구절의 글을 읽었습니다. 어느 휴양지, 해지는 풍경을 양쪽 면 모두 컬러 배경으로 걸어두고, 그 위편에 적은 글.

해가 뜨고 지듯 한 생이, 우리의 생도 흘러가고 있다는 구절이 선뜩 이마에 차가운 우물물을 끼얹기라도 하듯, 비몽사몽이던 나를 번쩍 깨어나게 합니다. 흘러가는 생과 여행이 주는 조금 감상적인 생각들 사이에 섬광처럼 닿았던 구절.

한국 시각으로는 오후 6시. 거기엔 이제 어스름이 몰려 닿고 이윽고는 익숙한 어젯밤의 어둠이 거리를 점령했을 테지요. 그러나 우리는 이 시각 서쪽으로 달아나는 해를 쫓아왔습니다. 해는 중천에다 걸어두고 시곗바늘을 3시간 넘게 거꾸로 돌렸습니다. 14시 50분. 낯섦. 설레는 낯섦과 마주할 가슴이 빚어내는 요란한 심장의 박동 소리가 문득, 휙휙 스쳐 가는 생을 '일단정지' 시켜놓을 기세랍니다.

인천공항의 위압적이고 꽉 짜인 기계적인 조형물과 달리 카트만두의 트리부반 국제공항은 사람 냄새가 물씬 풍기는 시골 대합실 같은 곳입니다. 현지 비자 발급을 받기 위한 지루한 줄서기 중 낯선 얼굴과 마주합니다. 그들이 인도한 작은 버스에 이르니 '나마스테' 인사와 함께 꽃목걸이를 목에 걸어 줍니다. 일행 네 명을 안내해 줄 네팔 세르파족 청년 쿠산입니다.

저녁을 먹기까지 자투리 시간이 남아 있습니다. '타멜'시장을 1시간 정도 돌아보게 되었습니다. 북적대는 사람들, 쉴 새 없이 울려 대는 오토바이와 차량들의 경적 소리에 절반쯤 넋을 빼앗길 법이라도 합니다. 하지만 넋을 조금이라도 더 놓아버렸다간 길도 잃고 사람들도 잃어버릴 것 같았습니다.

세월에 떠밀려 하염없이 흘러내리던 생의 시간에서

카트만두에서 1박을 한 뒤, 산행 들머리인 '나야풀'로 이동하기 위해 먼저 '포카라'로 이르는 국내선 비행기 탑승을 합니다. 이른 아침나절부터 국내선 공항에 이르렀지만, 공항을 먼저 점령한 안개에 밀려 오랜 기다림을 낳았습니다. EBC행을 위해 호텔에서 서둘러 나섰던 팀도 발이 묶인 채 삼삼오오 모여 있었습니다. 두 시간쯤 뒤에야 안개가 걷히고, 탑승을 시작합니다. 아주 작은 프로펠러 비행기.

쿠산의 말대로 오른쪽 창가에 앉습니다. 비행기가 요란한 엔진음을 뿜으며 솟아오르고, 얼마 지나지 않아서 히말라야의 눈 쌓인 봉우리가 프로펠러와 날개 너머로 펼쳐집니다. 하늘 위에서 설산 영봉들의 파노라마 감상에 잠시 젖어 있는가 했는데, 포카라 공항에 비행기는 이내 바퀴를 내립니다.

이제, 산행 들머리인 나야풀로 이르기 위해 작은 승합차에 몸을 옮겨 싣습니다. 남국의 향취가 피어오르는 포카라의 정경입니다.

드문드문 유채꽃이 핀 들녘 사잇길은 우리의 사월 초순 풍경입니다. 푸르름.

나야폴로 가기 위해 고갯길을 위태로이 넘습니다. 좁은 도로, 천 길 낭떠러지. 전사의 표정을 하고 맞은편으로 거침없이 달려오는 이곳의 버스들은 금방이라도 우리 차를 들이받을 것만 같은데 용케 사이사이를 잘도 지나쳐 갑니다. 능선 굽이굽이마다 깃든 집과 계단식 경작지들. 길섶마다 무심한 듯, 그윽한 눈빛으로 저마다의 일을 계속하는 사람들.

그런데, 갑자기 안면 마비라도 일으키면 어쩌지요? 입꼬리를 위로 틀어 올리는 근육을 쓸 일이 많지 않았는데, 포카라에 내린 이후 나는 계속 얼굴에서 미소를 떠나보낼 수가 없었으니 말입니다.

세월에 떠밀려 하염없이 흘러내리던 가엾은 생의 시간에서 문득 정지된, 유예된 시간의 영역으로 접어든 것을 감지한 얼굴 근육이 자꾸자꾸 위로만 활동을 시작했기 때문입니다.

나야풀 들머리에서 제일 먼저 우릴 맞이한 것은 소와 나귀 염소들의 배설물과 그들이 뒤엉킨 냄새랍니다. 신성한 소들은 한가로이 활보하며 태평성대를 구가하지만, 비슷한 발톱을 가지고도 뿔을 가지지 못한 나귀들은 쉴 새 없이 등짐꾼이 되어 길을 재촉하고 있습니다.

안개가 먹어버린 시간 탓에, 늦은 점심을 만나야 했습니다. 따뜻하게 데워진 높은 당도의 오렌지 차를 먼저 한 잔 마시고 나니, '나마스떼' 인사를 건네면서 요리사가 음식을 내옵니다.

점심을 먹고 저녁에 머물 롯지에 이르기까지 2시간 30분 정도의 걸음이 기다리고 있습니다. 어떤 곳에, 거기에 이르기 위해 지금 순간의 괴로움을 팔지 않겠습니다. 지금입니다. 걷는 이 순간순간 저 아래 계곡으로 흘러내리는 맑은 물, 울울창창 원시림과 층층 계단식 논밭, 그 사이 깃든 사람들의 집. 이따금, 무심한 듯, 슬픈 듯, 분노한 듯, 좀처럼 그 표정을 읽기 어려운 길섶의 사람들도 '나마스떼' 인사를 건네면 그제서야 밝은 표정이 되어 합장을 하며 두어 번 '나마스떼'를 되뇌곤 합니다. 몰려오는 아이들. 반가운 인사 뒤에 슬픔처럼 손이 앞으로 가지런 놓입니다.

나마스떼 해브 스위트?

해브 스위트(have sweet)? 즉, 사탕을 달라는 얘깁니다. 이들의 눈망울엔 죄가 없습니다. 비록, 손발이 부르트고 꾀죄죄한 때가 덕지덕지하고 콧물이 강물처럼 맴돌아도 그들에게서 남루를 읽고 궁핍을 느끼는 것은 이방인들의 남루한 영혼 탓은 아닐까요.

'힐레'라는 마을 롯지에 이르렀습니다. 기어이, 어둠은 고산의 집과 밭과 높은 산 능선의 윤곽마저도 숨겨버리고 별빛 몇 뿌려놓습니다. 전기가 들지 않는 롯지. 촛불을 켜고 바깥 탁자에 앉아 휴대폰도 텔레비전도 이메일도 업무도 다 벗어버린, 그래서 더불어 히말라야의 법칙에 안길 수밖에 없는 우리 스스로가 산의 한 부분이 된 채 밤을 맞습니다. 밤이 깊어지자, 서서히 코끝이 시려옵니다. 해발 1,500m 아래쪽 산에서라면, 4,000m가 넘는 쪽은 얼마나 진저리치게 하는 추위 속일까요?

포카라를 향하던 비행사 이름이 '예티 항공사(Yety Airline)'였습니다. '예티'. 히말라야 설산에 산다는 전설상의 반인반수(半人半獸) 혹은 반인반신(半人半神)이랍니다. 히말라야의 고봉을 차례차례 다 오르는, 그래서 구석구석까지 닿을 수 있는 시대에 전설은 그저 전하여 내려오는 이야기일 따름이겠지만 '예티'는 실제의 무엇, 현상적인 존재의 현현이 아닌, 존재에 대한 믿음과 깨달음을 일컫는 신념은 아닐까요? 마치, 눈으로 볼 수는 없지만 분명 '사랑'이 존재하는 것처럼 말입니다.

바깥 청년들의 얘기 소리가 이젠 고저 없이 들리는가 했는데, 까무룩 잠이 들었습니다. 온기라곤 찾아볼 길 없는 롯지. 합판 한 장으로 사이를 둔 옆방 사람의 숨소리까지 들려옵니다. 몇 번 잠을 깨다 자다를 반복했을까요? 거칠게 코고는 소리에, 낮 동안은 게으르게 길가에 따뜻한 햇볕을 쬐며 낮잠을 즐기던 개들의 짖어대는 소리에, 그리고 오랜만에 들어보는 새벽닭 소리에…….

설산 파노라마 - 고레파니, 푼힐 전망대

'힐레(Hille)'에서 티가둥가를 거쳐 고갯길을 오르는 아침결에 간간 돌아보면 층층 계단식 경작지 집들 사이로 아슴푸레한 연기가 피어오릅니다. 마악 높은 산마루 위에서 쏟아져 드는 빛살에 서린 그 풍광들이 삶이란 것의 모습을 아리게 말해주는 듯 시큰하기만 합니다. 티가둥가 마을 중턱엔 학교 건물도 하나 보입니다. 등교를 하는 참인지, 무리의 소년소녀가 가파르고 거친 돌길을 잘도 뛰어 내려갑니다.

길섶에 흩어져 있는 가축 배설물을 쓸어모으는 사내, 그 옆엔 신발도 안 신은 서너 살가량으로 보이는 소녀가 손을 내밉니다. 사탕을 하나 건넸으나 요구 사항이 하나 더 있네요. '스쿨 펜'입니다. 마침, 동행한 분이 준비한 볼펜이 있어 그 아이에게 건넵니다.

어젯밤 롯지가 있던 '힐레'는 해발 1,475m, 오늘 밤은 해발 2,750m의 고레파니. 1,300m의 고도를 오르게 됩니다. 그리고 2,500m 이상에서 '고산증'이 올 수 있단 말에 모두 다소 긴장을 하는 기색도 보입니다.

이윽고, 안나푸르나 남봉이 설핏 그 일부를 드러냅니다. 고레파니까지는 원시림의 정글 사잇길이라 해야 할까요? 영화 〈반지의 제왕〉 편을 보면, 움직이는 나무의 형상을 한 수목들이 나오는데, 꼭 그 모습 같은 나무들이 즐비합니다. 거구의 형상으로 수염과 장식까지 주렁주렁 매단 모습으로 이끼나 다른 기생 식물들을 주렁주렁 걸친 나무들.

점심 식사를 위해 멈춘 곳으로는 남성상의 상징처럼 직선적이고 강렬한 '마차푸차레'의 끝부분이 조망되는 곳입니다. 마차푸차레 산은 끝부분이 생선 꼬리 같다고 하여 '피시 테일(FISH TAIL)'산이라고도 불린답니다. 또 이곳 사람들은 이 산을 신성시하는데, 세르파족인 쿠산에게 저 산에도 오를 수 있느냐고 했더니 '저 산, 신의 산…… 사람 못 올릅니다.'라고 대답을 합니다(쿠산은 우리말을 썩 잘하지 못한답니다).

해가 뜨고 지듯 한 생이……

설산의 파노라마가 가장 잘 조망된다는 곳 '고레파니'에 이르렀습니다. 나무로 얼기설기 어설프게 덧댄 롯지였지만, 무엇으로도 대신할 수 없는 설산의 파노라마가 한눈에 바라다보이는 백만 불짜리 조망을 지닌 곳입니다. 안나푸르나 남봉, 다올라기니, 히운출리…… 석양의 봉우리는 눈 위에다 누군가 불길을 끼얹은 듯이라도 합니다. 풍광에 넋을 잃고 바라보다간, 이내 몸 깊이로 파고드는 추위에 밀려 롯지 안으로 들어오게 됩니다. 롯지 안에는 장작난로가 추위를 녹여주고 있습니다. 이곳에선 간혹 어지럼증을 호소하는 분들도 있으시네요. 해서인지, 롯지 방안에서도 깊은 잠은 이루지 못하고 뒤척였습니다.

새벽 5시, 히말라야 설산 풍경의 파노라마를 가장 잘 볼 수 있는 곳이라는 푼힐 전망대 일출을 보기 위해 일찍 일어났습니다. 기실, 잠은 4시경에 깨버렸습니다. 아래쪽 홀 난로가 있는 곳에서 9시까지 있다가 올라가 일찍 잠자리에 들었지만, 몇 번을 뒤척이며 잠을 설쳤는지 모릅니다. 12시경에나 잠시 살포시 잠이 들었을까요?

중무장을 하고 3,210m 푼힐 전망대에 이르러 아침 해가 돋는 것을 기다렸습니다. 안나푸르나 마차푸차레보다 훨씬 오른쪽 산에서 해가 솟아오릅니다.

그러더니 이윽고 그 햇살이 마차푸차레, 안나푸르나, 다올라기 산군들을 차례로 비춰줍니다. 산 뒷자락, 옅은 구름들이 그 빛에 영감을 받아 황홀한 낯빛을 합니다.

외로움의 심원한 깊이로

다시, 고레파니에 있는 숙소로 내려와서 아침 식사를 한 뒤, 사흘째 밤을 묵게 될 숙소인 타다파니를 향해 고갯길을 재촉합니다. 다올라니기와 안나푸르나 남봉의 웅장한 설산을 배경으로 걸으며 가쁜 숨결을 모아쥐는 것이며, 룽다 나부끼는 사이로 푸른 원시림과 설산을 가슴에 새기는 조망도 모두 세상의 풍경이 아니었습니다

타다파니에 이르게 도착한 것은 몸이 불편한 K 씨를 위해선 쉴수 있는 여유가 되어줄 수 있겠지요. 마차푸차레와 안나푸르나 남봉이 더없이 시원스럽게 열려 있는 이곳 숙소에도 불행히 난방장치는 없습니다. 하지만 나는 낙원에 이른 느낌입니다. 왼쪽으론 어제처럼 안나푸르나 남봉과 마차푸차레가 산을 넘어서려는 구름과 한바탕 희롱을 벌이고 있고, 오른쪽으론 성성한 녹음이 펼쳐져 있습니다. 간혹 가을 잎을 닮은 여린 갈빛들이 배어 있기도 하지만 시린 손끝 너머 책갈피를 넘기는 까슬한 감각에 다시 시간은 멎어버립니다. 랄리그라스 한 그루에 꽃이 피어 있고 온갖 새들이 저마다의 목청으로 그들 삶을 노래합니다. 요리사들은 저녁 준비를 위해 주방으로 연기를 피워올립니다.

더운물에 샤워를 하는 것은 유료랍니다. 우리나라 돈으로 치자면 기껏 천 원에도 미치지 못하는 적은 액수지만 일행 중 저를 제외한 세 명이 모두 거쳐 간 샤워장엘 저만 찾지 않았습니다. 열흘밤, 히말라야 롯지에 머무는 동안엔 찬물에 고양이 세수라도 하고

여건이 허락지 않으면 가져간 물티슈로 닦아내며 수염도 깎지 않고 지내볼 참입니다.

사흘째, 너무 잘 먹고 뒷간 볼일도 잘 보고 편안히 지내고 있습니다. 발품을 파는 일이야 다시 낯선 풍광들과 마주하는 즐거움으로 엮어지는 것이니 거듭 고마운 걸음일 따름입니다. 뒤따르며 열심히 이따금 떠들기도 하는 가이드와 포터들의 목소리도 이 히말라야 자연의 일부입니다. 새소리가 흐르는 물소리가 지나는 바람 소리가 귀에 거슬리지 않는 것처럼 말입니다.

이 산길에서 필요한 것은, 유창한 지식과 고도화된 문명이 아님을 거듭 깨닫습니다. 내 속의 내가 어디에 있고, 무엇을 바라며 바라보고 있는지에 있습니다.

어느 소설가의 산문에 외로움이 사치가 된 시절이 있었다는 구절이 있더군요. 그런 시절이 있었지요. 정치적인, 물리적인, 혹은 식구통의 압박 이전, 욕구라면 어폐가 있겠지만, 외로움도 인간의 가장 원초적인 정서, 어쩌면 본능이라고 이름해야 하는 것은 아닐까 생각해 봅니다. 미움이나 증오, 심지어 그리움, 사랑이란 것보다 더 시원이 오래인 그런 원초적 정서.

그가 있는 까닭에 덜 외롭고자 하는 몸부림들이 파생시킨 사랑이거나 예술이거나 인간다움의 무수한 성취가 줄을 이은 것이라고 보니까요. 그러나 무료함이 외로움인 것은 아니랍니다. 바쁜 일들과 도무지 외로워할 기회를 주지 않는 현대 문명과 기기들이 앗아간 인간다움을 미처 깨닫지도 못한 현대인들은 그들과 격리되면 몰려드는 무료함에 안절부절못해 합니다.

아직, 일곱 날 너머 히말라야 안나푸르나 산길을 거닐 축복의 시간이 나를 기다리고 있습니다. 이 시간 동안 나는 내 외로움의 심원한 깊이로 젖어 들고 싶습니다.

대자연의 파노라마들은 그 외로움의 깊이로 접어드는 관문이 되어줄 테지요. 막혀 있던 감각들과 원시의 영혼을 재생시킬 수 있도록 내 혼의 모공을 활짝 열어젖히면서 말입니다.

산속에서 사흘째 밤에 혼곤히 젖습니다. 오늘 밤은 별빛도 유난스럽습니다. 고레파니는 고산 마을 중에서도 '푼힐'이라는 명소 탓인지, 무엇인가로 북적대는 부산스러움이 느껴지는 곳이었다면, 이곳 타다파니는 그야말로 한적한 시골 마을 그대로의 느낌입니다.

포터들과 모닥불을 피워놓고 잠시 얘기를 나누다가 저녁을 먹고 다시 차가운 롯지 방에 듭니다. 가져간 책을 몇 줄을 읽다가 일찌감치 잠자리에 들었습니다. 고레파니에서 설친 잠을 보충이라도 하려 했는지, 눈이 부어 오른 느낌이 들도록 자고 또 잤습니다.

내 영혼과 당신 영혼이 같습니다

나흘째, 오늘은 아주 여유로운 일정이랍니다. 촘롱으로 이르는 이 길은 정말 한적한 시골길 분위기가 폴폴 나는 곳입니다. 계단식 밭 사잇길을 지나기도 하고 여염집 앞마당을 가로지르기도 하며, 냄새 자욱한 양 떼 사이를 지나기도 합니다.

해가 지고 난 밤에 찾아드는 추위가 좀 난처하지만, 낮에 트레킹을 하기엔 더없이 쾌적한 기온입니다. 킴룽을 지날 무렵 주변 밭에는 밀이 푸르게 자라고 있고 사이 간간 유채도 섞여 꽃을 피우고 있습니다. 꼭, 봄길을 걷는 기분입니다. 울창한 삼림지대를 지나고 아랫녘으로 아랫녘으로 해발을 낮추던 길은 드디어 계곡을 만나 건너고 나서부터 다시 위쪽으로 가닥을 잡습니다.

점심을 들기엔 조금 이른 11시 무렵. 오늘 목적지인 촘롱에 이르는 사이엔 더 이상의 롯지를 찾아볼 수 없답니다. '오므라이스'가 메뉴로 나왔습니다. 음식을 내오고 난 뒤엔 언제나이듯 요리사가 다가와 식사 분위기를 감지해 봅니다. 자신이 만든 음식이 여행자들에 즐겁게 음미되고 있는지 어떤지를 조심스레 살피는 듯합니다. 느릿느릿 점심을 먹었는데도 12시에 이르지 못했습니다. 촘롱까진 두 시간 남짓, 계획대로라면 2시경에 숙소에 이르는 것입니다.

나흘째 밤을 묵게 될 숙소는 촘롱에 있는 '칼라파나' 롯지. 이마에라도 닿을 듯 까워진 안나푸르나 남봉은 이제 바로 그 아래 자락, 그녀가 거느린 계곡까지 보여줍니다. 그리고 그 오른쪽 히운출리와 마차푸차레가 근위장이라도 되는 듯 그 옆에 날을 세우고 서 있습니다.

화장실에 흑백 사진처럼 걸린 거울에서 내 모습을 바라봤습니다. 모자를 쓰고 두건을 두르곤 했던 내 모습은 여지없이 '봉두난발'의 죄인 형상처럼 요란스러웠습니다.

롯지 앞, 기다란 의자에 앉아 안나를 바라보며 망연한 생각 속에 젖어들어 봅니다. 일찌감치 해가 빛을 거둬버렸습니다. 따뜻했던 등짝도 잠시, 빛을 비운 너머로는 다시 어김없이 오소소 밀려오는 한기. 파일 재킷을 꺼내 입고, 바지도 준비해 간 것 중 가장 따뜻한 놈으로 골라 입고 다시 읽던 책의 날선 감성 속을 비집어 봅니다. 이 작가 참 감각적이다. 이 작가 참 세상 피곤하게 살아간다.

심심한 사람은 지는 해를 바라보거나 먼 산을 바라보며 청승을 떨지 않습니다. 텔레비전 채널을 이리저리 돌리거나 술 마실 친구를 소집하거나 인터넷 고스톱을 하거나……

하고 싶은 게, 떠오르는 생각들이 너무도 많은데 불행히 몸이 한 개인 작가 같습니다. 그래서 자신 말마따나 독하게도 외로움을 많이 타나 봅니다. 외롭다는 것은 슬프다거나 뭐 쓸쓸하다거나 그런 류가 아니랍니다. 거창한 말로 표현하면, 영혼을 지닌 인간 본연의 모습 깊이에 젖어 드는 의식 같은 것이라고나 할까요.

바깥에 놓인 의자에 앉아 한가로이 차를 마시며, 갓 삶아 내온 고산 감자를 까먹으며 시간이 지나면서 몰려온 구름 속에 뵐 듯 말 듯한 안나푸르나를 바라봅니다. 마을이 내려다보이고 거기에 집이 있고 먼 한 곳에 여인이 부지런히 오가는 모습도 보입니다. 다시 골짜기 너머 내일 우리가 재촉할 길이 너머 산모롱이로 아스라이 펼쳐져 있습니다.

내일부터는 다시 해발을 높이게 됩니다. 고레파니 너머 언덕을 넘어설 무렵엔 3,200m까지 치솟았던 해발이 오늘 계곡을 건널 적엔 다시 1,700m 정도로 떨어졌습니다. 다시 이곳 촘롱은 2,170m.

ABC(안나푸르나베이스캠프)에 이르기 위해선 이제 사흘의 여정이 남은 셈입니다. 몸이 불편한 다른 일행은 모두 이 여정이 어서 끝

낮으면 하는 바람인가 봅니다. 모두들 감기 기운과 불편한 허리로 고생하고 있으니, 그럴 법도 합니다. 하지만 나는 이런 생각을 주술처럼 스스로에게 외곤 합니다. 걷는 순간순간에 '행복하다. 즐겁다'라는 자기 최면. 내가 이런 말을 일행에게 설핏 건넸더니, 대답 대신 웃고 맙니다.

기실, 나는 이 주술을 얼마나 자주 외는지 모릅니다. 그러면, 가파른 오르막길에서도 거친 돌길에서도 놀라운 일이 벌어집니다. 나도 의도하지 않은 입가 미소가 얼굴에 흰 구름처럼 퍼지는 것을 얼마나 많이 겪었는지 모릅니다.

나머지 일행은 또한 추위에 대한 대비가 조금 부족한 듯합니다. 첫째가 침낭이랍니다. 여행기를 통해, 1월 중 히말라야를 찾았던 사람들의 그 끔찍했던 추위에 대한 얘기를 많이 읽었습니다. 사실, 동계용 침낭이 일반 산행에서 쓰일 일은 거의 없습니다. 하지만 경제적 비용을 무릅쓰고 넉넉하게 준비한 것이 크게 도움이 되었습니다. 일행들에겐 조금 미안한 일이지만, 나는 거의 속옷 바람으로 침낭에 들어 추위를 느끼지 못하고 잠들곤 하였으니까요.

1월 중순, 국내에 있을 땐 항공권 구하기가 하늘의 별 따기처럼 어려워 이곳이 성수기를 구가하는 것으로 생각했지만, 막상 이곳에 와보니 롯지란 롯지는 거의 텅텅 비다시피한 비수기입니다. 그 가장 큰 이유가 이 같은 밤 추위 탓이 아닐까 합니다. 우기가 막 끝나는 9~10월부터 12월 초까지가 가장 따뜻한 성수기라는 데는 그만한 이유가 있는 듯합니다. 다만, 우리나라의 겨울 방학이 1월에 있으니 상대적으로 1월엔 우리나라 사람들이 상대적으로 많이 찾는 것이겠지요.

네팔 관광객, 트레킹객들이 기실 이 나라 경제의 주된 수입원이라는 것은 익히 알려진 사실입니다. 무거운 짐을 진 포터들이며, 식사를 위해 부식을 힘겹게 운반하는 키친 보이, 보조원들에게 가졌던 미안한 마음들은 이제 서서히 그들에 대한 이해로 수정되고 있습니다.

그들 눈은 우리들에 대한 적의나 이질감 대신에 고마움과 친절로 그득 채워져 있습니다. 사탕 한 알, 볼펜 한 자루를 사실 어떤 마음으로 주느냐가 문제인 듯합니다. 불쌍한 것들 이것 가져라는 식의 마음은 바로 예언의 인물이 될 수 있었음에도 스스로 자격을 박탈하는 '게더골드'1)의 누우런 손과 같은 것입니다.

낮은 마음으로, 세상과 인간에 대한 경외심으로 건네는 초콜릿 한 개는 그저 단순한 한 개의 'have sweet'이 아니라 진정한 사랑의 한 표징이 될 수도 있지 않을까요?

나마스떼 - 내 영혼과 당신 영혼이 같습니다. 혹은 나는 당신을 존중합니다. '안녕'이란 뜻으로 무심코 건네는 이 인사말의 속뜻을 헤아려 보면서 사람들 눈빛과 마주하는 순간만으로도 우주를 보게 됩니다. 내 영혼과 당신의 영혼이 같다네요. 이 얼마나 엄청난 말인가요.

---

1) 호손의 소설 『큰 바위 얼굴』에 나오는 부유한 사람 이름

　　　　해가 뜨고 지듯 한 생이……

안나푸르나 여신의 품으로

닷새째, 하늘이 너무 맑습니다. 눈부신 파아란 빛입니다. 어젯밤, 초롱초롱한 별빛이 롯지 지붕 위로 금방이라도 흘러내릴 듯했는데 오늘은 어제와 달리 조금 많이 걷게 된답니다. 촘롱에서 하염없이 내려가는 돌계단을 지나, 다시 가파른 길을 가없이 걸어 오릅니다. '시누아힐'에 이르니 안나푸르나 3봉이 마중을 나왔습니다. 새로운 설산 풍광을 마주하는 즐거움이 얼마나 심장을 펼떡이게 하는지, 커피를 마시며 쉬다가도 바라보이는 그 풍경에 마치 천국에라도 이른 느낌이었습니다. 옆에는 네팔 청년이 대나무를 엮으면서 라디오 음악을 듣습니다. 들려오는 음악이 참 정겹네요. 음악이야말로 만국 공통어임을 새삼 실감합니다. 그 리듬에 이끌려 나도 모르게 발장단을 맞추게 됩니다.

'뱀부'까지는 사뭇 길이 멉니다. 그럼에도 밀림의 숲사이로 난 길은 정겹기만 하고, 신선한 햇살에 출렁이는 나뭇잎들 사이 계곡과 올려다보는 장엄한 산줄기들과 선뜩선뜩 신령스러운 이마를 드러내 보이는 설산의 풍광이 힘들거나 심심해할 겨를을 주지 않습니다. 아침 촘롱에서 4시간 남짓 걸어 뱀부의 롯지에 이르러 따뜻한 햇살을 안고 점심을 들었습니다. 주변 수직의 산들과 골짜기 위로 가없는 안나푸르나를 바라보며……

점심 후부터는 고도를 점점 다시 더 높이게 됩니다. 저녁 숙소인 히말라야 롯지는 2,900m 정도니까 촘롱보다 800m 높은 곳입니다. 차가움에도 아랑곳 않고 피어난 작고 앙증스러운 꽃들의 환호를 받으며, 얼마를 걸었을까요. 문득, 안내문과 길목 매달린 방울이 있는 곳에 이릅니다. 여기부터는 안나푸르나 신의 영역이랍니다. 함부로 쓰레기를 버리는 것도 육식을 하는 것도 금하며, 경건한 마음을 가져야 하는 곳이라네요. 안나푸르나 신께 인사를 올리며 들어섭니다. "뎅그렁~"

몇 걸음을 더 옮겼을까요. 구름이 높은 상봉우리들을 삽시간 휘감는가 했는데, 갑자기 한두 눈송이들 내려오십니다. 신의 영역에 접어든 것을 환영한다는 산화(散花)의 의미로 생각했습니다. 또 한편으로는 모든 부질없는 생각들을 비워버리라는 준엄한 질책의 메시지는 아닐까 하는 생각도 드는 것이었습니다. 이윽고 히말라야 롯지에 이르나 사위는 더욱 어두워지고, 눈발은 더 강해집니다.

가이드인 라울에게 "Maybe heavy snow?"라고 물었더니, "Maybe……."라는 걱정스러운 대답을 돌려옵니다. 눈이 너무 많이 내리면, ABC로 가는 길이 덮이고, 트레킹 차단을 할 수도 있단 얘길 들었기 때문입니다. 하지만 케세라세라 어떻습니까. 나는 지금 여기 안나푸르나 여신이 관장하는 영역에 들어와 있고 그분의 뜻에 따라 MBC든 ABC에 이르든 하산을 하든 그냥 나를 맡겨버리면 되는 일입니다.

이 근방, 유일의 롯지인 히말라야 호텔은 그 지리적 특성 탓인지, 여러 날 밤 중에서 가장 많은 손님에 모인 곳이기도 합니다. 식당 식탁 아래쪽에 냄새나는 석유 버너를 켜놓고 1인당 50루피를 받습니다. 소위 '히터 차지(heater charge)'입니다. 옹기종기 모여선 이야기꽃을 피웁니다. 혼자 온 용감한 캐나디안, 그리고 우리나라 젊은 친구 다섯, 동유럽 혹은 러시아로 보이는 네댓 사람 등등.

나는 매캐한 석유 냄새도 싫고, 혼자 있고 싶어 자리를 떴습니다. 그 사이 제법 롯지 마당에 눈이 하얗게 내려앉아 있고, 거친 바람이 윙윙 어둠 내린 사위를 시위하듯 몰려다니고 있습니다.

이제 ABC를 머잖은 곳에 앞두고 있습니다. 그런 질문을 책에서 읽은 적이 있습니다. 힘겹게 ABC를 향해 오르는 사람과 ABC를 거쳐 하산하는 사람 중 누가 더 행복할 거 같냐고. 어리석은 질문이지요. 평범한, 일반적인 대답은 고생을 마치고 성취의 보람을 가득 안고 내려서는 하산 쪽이겠지요. 하지만 어리석은 질문에 어리석은 내 대답을 군이 보태라고 한다면 나는 앞쪽에 손을 들겠습니다. 낯섦의 세계. 그 미지의 황홀경으로 접어드는 설렘은 그 무엇과도 바꿀 수 없으리란 생각이니까요. 아직은, 걱정스러웠던 무릎도 여타의 몸 상태도 괜찮습니다. 하지만 약하고 어리석은 몸을 스스로 아는 까닭에 언제나 나를 낮춰야 하는 것 또한 잊지 않고 있습니다.

어젯밤 꿈에 하염없이 울었던 것이 이제야 기억이 납니다. 자기 전에 『네팔 예찬』이란 화보 겸 여행안내서를 읽었습니다. 그 책 속에 어린 포터가 글쓴이를 위해 피 같은 돈을 털어 콜라를 사와 손에 건넸는데, 그것을 받아들고 필자가 하염없이 눈물을 흘렸단 글을 읽었던 탓인가 봅니다. 누구와 헤어진 것 같기도 하고, 누군가와 애틋한 사연에 젖어 든 것 같기도 한데…… 얼마나 많이 울었는지, 온몸을 다 적신 듯하였습니다.

오늘 밤, 안나푸르나 신의 영역 안에 깃들어서 어떤 꿈을 꾸게 될까요. 꿈도 없는 깊은 잠을 이루게 될까요. 3,000m 가까운 곳에서 미열 같은 옅은 고소증에 뒤척이며 밤을 지새우기라도 할까요.

안나푸르나 품에 안겨

엿새째, 간밤 눈은 가벼운 발의 촉감을 느끼기 좋을 정도로만 적당히 내렸습니다. 오늘은 2,900m 해발의 히말라야 롯지에서 3,720m 높이의 마차푸차레 베이스캠프까지 고도를 높이게 됩니다. 보통 3,000m 이상에서 고소증을 호소하는 경우가 많다는데, 우리는 고소 적응을 위해 오후에는 마차푸차레베이스캠프에서 머문 뒤, 새벽에 안나푸르나베이스캠프에 오르기로 하였습니다.

히운츨리와 마차푸차레의 협곡 사이를 지나는 길은 완연한 겨울입니다. 어제 히말라야 롯지에 이르기 전까지만 해도 열대림과 그 위에서 괴성을 지르는 원숭이 떼가 선연한 여름이거나 가을 풍광을 떠올리게 하였는데 말입니다.

만년설이 흘러내리다가 간밤 추위에 얼어붙고, 다시 햇살이 돋자 차르르 거대한 공명을 일으키며 쏟아져 내리곤 합니다. 안나 3봉(7,554m)에 이어 또 다른 봉우리 강가푸르나(7,454m)가 모습을 드러냅니다. 3,200, 3,400…… 해발이 높아질수록 호흡은 가빠지고 느껴질 듯 말 듯 옅은 두통이 동반됩니다.

지침대로 느리게 아주 느리게 산행을 계속합니다. 그동안 별로 말썽을 피우지 않아 한없이 고마웠던 오른쪽 무릎이 찌릿거리며 설익은 통증을 신고했지만, 염려할 정도는 아닙니다. 12시가 조금 넘은 시간으로 우리는 마차푸차레베이스캠프에 있는 롯지에 이르렀습니다. 따뜻한 햇살을 즐거워하며, 스프를 들고(고산증 예방에 좋다는 마늘스프) 여유롭게 앉아 있다가 왼편 아주 가까워진 마차푸차레 그리고 안나푸르나 남봉을(남봉의 뒷면) 바라보며 휴식에 들었습니다. 두통이 조금 밀려와 나는 침낭 속에 들어가 잠시 몸을 뉘었습니다.

롯지 방문을 여니, 사위 산들은 모두 커튼을 드리우고, 어제보다 이른 시간으로 눈이 내립니다. 걱정을 다시 해야 할까요. 이 변화의 현란함을 감사해야 할까요. 어제의 생각처럼 케세라세라 그의 뜻대로 이뤄지겠지요. 지척에 ABC를 두고 있고 나는 해발 3720의 마차푸차레베이스에 깃들어 있다는 이 현실이, 실제가 얼마나 즐거운 일인가요.

가까이서 마차푸차레 산을 본 느낌. 정말이지 강건함 그대로입니다. 타협도 후퇴도 허락지 않는 저돌적 강건함. 거의 수직에 가까운 능선 자락들을 거느리고 마침내는 말마따나 물고기 꼬리처럼, 끝까지 예리하고 굽힐 줄 모르는 직선의 기세로 마무리. 눈이 그와 함께하고자 한대도 더불어 오래 머물지 못함은 수직에 가까운 그의 성정으로 미루어 쉽사리 짐작할 수 있는 사실입니다.

다이닝룸에는 식사 준비와 관계없는 포터들이 옹기종기 모여 추위를 삭이고 있습니다. 식재료를 운반하는 2명의 여자분 중 한 명은 틈만 나면 열심히 뜨개질입니다. 미혼이라네요. 누구 주려고 짜느냐고 물었더니, 저편 남자 포터 한 명이 자기를 주려 한다며 우스개 몸짓을 취합니다. 다시 룸을 나와선 눈 내리는 마차푸차레베이스캠프 주변 풍경을 눈에 담아봅니다. 따뜻한 곳에서 몸을 녹여 나온 탓인지 그리 춥지도 않습니다. 이제 이번 트레킹의 가장 높은 곳, 안나푸르나베이스캠프까진 몇 시간 남질 않았습니다. 추위와 어둠 속(이곳에도 전깃불은 없답니다)에 밤은 또 얼마나 길까요?

정말, 다른 분들에겐 미안하지만, 나는 침낭 준비를 잘한 탓에 여러 날 밤을 따뜻하게 잘 보내고 있습니다. 1월에 이곳 트레킹을 준비하는 분이 계시다면 꼭 두꺼운(1,300 이상) 동계용 침낭을 챙기라고 귀띔해 주고 싶습니다(보통 여행사에서 무상 대여하는 침낭은 얇답니다).

저녁 식사시간, 우리 일행만 먼저 성찬을 먹습니다. 스텝(포터, 가이드)들에게 같이 들자고 해도 한사코 자신들은 뒤에 먹겠답니다. 식사 후, 그들의 표정을 유심히 바라봅니다. 근심 없는 맑은 얼굴들입니다. 식사를 준비하며 오가면서도 콧노래, 평화롭고 은은한 노래를 잇습니다. 소박하면서 낙천적인 웃음을 잃지 않는 그네들의 모습에서, 잘 먹고 잘 입고 더 많은 문명의 혜택을 누리며 사는 우리는 과연 얼마나 행복해하면서 만족할 줄 알며 살아가고 있는가를 돌아보게 됩니다.

그들의 저녁 식사와 잠자리를 위해 식당 자리를 내주고, 우리는 다시 물병에 따끈한 물을 채워서 차가운 롯지로 듭니다. 이놈을 침낭 안에 넣어두면 거의 밤새도록 따뜻한 온돌이 되어 준답니다. 지금 발끝이 따뜻합니다. 세상 부러울 것이 없네요. 마차푸차레 근위병들과 안나푸르나 산군이 둘러서서 우리를 호위하는 히말라야 이 깊은 산중에서 또 하룻밤 잠을 청하게 됩니다. 내일은 새벽 4시 30분에 기상해서 ABC를 향하게 됩니다. 눈발은 잦아들었으니, 염려할 일은 없을 듯합니다. 안나의 품에 안겨, 잠을 청합니다.

꿈을 꾼다는 것은
그 대상을 흠모하고 사랑하는 생애의 가장 멋진 일

새벽 4시 30분, 기상입니다. 잠을 자는 둥 마는 둥 한 것 같은데 그래도 정신은 말짱합니다. 걱정했던 고소 증세도 없고, 눈도 설핏 길을 덮을 정도만 내려서, 베이스캠프로 이르는 길에 아무런 무리도 없습니다. 새벽 별빛도 찬란하게 맑으니, 돋는 햇살에 황홀한 낯빛으로 영원의 의미를 넌지시 띄울 안나푸르나 산군들의 영감 어린 표정을 볼 수도 있겠지요.

다섯 시에 출발. 느리게 느리게 호흡을 조절하며 걷습니다. 베이스캠프(4,130m)에 이르러서야 비로소 첫 모습을 온전히 드러내 보이는 안나푸르나 1봉(8,091m)입니다.

룽다 너머로 이미 눈부신 설산과 뒤이어 동쪽 마차푸차레 쪽에서 빗어 올린 아침 햇살이 흰 산봉우리를 영감이 가득한 깨달음의 세계로 인도하는 듯하기도 합니다. 거기, 오랜 빙하와 설산과 설산이 어깨를 걸고 광대무변의 세계를 이루는 모습에 넋을 잠시 맡겨 두고 싶었습니다. 해돋이가 끝나자, 이젠 눈부시다는 표현으로밖에 달리 형언하기 어려운 설산들의 사위 풍광에 그만 눈이 멀 지경입니다.

거푸, 사진을 찍고 추위들의 성화에 못 이겨 베이스캠프 롯지에 이르러 뜨거운 차를 한 잔 청하여 마신 뒤, 다시 아침 식사를 위해 마차푸차레베이스로 설산을 등지고 내려섭니다. 두려움과 설렘을 이제 안도와 여유로 바꿔 가졌습니다.

오를 때와 마찬가지. 히말라야 롯지까지는 겨울의 황량한 모습 그대로입니다. 히말라야의 산들을 '아름답다'란 형용사로 표현하기엔 좀 머쓱한 느낌이 듭니다. 뭐랄까요, 웅장함이거나 그윽함이거나 신성스럽다거나 장대하다거나…… 이런 류의 표현이 더 어울릴 듯한 느낌.

히말라야 롯지에서 점심을 들고, 하산을 하면 초록 성성한 나무들과 연초록 대숲이 서로 어우러져서 다시 우리의 4월과 엇비슷한 느낌의 풍경으로 접어들게 됩니다.

히말라야가 원산이라던 히말라야시더들도 즐비하게 산줄기를 채우고 있습니다. 1시경이나 되었을까요? 다시 주변 고봉들은 커튼을 드리웁니다. 몰려드는 구름들의 낌새가 또 예사롭지 않습니다. 하긴, 오전은 쾌청하다가도, 오후 무렵이면 어김없이 구름이 몰려들고 눈이 내리곤 했던 요 며칠을 생각하면 새삼스러운 것도 아닙니다만.

새벽부터 걸었던 것도 있고, 여하튼 오늘 숙소인 '도반'롯지에 이른 것 역시 오후 2시경입니다. 너무 느슨한 일정이라며 다소 불만스러워하는 일행도 있습니다만, 나는 이런 느림이 참 좋기만 합니다. 게다가 이곳 '도반'은 주변 경치가 너무 아름답고 아늑합니다.

타다파니, 고레파니, 촘롱처럼 설산이 바라보이는 것은 아니지만, 맞은편으로 싱그럽고 푸른 잎의 나무들과 빠알간 열매가 맺힌 나뭇가지, 게다가 그 가지 너머로 수십 미터 아래로 낙하하는 폭포. 그리고 단정하게 정돈된 숙소와 정겨운 길섶. 흰 덩이 눈이 한둘 툭툭 떨어지지만, 나는 읽다 남은 책 뒤쪽을 마저 읽습니다. 활자가 피로에 쫓겨 가물가물해지면 고갤 들어 맞은편 산과 나무와 흘러내리는 폭포를 봅니다. 그러는 사이, 눈은 다시 비로 변했습니다. 처마 밑에서 비를 그으며 한참을 무연히 바라보다가, 식당에 들어 차를 마시고, 매캐한 석유스토브이지만 그에 의지해 몸을 녹이며 담소를 나누기도 합니다.

일행 중 'K' 씨가 나흘로 늘어져 있는 하산 일정을 하루 줄여서 아래쪽 일정을 하루 더 늘려 잡을 수 없겠느냔 제안을 해옵니다. 전 어찌해도 상관없습니다. 다들, 감기 증세로 고생하고 있는 터라, 이 제안에 대해 반대할 순 없었습니다. 기실 나는 이렇게 느리게 더디게 걷고 멈추고 하는 일정이 맘에 듭니다. 불행인지 다행인지 가이드와 상의를 했지만, 기본 일정 조정은 불가하답니다.

식당 밖으로 나오니, 내리던 비가 변해 이번엔 눈입니다. 벌써 롯지 마당에 소복이 쌓였네요. 찬물 세수도 할 만합니다. 시원스럽기까지 합니다. 머리는 봉두난발, 게다가 꾀죄죄한 수염까지 거울에 비친 모습이 가관입니다.

하루하루 아쉬운 밤들이 지워지고 있습니다. 하지만 그저 날짜에서 사라져가는 것일 뿐, 기억의 창고에선 오래오래 머물며 건조한 일상의 자양이 되어주곤 하겠지요. 그리고 새로운 꿈의 씨앗이 되어주겠지요. 꿈을 꾼다는 것은 그 대상을 흠모하고 사랑하는 생애의 가장 멋진 일입니다. 자유의 반대는 억압이 아니라 타성이라는 말에 공감한다는 어느 작가의 말이 떠오릅니다. 어제 같은 오늘, 오늘 같은 내일에 해가 뜨고 해가 지듯 아무런 일도 없이 흘려보내는, 젖은 타성으로 한 생이 흘러가도록 내버려 두는 것은 스스로에게 참으로 가혹한 일입니다.

다녀본 롯지 중에서 가장 정갈했던 곳이었습니다. 더불어 정감 어린 풍경…… 아침을 먹고 설산을 등지고 하산을 계속합니다. 뱀부에서 시누아로 이르는 길은 초가을 빛입니다. 연초록 댓잎과 히말트리 그리고 원시림이 빼곡한 사이 원숭이들이 나무를 타며 소란들 떨기도 하며, 예쁜 목소리로 숲의 조화를 노래하는 새들이 맑게 부서지는 햇살과 한 풍경을 이룹니다. 시누아힐에서 촘롱으로 이르는 길은 끝없는 돌계단의 연속입니다. 안다는 것, 그리고 눈으로 본다는 것이 도리어 마음의 병이 되고 화가 될 수 있단 연암의 말이 새삼스럽게 상기되는 대목입니다. 첫 길이었다면 그저 그러려니 묵묵히 쉬지 않고 올랐겠지만, 며칠 전, 내리막길을 걸었던 아득한 기억이 되오를 걱정을 만들어 낸 것입니다.

4시간여를 걸어서 이른 촘롱에서 점심을 먹고 다시 봉우리 아랫녘 '지누난다'에 닿으면 오늘 걷기가 마무리됩니다. 2시경에 지누에 이르렀는데, 숙소 아랫녘으로 20여 분을 걸어내려가면 노천온천이 있습니다. 어느 누구도 그다지 큰 기대를 하지 않고 내려섰는데, 알맞게 따뜻한 물로 채워진 이 자연 온천은 그동안의 추위와 피로를 다 씻어줄 법이라도 합니다. 유장한 계곡과 키를 세운 나무들이 아득하게 하늘을 가리고, 빗방울도 툭툭 이내 뜨거워진 이마를 식혀주는 가운데 따뜻함 속에 안긴 육신이 낙원을 떠올렸을까요.

더디게 느리게 지상 세계로 내려서는 길

저녁 식사 후엔, 우리를 안내한 세르파족 청년 쿠산의 생일이랍니다. 식당에 모인 사람들이 그를 둘러싸고 생일 축하 노래를 불렀습니다. 그리고 그들이 준비한 이곳 전통주인 '락씨'란 술을 몇 잔 마셔봤습니다. 옥수수로 발효 내지는 증류를 했는지, 중국 고량주거나 우리 안동 소주 같은 맛이 납니다.

빗방울이 굵어졌다 가늘어졌다를 반복합니다. 산 위 사람들의 집 불빛이 마치 하늘 위에 세워진 것처럼 아득하게 눈에 듭니다. 이런 오지, 저 아득한 산꼭대기에도 사람들이 깃들어 삽니다. 사람입니다. 거친 자연환경에도 그에 자신의 몸을 맞춰 살아가는 사람들.

다시, 방안 침대 위에 침낭을 펼쳐놓고 가만 누워봅니다. 양철지붕인 듯 빗방울 듣는 소리가 유난히 크게 들려옵니다. 간밤 꿈에 막내가 보이더니, 집을 떠나온 지 오랜 시간이 지나긴 했나 봅니다. 아득한 빗소리에 낯선 술기운에 젖어 보내는 또 하룻밤.

아홉쨋날. 지누에서 하산을 계속해 톨카까지 이르는 여유로운 여정입니다. 경우에 따라선 오전 동안에라도 다 내려가 닿을 수 있는 길이지만, 아주 더딘 걸음과 멈춰진 듯한 눈길로 고산지역과 그 속에 깃들어 자연과 더불어 삶의 방식을 익혀온 사람들의 체취를 더듬으며 내려서는 것도 좋은 시간이 되리라 믿습니다.

뉴브릿지에서는 계곡을 따라 곧장 하산해서 나야폴로 이르는 오른쪽 길과 우리가 가고자 하는 '담푸스 행' 갈림길이 나옵니다. 낮 시간이 깊어져도 좀처럼 걷히지 않는 안개. 아주 먼 산들의 모습은 잘 드러나지도 않습니다. 어드레 동안, 눈이 시리도록 봐 온 설산 풍경이었으니 이제는 좀 더 가까운 곳의 풍경과 그 풍경 속에 깃들어 사는 사람들의 모습에 가슴을 실어 보라는 뜻으로 여겨봅니다.

점심 무렵 닿은 란드룩은 제법 규모가 큰 마을로 보입니다. 눈 깊은 아리안 계통의 사람들도 많이 보이고, 여행객들로 때 묻지 않아 보이는 선량하고 그윽해 보이는 아이들이 많이 보이는 곳이기도 합니다(먼저 인사를 하고, 그 대가로 사탕을 달라고 손을 벌리기보다는, 수줍어하고 낯선 눈빛으로 쉽사리 접근하지 않는).

점심 식사를 위해 머물게 된 롯지는 비록 낡긴 했지만, 갖은 멋을 잔뜩 부린 곳이었습니다. 돌벽과 목조가 혼합된 건물이지만 한쪽 편에는 무려 5층이나 되는 '뷰 포인트(view point)'를 만들어 두었는가 하면, 숙소마다 서양식 테라스, 그리고 잔디밭 야외까지 서양풍 빛깔을 입혔습니다. 마침 이른 시간으론 햇살이 따사로웠습니다. 롯지 맞은편, 그을음으로 남루한 집 문 사이로 숄을 두른 눈 깊은 여인이 들락이더니, 그 아들인 듯한 역시 눈망울이 깊고 맑은 아이가 우리 쪽을 하염없이 응시하고 있습니다. 손짓을 해서 이쪽으로 오라고 해도, 종내 멀거니 바라보기만 하고 있습니다. 가방에서 초콜릿을 하나 꺼내 흔들어 보이자 그제서야 옅은 미소를 띠며 천천히 내려옵니다.

톨카행. 계단식 경작지와 그런 환경에 맞춰 살아가는 사람들의 모습이 더욱 가깝게 보이는 길입니다. 마침 한두 빗방울이 하늘을 적시고 있어, 느릿한 걸음을 가쁜 고갯길에 몰아 롯지에 닿았습니다.

잔뜩 찌푸린 하늘. 톨카에서 닿은 롯지는 산허리에 걸려 있습니다. 코걸이 귀고리, 에메랄드빛 두건을 쓴 네팔 여인의 웃음소리가 식당 밖 공제선에 떠 있습니다. 이르게 당도한 숙소. 흐린 탓에 새벽으로 착각한 듯 닭 울음소리가 정적을 깨뜨립니다. 너머 산 계단식 밭은 입체감을 뭉개버리고 아슴푸레한 연기 속에 거기 존재한다는 것만을 알려주고 있습니다. 먼저 식당에 나와 혼자 앉아 하늘과 산이 함께 닿은 먼 시선으로 나를 보내고 있었습니다.

롯지에 난로가 있습니다. 지금껏 석유 버너로 발밑만 달래던 그런 난로가 아니라 이번에는 연통도 있고, 새 나오는 연기마저 구수한 나무 난로랍니다. 그 따스함 탓인지 우리 일행 네 명(모두 몰랐던, 네팔 여행에서 만난 사람들입니다)은 술잔을 기울이며 정겨운, 때론 속에 깊숙한 마음을 나누기도 하였습니다. 숯불엔 옛 추억을 상기하며 감자도 구워 먹어 보았답니다. 학교를 다니지 않는다는 롯지집 아들은(본인은 열여섯이라 했지만, 우리 생각엔 열두 살쯤 되어 보이는) 땔감이 떨어질 만하면, 열심히 장작을 갖다 나르고…… 그러는 사이 밤이 깊어졌습니다.

산에서 자는 마지막 날이 밝았습니다. 계곡 사이로 흐르는 물은 종종 비가 내리는 것이 아닐까 착각을 불러일으키곤 하였습니다. 술에 취해 잠들었다가, 가벼운 두통과 갈증에 거워 눈을 뜬 시간이 12시였으니, 그간 자다 깨기를 수없이 반복한 밤이 지나간 것입니다.

오늘도, 담푸스 숙소까지 비교적 가벼운 길입니다. 산에서 머무는 마지막 날이니 더욱 아끼는 눈빛과 마음으로 하루를 담아야겠습니다. 어젯밤 비구름으로 가렸던 안나푸르나가 선연하게 산 뒤에 그 모습을 드러냈습니다. 그 아랫녘에 구름이라도 한 줄기 드리우면 설산은 마치 하늘 위에 솟은, 지상 너머의 세계처럼 아득하게 보입니다. 어젯밤 술기운 탓이었을까요. 이제, 막바지 하산의 일정만 남았다는 안도감과 그동안 쌓였던 피로의 탓인지 일행의 걸음은 한없이 무뎌집니다. 느리게, 더디게 걷는 즐거움을 애써 느껴보기라도 하려는 듯이 말이지요.

마지막 머물 지역 담푸스에 이르렀습니다. 그동안 우리를 뒷바라지하고 열심히 음식을 만들어 먹게 해 준 많은 이곳 사람들을 위해 오늘은 작은 파티를 열기로 했습니다. K 씨가 염소를 한 마리 내고, 술은 내가 댄다고 하였지요. 롯지 앞마당에선 부산스레 준비를 하느라 스텝들이 바쁘게 오가고 있습니다.

이곳 담푸스는 이제 지상과 아주 가까운 곳에 있습니다. 그런 까닭인지 위태로운 계단식 논밭 대신 제법 넓은 경작지가 보이는가 하면, 우마차도 다닐 넓은 길이며 간간 오토바이도 보이고 나중엔 앓는 소리를 내며 버스 한 대도 올라오는 모습까지 보입니다.

역시, 우리의 반갑잖은 친구는 때 이르게 찾아옵니다. 햇빛이 거

뒤진 한낮에도 어김없이 찾아오는 오소소 한기. 바깥에 화톳불을 피웠습니다. 거기로 둘러앉아 맥주잔을 기울이고 있노라니, 청년들이 불을 쬐러 옵니다. 이번이 처음이라는 청년. 예닐곱 번 따라다녔다는 앳된 청년. 모두들 고향을 떠나 멀리 돈을 벌러 왔답니다. 고향은 카트만두에서 이틀 정도 차를 타고 가선 사흘 정도 더 걸어가야 하는 곳이라니 우리로선 짐작도 잘할 수 없는 먼먼 산골 마을이겠지요. 기본적인 영어회화 교육을 받았고, 모두 가이드가 되기 위한 꿈을 가지고 있답니다. 산골 마을의 척박한 환경에 운명처럼 매여 살지 않고 저마다의 꿈을 위해 도전을 마다하지 않는 그 순수한 청년들의 맑고 선량한 눈빛은 오래도록 뇌리를 떠나지 않을 듯합니다.

식후엔, 모닥불을 피워놓고 그네들과 어울려 함께 노래도 부르고 춤도 추면서 시간을 함께하여 봅니다. 비교적 단순하면서도 경쾌한 리듬의 노래와 춤에 묻어나는 네팔인들의 삶에 대한 낙천성과 건강함을 볼 수 있는 시간이었습니다.

피로에 지쳐 표정을 잃은 듯한 우리 일행과는 달리, 그들의 대화에는 시종일관 활기가 넘치고, 웃음이 끊이지 않습니다. 과연, 누가 더 행복한 것일까요?

이제 산속에서의 마지막 밤입니다. 내일이면, 다시 호텔에서의 편안한 잠자리와 매끈한 음식, 안락함이 보장된 문명 속으로 접어들 것입니다. 다소의 불편과 추위가 이내 기억해 낸 것은, 안락함과 편리의 지난 생활 방식이었습니다. 이미 관습이 되어버린 우리 몸입니다.

이제 10여 일. 히말라야 산줄기를 하염없이 거닐고 싶던 내 오랜 소망들의 실현, 그 꿈같았던 낯선 세계와의 조우도 막을 내려갑니다. 하산하는 날, 마지막 밤을 지낸 담푸스를 뒤로하고, 페디로 내려섭니다.

막연한 두려움과 설렘으로 산길을 열었던 첫 등산길부터 전기가 들지 않던 첫 롯지의 생생한 기억. 이어지는 추위. 슬리퍼를 신고 그 무거운 짐을 지고도 씽씽 달리듯 오르막길을 오르는 성난 종아리의 포터들. 흘러내리는 콧물과 갈라터진 손발로 나마스테를 외치며 사탕 한 알에 마냥 행복해 하던 아이들. 하늘에 닿을 듯 층층 일군 계단식경작지와 거기에 깃들인 사람들의 집들. 랄리그라스, 랄루파티, 또리꼬삭 같은 꽃 이름들과 대나무, 원시림 우거진 숲과 원숭이들. 안나푸르나 남봉, 다울라기리, 히운출레, 마차푸차레, 강가푸르나, 안나푸르나 3봉 1봉, 빙하들…… 모두 꿈결 같은 주유(周遊)였습니다.

에필로그 - 순간순간을

포카라에서 이틀 밤을 머문 뒤, 다음 날 카트만두로 이르는 7시간 거리의 버스 이동을 기대했으나 '번다'(파업)로 고속도로가 봉쇄되었답니다. 서둘러 비행기 표 예매를 하고, 기다렸지만 이젠 안개가 하늘을 봉쇄하고 있습니다. 오랜 기다림 끝에 간신히 마지막 비행기로 카트만두에 되돌아가선, 타멜 시장에 들러 간단한 쇼핑을 하고, 네팔 민속춤 공연을 하는 식당에서 식사를 하곤 마지막 네팔에서의 밤을 보냈습니다.

마지막 날 오전, 카트만두 관광에서 보았던 파슈파티나트(PASHUPATINATH)는 뭐랄까 삶과 죽음 그리고 인간의 육신과 영혼이 뒤엉킨 전율 그 자체였습니다.

생존을 위해 구걸을 하는 사람부터 삶을 위해 물건을 파는 사람, 보다 나은 것을 추구하기 위해 기원을 하는 사람들이 줄을 잇는가 하면, 물가 한쪽 화장터엔 죽은 이의 육신이 나부끼는 불길에 형체를 감춰가고 있었습니다. 아직도 카스트의 케케묵은 관습에 기대어 자리를 펴고 있는 브라만이며, 벌거벗은 육신은 회칠로 얼굴엔 빨간 물감으로 칠을 한 힌두교 사두(수도승)가 화톳불을 쬐며 추위를 녹이는 모습. 그리고 60세가 넘으면 이 근처에서 죽음을 준비한다지요. 온기가 있을 적에 시바신의 성스러운 사원에서 화장을 하면 재빨리 환생을 할 수 있다는 믿음 때문이랍니다. 양로원이랄 수도 있고, 죽음을 기다리는 집이라고도 할 수 있는 그 한편에 모여 햇살 아래 아침 식사를(네팔인은 보통 우리의 아침과 점심 사이에 첫 식사를 한답니다) 하는 늙고 병든 그들의 모습에선 한줄기 눈물이 솟구치기도 하였습니다. 그들의 모습은 그들만의 모습이 아니라, 우리 모두의 자화상이기도 한 까닭이겠지요.

카트만두 시내에서 들른, 구왕궁과 살아 있는 여신 꾸마리가 살고 있다는 덜발(듀버)스퀘어(DURBAR SQUARE)도 인상적인 한 곳이었습니다.

이제 관제탑의 이륙 허가를 기다리는 기내에서 안전끈을 조이고 앉아 있습니다. 꿈결 같던 안나푸르나와 며칠 내리 안개와 번다로 어수선했던 포카라 카트만두의 네팔을 뒤로하면서, 지속과 멈춤을, 존재와 부재를, 현실과 상상을 더욱 잘 조화시켜 나가면서 순간순간을 투명한 낮빛으로 살아가는 좀 더 지혜로운 자가 되었으면 좋겠단 소망을 가져봅니다.

비행기가 이륙 허가를 받았나 봅니다. 활주로를 힘차게 달려 나갑니다.

나마스떼 - 당신과 나의 영혼은 하나입니다.

행복은 추구의 대상이 아니라 발견이다

04

ㅡ남미(페루, 볼리비아, 칠레)

프롤로그 - 여행을 왜 하는가?

당신을 만나러 가려던 것이 6년 전이었군요. 그게 6년이었는지 7년, 8년 전이었는지 무심히 흘러 지나는 시간들 틈에서 햇수마저 잘 가늠하지 못했습니다. 6년 전이라…… 아득한 우물에 내려진 두레박처럼 깊이에 있던 지난 시간들을 천천히 길어 올려 보았습니다. 6년 전이었네요. 이렇게 생이 흘러가고 있는데…… 이제 더 늦어지기 전에, 그리움마저 메말라 먹먹해지기 전에, 아직도 달려가는 뜨거운 마음이 관자놀이 핏줄로 펄떡일 때 자리를 박차고 떠나야겠다고 마음의 그림을 그렸습니다.

누군가가 물었습니다. 왜 여행을 하느냐고? 인도 여행을 다녀왔을 때, 인도가 어떻더냐고 물어왔을 때와 비슷한 물음 같았지요. 한참을 머뭇거리다가 조금 식상한 비유로 답을 했습니다. 안도현의 시론에서 따온 것이랍니다. 여행을 해도 세월은 가고, 여행을 하지 않아도 세월을 간다. 다만, 여행을 하며 보낸 시간이 그렇지 않은 시간에 비해, 계량화하여 말할 수 없는, 내면적인 어떤 채워짐을 가져다주기 때문이라고.

'잉카 문명' 같은 것은 애초에는 별로 관심이 없었습니다. 히말라야처럼, 혹은 아프리카처럼 막연하게 끌린 이름은 '안데스' 혹은 '남아메리카' 그리고 '티티카카'란 이름였지요. 그래요. 막연한 이끌림……. 여행이란 그런 것 아닌가요. 논리적이고 이성적인 다가섬이 아니라, 어느 날 문득 마음을 사로잡는 그 어떤 무엇. 그것을 사랑이라고 하면 지나칠까요? 지구 반대편 대륙. 어릴 적엔, 그랬지요. 수직으로 땅굴을 파고 나가면 그 너머로 나오는 곳이 남미 땅이라고. 지구상의 가장 먼 곳, 쉬이 다가설 수 없고 그래서 더욱 그리운 사람처럼 꼭 한 번만이라도 좋으니 생이 끝나기 전에 만나고픈 존재라고……. 그렇게 마음에 새기면 그리움이 되고 설레게 하는 당신이 되는 것이지요.

6년 전에 계획했던 것은 그러나 갑작스레 환율이 요동쳐 달러 대 원화 환율이 1,600원까지 치솟으면서 차질이 생겼었습니다. 그때 차선으로 선택한 곳은 아프리카 그리고 킬리만자로였는데, 그때의 선택 이후 차곡차곡 그리움의 우물에 재워두고 있었습니다. 아무튼 나의 남미행은 그런 이유로, 유보되었던 6년 뒤로 다시 이어졌습니다.

잉카의 추억 - 페루의 두 얼굴

남국의 온화하고 즐거운 햇빛입니다. 어쩌다 일렁이며 얼굴에 와 닿는 바람은 시원하고 사람들은 모두 즐거운 표정입니다. 어디서나 마찬가지겠지만 번화와 남루는 경극 배우의 바뀌는 얼굴처럼 순식간에 드러나곤 합니다. 대통령궁과 대성당 언저리의 식민지풍 세련미 그리고 신시가지의 번화함과 산트로발 언덕길 황막한 산길과 빈민가 모습들의 대조…… 오래된 삶의 모습들이지요.

어쨌거나, 대중교통도 이용해보고 알아들을 길 없는 스페인어 거친 억양 사이로 길을 묻고 물어 여정을 짚어갑니다. 사랑의 공원이 있는 바닷가에 이릅니다. 그러니까 눈에 뵈는 저 바다가 태평양이로군요. 맞은편에서만 바라보던 저 큰 이름의 바다. 남아메리카 페루 땅에서 태평양을 바라봅니다.

이윽고 해수욕장과 수산 시장이 있는 해안으로 택시를 탑니다. 현지인의 열정적인 도움으로 택시 잡기부터 가격 흥정까지 일사천리. 수산시장은 상상했던 것보다 규모가 조금 작았고, 도시 근교의 서민 해수욕장을 겸하는 곳으로 보였습니다. 수산시장에서 가장 인상적인 것은 떼 지어 있는 펠리컨들이었습니다. 아마도 생선 찌꺼기나 부산물을 챙기며 살아가나 봅니다. 뻔뻔스러운 놈은 생선 가판대까지 올라왔다가 상인에게 한 대 얻어맞고선 아이고 나 죽네 소리치며 도망치기도 합니다.

페루는 두 얼굴을 가졌습니다. 남루와 번화를 말하는 것이 아니랍니다. 안데스 산줄기를 중심으로 하여 서쪽은 연중 비가 내리지 않는 가장 건조한 지역이랍니다. 그러나 설산으로부터 흘러내린 강줄기가 흘러가는 곳으로 관제 시설을 한 곳은 남국의 싱그러운 푸른빛을 자랑합니다. 반면, 그 혜택을 받지 못하는 곳으로는 모래먼지 흩날리는 목마른 사막, 황무지가 펼쳐지지요. 사막과 농경지가 한 풍경 안에 드는 것은 너무도 비현실적인 구도입니다. 원경으로는 황폐한 사막 구릉이 펼쳐져 있고 근경으로 푸른빛 성성한 농경지라니…… 이런 비현실적 구도의 반복이 길을 잇는 사이 단속적으로 계속됩니다. 연 강수량이 20mm도 채 되지 않는다는 불모의 땅이 틀림없지만 안데스의 축복으로 흘러내리는 빙하의 물줄기가 있어 푸른 목숨을 출렁이게 하는 것이로군요.

내가 지구 반대편 나라에 와 있단 것이 믿어지지 않습니다. 그러나 나는 분명 여기 페루에 있습니다. 이것만으로도 내 생이 놀랍답니다. 다른 미사여구보다도 더 확실한 여행의 기적이지요. 따뜻한 남국…… 강이 흐르는 낮은 곳에 접어들면 무성한 푸른빛이 출렁입니다. 일 년에 사나흘밖에 비가 오지 않는다는 이곳 날씨로는 도무지 설명할 수 없는 기적이지요. 내가 있고 당신이 세상에 존재하고 있는 것이 분명 삶의 가장 놀라운 기적인 것처럼 말입니다.

또 다른 두 얼굴이 있습니다. 잉카의 토대 위에 지워지지 않는 문신처럼 새로이 새겨진 제국주의 문명. 태양을 모시던 잉카의 제단은 제국주의의 침탈로 몸체를 잃고, 그 위에 아이러니한 제국주의 문명의 상징인 성당으로 트랜스포머가 됩니다.

서구풍으로 광장이 세워지고, 계획된 도시는 삶의 편리와 새로운 문명의 합리성으로 치장되어 칼과 총으로 강제되었던 사실마저 종국에는 아득히 잊게 만듭니다. 원주민들에게 노동을 착취하면서 그 대가로 기독교인이 되게 해 준다는 지독한 모순이 몇 세기 지속되어온 곳. 이 이중성이 모자이크된 이 땅의 현재를 어떻게 받아들여야 할까요?

리마, 쿠스코 등 주요 도시에 이를 때마다 이런 풍경은 계속됩니다. 어디 페루뿐이겠습니까. 남미 대륙 거의 대부분이 이런 모양새였으니, 지난 제국주의의 위세를 온몸으로 다시 느끼게 되지요. 나무를 고사시키고서라도 저들의 생명을 더욱 푸르게 하는 기생식물처럼 제국주의자들은 그런 식민지를 설계했나 봅니다. 해가 지지 않을 영원한 제국을 꿈꾸면서 말입니다. 광장을 중심으로 웅장한 성당들과 치밀하고도 견고하게 그리고 서구식 감성까지 더하여 만들어진 도심을 보며 느낀 생각입니다. 잉카의 토속 문명 그 토대 위에 파괴와 혼합의 배율이 혼재되어 있는 남미 곳곳의 풍경이 마치 우리의 자화상을 보는 것 같아, 여행 내내 묘한 기분이었습니다.

아, 쿠스코

쿠스코를 향해 버스가 안데스 산줄기를 넘습니다. 버스에 탄 몇 사람들은 고산증을 호소합니다. 머리가 아프고 손발이 저린 사람도 있네요. 그래요, 누가 설명하지 않아도 줄곧 달려 밤을 새우는 이 길이 안데스 고산을 음유하고 있단 것을 알겠습니다. 해발 4천을 어떨 땐 5천을 넘었다고 고도계를 가진 분들이 말을 하곤 합니다. 버스가 하도 더디게 운행을 해서 차창 밖을 내다봤더니, 세상에나 눈이 내립니다. 적도 조금 아래인 이곳에, 그것도 한여름인 계절에 눈이 내린다면 얼마나 높은 곳에 놓인 길인지를 짐작할 것 같지요? 그런 높고 꾸불한 길을 17시간가량 짚어 나갑니다. 내게도 옅은 두통이 밀려듭니다. 그러나 나는 아득한 이 고산의 느낌이 딴 세상에 온 표징이라도 되는 듯 반갑고 즐겁습니다.

희뿌옇게 하늘이 열리고, 마음속 탄성과 함께 높은 안데스의 희끗한 산봉우리가 눈에 듭니다. 대서양을 넘어온 비구름들은 모두 이 산줄기에서 그만 발목을 잡히나 봅니다. 리마나 나스까에서 찾아볼 수 없던 푸른 빛깔들이 온 산과 언덕을 뒤덮고 있습니다. 그리고 쿠스코(해발 3,400m). 잉카인들이 세상의 배꼽이라 여겼다던, 잉카의 수도에 도착합니다. 고산 도시 특유의 으스스한 한기와 옅은 고소 기운이 먼저 마중 나와 온몸으로 안겨듭니다.

볼리비아 비자를 신청하려던 계획은 늦은 도착 시간으로 무산이 됐고, 저녁까지 남은 길지 않은 시간. 숙소에 짐을 푼 나는 주저함 없이 꼬리칸차로 향합니다. 잉카 황금의 신전 태양의 신전이었던 터를 깔고 앉은 산토도밍고 성당.

잉카인들은 하늘은 콘도르, 땅은 퓨마, 땅속은 뱀이 지배한다고 믿었다는데 따라서 쿠스코는 도시 전체를 퓨마 모양을 본떠서 정교하게 설계되었다고 합니다. 그 허리 부분에 설계된 것이 바로 꼬리칸차라고 하지요. 철기조차도 없었다던 16세기 잉카 문명의 거듭 놀라운 석조 기술. 그 위에 기생한 것이라고 보기에는 또한 너무나도 화려한 정복자들의 문명. 분명 거듭 느끼게 되는 아이러니이지요. 저녁에는 비가 내리고, 고산분지의 밤 기온은 더욱 서늘해집니다.

마추픽추 가는 길

모라이 경작지와 고원지대 염전 살리네라스, 그리고 며칠 머물고 싶던 인상적인 도시 오이얀따이땀보를 거쳐, 잉카트레일을 타고 마추픽추 아랫마을인 아구아깔리엔떼란 곳에 이르렀습니다. 기차가 이르자 우릴 반겨주는 것은 어둠과 굵은 빗줄기였지요. 그래도 쿠스코보다 한결 낮아진 해발인 탓에 맴돌던 옅은 두통은 거짓말처럼 깨끗이 사라졌어요.

늦은 저녁을 먹고 잠자리를 청하는 창문 너머로도 빗소리가 잠을 까슬하게 만듭니다. 몇 번을 뒤척였을까. 새벽 4시 기상 시간으로 설정해 두었으나 잠은 이내 깨버렸습니다. 마추픽추를 만나게 되는 설렘이 내 속에 똬리를 틀고 있었나 봅니다.

버스 편을 이용하려 긴 매표 행렬에 동참하였습니다. 세상에 내가 마추픽추를 향하다니…… 세상 사람들의 수식과 수사에는 사람들을 열렬하게 만드는 그 어떤 공통분모가 분명 있습니다. 마추픽추도 그런 곳의 하나일 테지요? 지상에서는 그 존재를 볼 수 없어 공중도시라고 한다든지 고도로 계획된 철저히 구획된 도시, 베일에 가려 있다가 20세기에나 발견되었다든지 하는 전설 같은 수많은 이야기들…… 그런 마추픽추.

새벽까지 비가 내려 걱정을 했으나, 미처 철수를 다 못한 구름들이 더 황홀하게 풍경을 돋웁니다. 하루 200명만 입장을 허용한다는 와이나픽추를 향해 부리나케 걸음 하였습니다. 그리고 내친김에, 와이나픽추 봉우리에서 전체 조망을 황홀하게 마친 뒤 우르밤바 강물이 협곡 사이로 아찔하게 휘감는 와이나픽추 라운딩에 나섰습니다. 서두른 탓에, 두 시간가량의 여유로운 트레킹을 할 틈이 주어진 것이지요. 멀리로는 설산이 이마를 보이고, 이국의 나무와 풀과 꽃들이 어우러진 등산로가 즐거움을 얹어주었답니다. 서둘러 여행지를 짚어나가던 일정에서 아주 한적하게 걸을 수 있는 것이 내내 행복한 현재로 다가왔답니다.

행복은 추구의 대상이 아니라 발견이다

먼 바다였던 당신 - 티티카카

밤차로 쿠스코서 푸노로 이동. 푸노에 도착한 것은 5시. 해발 3,700m의 고소가 공기로 먼저 몸 인사를 합니다. 그 이름만으로 그에게 꼭 한 번쯤 다가가선 하염없는 눈길을 주고 싶은 곳이 있습니다. 그 그리움의 연원이 정말 사소한, 어쩌면 터무니없는 것이라 할지라도 이 세상에 내가 살아 있는 동안 단 한 번이라도. 이번 떠남에서 그는 마추픽추도 우유니도 아니었답니다. 티티카카. 여행을 떠나기 전엔, 이 이름에 끌림이 많았습니다.

작은 배를 타고 그 속에 듭니다. 자외선이 강한 고산지, 안내인 사내는 햇볕에 그을린 검은 얼굴을 한 채 알아들을 수 없는 이방의 언어(아마 스페인어였던 듯)로 티티카카 호수에 대한 열정적 설명을 늘어놓습니다. 하지만 나. 는. 지. 금. 티티카카 호수 위에 있습니다. 그 호수 한가운데를 배를 타고 나아갑니다. 이런 세상에! 다른 이유가 설명이 필요한가요. 남미 대륙 안데스 높은 산줄기에 바다 같은 어쩌면 바다보다 넓은 그 호수 위를 말입니다. 밤 버스에 지친 여행객들은 피로의 무게에 쏠려 고개를 숙입니다. 하지만 난 시선을 뗄 수가 없습니다. 갑판 위로 올라 서 보기도 하고 서늘한 바람이 장난기를 보이면 다시 선내로 들기도 하면서 티티카카와 유희를 즐깁니다.

사랑이란 어쩌면 저만의 순전한 착시거나 착각일 때 온전한 건 아닐까요? 윤선도도 그의 시에서 웃음도 말씀도 아니해도 마냥 좋은 것이 자연이라 노래했지요. 사람 사이에서의 사랑…… 상대에게 기대는 것 기대하는 것이 자꾸만 커져갈수록 처음의 그 맹목적이다시피하던 사랑은 찾아볼 수 없게 되고 집착만 남게 되는 것일 수도 있습니다. 그러네요. 그 어떤 무엇을 바라지 않는 마냥 좋은 마음 그대로가 순전한 사랑이라는 것을 드넓은 티티카카에서 다시 생각합니다.

이 시간이 아까워 잠을 못 자겠습니다. 어젯밤 야간버스 이동 때 한두 시간 잤을라나요? 그럼에도 잠자는 동안 당신을 보지 못하게 되는 시간이 너무나 아까워 눈심지를 곤두세웁니다. 각성은 때로 시간을 귀하게도 만들어주고 더욱 길게도 만들어주곤 하죠.

갑판 위에 앉아 상상합니다. 아득한 시간 너머 바다…… 먼 바다였던 당신, 어느 날 문득 맞닿는 시·공, 어떤 불가사의한 힘에 이 높은 산 위로 솟구쳐 오릅니다. 3,800m에 이르러 안데스와 만났지요. '바다 같은'이란 수식만으로는 가시지 않는 목마름일까요? 이 지천인 물기 속에서도 채울 수 없는 갈증…… 그리고 결코 마르지 않을 그리움의 당신. 그리움이란 존재였던 것, 혹은 존재이거나 존재였으면 하고 소망하는 것의 부재로부터 비롯된 마음입니다.

나는 아직 세상에 있고 숨 쉬고 바라볼 수 있으므로 내게 그리움이 남아 있다는 것은 역으로 나라는 자아가 존재하고 있다는 표징이 됩니다. 역설적이죠? 부재하는 것을 그리워하면서 실존의 자아를 느끼다니요. 심원을, 심연을…… 존재를 생각합니다. 잊고 살아오고 있었죠. 무슨 치기 어린 청년 시절 얘기냐고 스스로 낄낄대곤 했었죠.

이윽고, 바다같이 넓은 호수 한가운데에 있는 타킬레섬이 가까이 다가옵니다. 섬 오른 켠 저 아득한 수평선 너머는 볼리비아 땅이라죠? 인간의 구획으로 그렇단 말입니다. 그러나 아득한 수평선입니다. 가없는 수평선. 호수니 바다니 하는 것은 그저 인위적인 명명일 뿐.

날씨가 점점 거칠어집니다. 바람 따라 파도 더욱 일렁이고…… 타킬레엔 먼저 비구름이 지나고 있네요. 타킬레는 동화의 나라 같습니다. 영화 속 호빗족의 마을 풍경도 같고 여느 목가풍의 마을을 닮은 듯도 합니다. 관광객들의 잦은 발길이 이들의 삶을 많이 바꿔 놓았겠지만요. 어디 그 본성까지야 바꿨을라고요. 풍경을 닮은 그곳 사람들의 표정은 순박한 가을 물빛 같습니다. 너나없이 아이들이 길목 곳곳 기념품팔이에 나와 있는 것이 조금 안쓰러웠지만 여느 관광지 아이들처럼 떼를 쓰지도 않으며 그저 수줍은 미소만 뿌려내는 정도입니다.

어디를 담아도 풍경 그대로의 풍경입니다. 언덕 위에 자리한 한 식당에서 점심을 먹는 것이 좋습니다. 호수를 배경으로 뿌려놓고, 간간 양 떼가 내뱉는 소리가 음악이 되는 곳. 생선 요리도 입맛에 맞네요.

타킬레를 떠나 푸노로 다시 돌아오는데 비가 내립니다. 그러니까 티티카카 호수에 안겨서 내리는 비를 봅니다. 먼먼 이국땅에 와 있는 나를 되새겨봅니다. 이곳에 온다고 혹은 안 온다고 해서 삶이 달라질 것은 없죠. 시를 읽거나 안 읽거나처럼…… 그러나 나는 스스로에게 많은 의미를 생각해내려 합니다. 묻어두었던 어떤 것, 이를테면 '삶이란 다 그런 거야. 뭐 별거 있겠어.'가 아닌 그래 나는 내 의지를 움직여 내 몸을 여기로 이끌었고 그리움을 순간으로 만나보게 하였으니 내 기쁜 생의 한순간이라고……. 그러나 의지로 몸을 이끌 수 있는 시간의 언덕을 넘어서게 될 어느 훗날에는 어떤 대단한 의지로도 몸을 일으킬 수 없는 시간 또한 맞이하게 되겠지요. 그 시간 너머에서 남길 회한 대신, 지금 이 순간 잠들지 않으려 합니다.

세상에 다시 없을 풍경 - 우유니

우유니…… 할 말을 잊는다는 표현이 어쩌면 가장 적확한 표현이 될 수 있을 법합니다. 나는 사람들 입에 그렇게나 빛나게 회자되던 곳, 그래서 살짝 미화를, 지나친 포장을 의심했던 그 소금호수 우유니에 왔습니다. 의심은 모독이었고 현실은 비현실적이었습니다. 처음엔 탄성을 이후엔 눈 앞에 펼쳐진 풍경의 너무나도 비현실적인 신비에, 진정으로 내가 현실 속에서 보고 있는 것인지에 대한 의구심을 가져야만 했습니다. 표면은 벌집 모양의 다각형 결정체로 촘촘하게 얽혀있고, 그 위를 아주 일정한 깊이의 물이 드리워져 있습니다. 지평선이라 해야 할까요? 수평선이라 해야 하나요. 어찌하였건 그 너머로는 어디까지가 하늘이고 어디부터 땅인지 가늠할 수가 없습니다. 하늘의 모습을 그대로 소금호수가 그려내 주는 까닭이지요.

세상에! 이런 풍경이 이 세상에 존재할 수 있다니요. 고산증, 숨

한 날들과 흙먼지를 기꺼이 감수하고 이 머나먼 볼리비아 고원지대로 달려오는 이유를, 그럴만한 가치를 비로소 알겠습니다.

그러나 우유니에는 환상적인 소금호수만 있는 것이 아닙니다. 3,700m에서부터 근 5,000m를 넘나드는 고원 사막은 지각 변동이 빚어낸 기묘한 형상의 바위들과 수많은 호수들과 라마, 플라밍고 같은 생명들을 품고 있었습니다. 먼지와 모래와 바윗돌들을 헤집어, 달려도 달려도 사막은 끝날 줄 몰랐지요. 그 황량함이 야성성이 또한 낯선 즐거운 풍경이었답니다. 그러다가 문득 기적처럼 나타나는 호수들은 거기 플라밍고들을 키우고 있었습니다.

소금 호수 위에서 해지는 풍경을 보고, 우유니에서의 첫날밤은 온통 소금으로 지어진 숙소에서 보냈답니다. 그리고 이틀째 밤 숙소에서도 세상에나! 별빛이 쏟아지는 사막 한가운데입니다. 황량한 고원 사막 한가운데 부려진 숙소라니!

우유니에서의 이틀째 해가 질 시간이 가까워 옵니다. 숙소는 마치 황야에서 사람들이 모두 떠나고 적막만 남은 것 같은 곳에 웅크리고 있었지요. 조금 거리가 있긴 하지만 눈앞에 소금 호수가 펼쳐져 있고 고원 특유의 황량함이 영화처럼 펼쳐져 있으니…… 평생 언제 다시 이런 멋진 숙소에 머물 수 있단 말인가요? 바그다드 카페의 음울하고도 애절한 ost 〈콜링 유(calling you)〉의 멜로디가 떠오릅니다. 먼지, 사막, 외로움, 인생, 기약 없는 기다림, 그리움들……

창이 드리워진 거실에 앉아 먼 풍경을 한참 바라봅니다. 일본인 젊은 친구가 주인집 아들인 듯 새까맣게 그을린 아이들과 장난을 치고 있다가 다시 창 쪽 풍경을 비워냅니다. 몇몇 거니는 사람이 보이고 이윽고 산 그늘이 드리워지면서 으슬으슬 몸이 추워지는군요.

흙먼지를 종일 뒤집어쓰고도 찬물로 대충 세면을 하고, 한 숙소에서 머물게 된 다른 여행자들과 이야기를 나눈 뒤 일찍 침대 위에 몸을 뉘었습니다. 윙윙 바람이 시공을 스쳐 흐르는 소리를 듣습니다. 판이 서로 부딪히고 먼 바다였던 당신과 만나 이 낯설고도 높은 곳까지 떠밀려와 한세상 이뤘으나…… 나는 다시 먼 바다인 당신이 그립습니다. 당신을 향한 이 목마른 목숨을 어찌해야 할까요.

에필로그

이제 멀고도 먼 곳에 있던 당신과의 만남도 끝자락에 이르렀고 이틀 뒤면 다시 떠나야만 합니다. 한번만이라도 좋으니, 그 만남의 삶으로 평생 그리움의 신열에 고통스러울지라도, 꼭 보고팠던 마음 이제 채우고 먼길 떠날 채비를 합니다. 다시 볼 수 있을까요? 다시 만날 수 있을까요? 생이 이렇게 가파른 비행을 하는데 어느결에나 다시 당신을 만날까요. 당신…… 당신과의 만남이 이 생의 척박한 황야에 흩뿌린 한 모금 소낙비 같았습니다. 그리하여 생은 또 지속되고 생의 끝날까지 다시 목마른 그리움…… 그 힘으로 시간을 이겨내야 하는 생의 이유를 거듭 알겠습니다. 깨어있는 시간, 삶 속에 당신 속에 내가 존재하고 있다는 각성, 그것 하나만으로도 나는 얼마나 행복한 사람인지 모릅니다.

용서하세요. 사실…… 당신에 대한 찬가를 접으려 했답니다. 부질없다는 생각에 휩싸이곤 했으니까요. 하지만 그것은 어쩌면 그것은 자조 혹은 내 삶에 대한 냉소의 다른 표현이었는지 모릅니다. 죽는 날까지 내 의식이 생을 놓지 않는 그날까지 늘 그리워하겠다는 다짐을 그만 버리려 했으니까요. 어느 사이엔가 그리움에도 많은 에너지, 열정이 필요하다는 걸 알았고 나는 그만 편안함과 지극한 일상성에 나를 묻어두고자 묶어두고자 하는 속삭임에 귀를 내주었답니다.

산티아고를 향하는 버스 안입니다. 자다 깨다를 몇 번 하면서 벌써 다섯 시간을 달려왔는데도 길은 가까워질 생각을 하지 않습니다. 어쩌면 지금 달려온 것을 네 곱 다섯 곱을 해야 이를 수 있을지도 모릅니다. 더 놀라운 것은 5시간 가까이 달려 왔는데도 황막한 황무지의 모습은 걷힐 줄 모른다는 것입니다. 푸른 잎을 가진 나무라고는 경유해 온 도시에 야자수 몇 그루 본 것이 모두였을 뿐 생명의 기운이라곤 풀 한 포기 찾아보기 어려운 곳입니다.

그리곤…… 읽고 있던 책의 한 구절을 머릿속에 떠올려 보았습니다. 행복과 불행은 조건이 아니라 선택이며, 행복은 추구의 대상이 아니라 발견이라는 글귀를 말입니다.

05 / 언제 또 다시……
– 아프리카, 킬리만자로

야자수 잎이 바람에 걸려 서로 부딪히면서 둔탁한 소리를 냅니다. 방콕까지 5시간 남짓, 그리고 환승을 위한 지루한 기다림 끝에 다시 10시간 가까이 날아온 아프리카 케냐 나이로비. 그러나 거기까지가 끝이 아니었습니다. 온몸 구석구석 먼지 세례를 피할 수 없는 길을 따라 다시 국경을 넘어 5시간 넘게 달려서야 이른 탄자니아 모시의 한 숙소.

눈을 들면, 우람하게 가지를 내린 산줄기 그 가운데 구름을 드리운 채 우뚝 솟아 있는 봉우리로 희끗한 만년설이 간간 모습을 드러내기도 합니다. 아프리카, 그리고 마사이어로 '누가이에 누가이(신의 집)'이라는 이름을 지닌, 이 대륙의 최고봉인 킬리만자로. 내가 왜 이 먼 곳까지 오게 되었는지, 무슨 힘이 나를 이곳으로 이끌었는지는 나도 잘 모릅니다. 언제부터인가 내 마음 한구석에는 떠남에 대한 갈망과 두려움이 혼재되어 집을 짓고 살고 있었습니다.

갈 수 없는 세상의 곳이란 없습니다. 그러나 막상 작정하고 갈 수 있는 세상은 그리 많지 않다는 것을…… 떠남을 꿈꾸며 알게 되었습니다. 옛사람들이 왜 '시작이 반'이라는 말을 했는지 알 것 같았습니다. 주저하고 망설이다간 생이 세월에 그렇게 획획 떠밀려가듯, 꿈은 그저 한낱 꿈으로만 집을 짓고 살다가 풀썩 재가 되어 내려앉고, 이윽고는 형체도 없이 사라져 버리고 말 것만 같았습니다. 갈망의 한 구석, 굳이 킬리만자로가 아니어도 좋았습니다. 영화나 이야기 속에만 머물러, 그저 내 생애에 전설과 같은 곳이 될 법한 이 아프리카 대륙을 밟아 보고 싶었을 뿐이었습니다.

햇살 아래는 따뜻하고, 그늘 아래는 시원합니다. 간간 그 햇살

따갑게 살갗을 눈을 찌르기도 하지만, 저 푸르름 그득한 산빛과 노래하는 새. 아프리카라고 하면 무더위가 흐물흐물 사람을 녹여버릴 것으로만 생각했는데, 여긴 여름이라고 하는데도 전혀 더위를 느낄 수 없는 참 따뜻한 남국이네요. 당신과 함께라면 더욱 좋겠지만, 홀로여도 외롭지 않을 저 푸른 산빛과 원색의 꽃들. 그리고 그 자연과 더불어 살아가는 검은 피부의 사람들.

지나는 길로 보이던, 남루하고 원시적인 사람들의 모습이거나, 어설픈 도시화의 꾀죄죄한 모습을 애써 닮은 모습이거나…… 삶은 어디서든 누구에게든 이어지고 있다는 것을 새삼 느끼게 합니다. 투박하게 꽃을 주렁주렁 매단 나무 그늘 아래 둘러앉아 술을 마시는 사람들, 소를 모는 목동들, 무거운 수레를 끌고 가는 사람들, 물통을 자전거에 매달고 물을 길으러 가는 사람들, 한껏 차려입고 어딘가를 향해 가는 사람…… 그리고 킬리만자로.

그 높고 넓은 품을 지닌 산 하나가 이곳 숱한 사람들을 먹여 살린다고 합니다. 수많은 외국인들이 이 산을 찾고, 가난한 탄자니아 사람들이 이로 말미암아 일용할 양식을 얻게도 되니, 참으로 넉넉한 어머니이기도 한 산. 그 산을 향하는 첫날입니다.

입산을 위해서 게이트를 통과해야 합니다. 마랑구게이트. 그런데, 게이트를 통과하기 위해 의무화한 것은 1인당 2명의 짐꾼(포터)과 인원에 비례한 현지인 가이드 등입니다. 등산객 한 사람당 3~4명의 탄자니아 현지인들의 고용 효과가 있는 것이지요. 너무 경제적인 측면으로 접근했나요?

 그들은 무거운 짐을 지고도 곧잘 우릴 휙휙 앞서 나가기도 합니다. 나는 느리고 더디게 걷습니다. 첫길로 펼쳐진 것은 열대 우림입니다. 빽빽 들이찬 나무와 더불어 사는 이끼며 기생 식물, 새와 원숭이들……. 원숭이가 무어라고 지껄이는 소리가 공명을 일으키는 곳으로 1시간 남짓 걸어 올라선 도시락을 먹습니다. 느리고 더디게 걸어가랍니다. 해발 5,895m의 고산을 오르는데 가장 무서운 적은 '고산증'이고, 그 고산증에는 장사가 없답니다. 높은 산을 자주 올랐던 사람이라도 방심을 하거나 무리를 하면 여지없이 찾아드는 그 증세. 그래서 높은 산은 이렇게 낮은 소리로 속삭여 충고 하나 봅니다. '겸손할 것, 겸손할 것…… 자신을 한없이 낮출 줄 알 것……'

 만다라 산장을 향해 오르는데, 내려서는 사람들과 간간 마주하게 됩니다. "쟘보~(안녕하세요. 반갑습니다)"라고 하거나, "헬로, 하이" 등등 인사말을 나누면, 반갑게 손을 흔들거나 행복한 미소를 건네는 사람이 있는가 하면, 지친 무표정한 얼굴로 의례적 인사만 건네는 사람들도 있습니다.

 제법 길을 올라서는데 낯익은 얼굴들이 하산을 합니다. 동양인으로 뵈는 사람들은 거개가 일본 사람들인데, 배낭에도 선명하게 태극기가 새겨져 있네요. 이곳 탄자니아에 자원봉사를 온 대학생들이라고 합니다. 그리곤 12명이 등반을 시도했는데, 그중 4명만 정상을 밟았답니다. 젊은 육체가 건강한 심폐가 언제나 최적의 산행을 보장하는 건 아닌가 봅니다. 연세 지긋한 동행 한 분이 젊은 육체는 서두르거나 지나친 자신감으로 일을 그르치기 쉬워…… 날

잡아 잡수~ 하면서 아주 느리게 더니게 걸어 올라가야 하는 것인
데……라며 말끝을 흐리십니다.

이곳은 요즘이 건기(乾期)여서 매우 가문데, 이 열대 우림 속은
온갖 이끼들이 나무와 더불어 푸른빛으로 싱그럽기만 합니다. 그
이유를 몸으로 알게 하려나 하는 듯이 빗방울이 듭니다. 하늘
다른 편은 맑은 햇빛 영롱하게 숲 사이 비춰드는데 빗방울이라니,
모두들 금세 지날 비라며 우의를 갖출 요량도 하지 않습니다. 그러
나 길을 거듭할수록 빗방울은 굵어지기만 합니다. 급하게 우의를
갖추고 배낭을 씌우고 만다라산장을 향해 걸음을 재촉하였더니 이
윽고 빗줄기 사이로 통나무로 지어진 산장이 모습을 드러냅니다.

먼저 든 사람들은 주로 유럽인들 같습니다. 그들이 한국, 일본,
중국인들을 잘 구분 못 하는 것처럼 우리도 그들이 영국인지 프랑
스인지 독일인지 도무지 생김으로 봐선 알 수가 없더군요.

식탁 사이 우의를 벗어놓고 바깥을 바라보니, 밀림 숲으로 사선
을 긋는 비의 풍경이 장관을 이룹니다. 이윽고는 동편 하늘에 무지
개를 드리우네요. 그것도 행운을 가져다준다는 쌍무지개가 떴습
니다. 그것을 바라보며 펄떡이는 맘 자체가 행운이 아닐까요.

킬리만자로산자락 아래, 맑고 싱그러운 열대우림의 공기와 더불
어, 아직은 숨쉬기에 거북하지 않은 높이 2,700m. 인디언 막사 같
은 세모꼴 작은 통나무집 숙소에 넷이 배정되었습니다. 어둠이 내
릴 무렵 어언 비는 긋고, 하나둘 오스스 한 기운과 더불어 별들이
하늘로 하나둘 찾아들곤…… 잠에서 깨어 소변을 보러 랜턴을 하
고 나섰더니 세상에! 별들이 밤 세상을 온통 점령해선 저희끼리의

세상을 이루고 있습니다. 은하수마저 그렇게 또렷하게 한눈에 들었지만 어두워진 사위에서 짐승이라도 불쑥 뛰어나와선 발목을 잡아끌 거 같아서, 이내 볼일만 보고 들어섭니다.

이틀째 아침이 밝았습니다. 오늘은 호롬보산장(3,720m)까지 7시간 정도 걸어가게 됩니다. 열대 우림 지역을 벗어나면, 이제 눈높이 정도의 관목지역이 나타나고, 빙하를 이고 있는 키보산정과 오른쪽 육중한 골산(骨山) 마웬지봉이 주변 기화요초와 함께 눈에 듭니다.

사람들과 집과 경작지 들이 자연과 한 덩이로 미묘한 조화를 이루고 있던 히말라야 지역과는 또 다른 풍광입니다. 열대우림으로 접어들 무렵부터는 삶의 흔적들은 찾아볼 수 없고 오로지 거기 버티고 선 것은 저만치 홀로 고고해 보이기도, 혹은 밋밋하고 따분해 보이기도 하는 자연 하나 덩그러니 놓여 있습니다. 보는 관점과 각도에 따라선 자칫 지루하게 보일 수도 있는 것이지만, 오히려 그 단조로워 보이고 황량해 보이는 길이 이 산을 오르는 또 다른 매력이랄 수 있겠지요.

햇살이 들면, 와닿는 손등이 따가울 정도로 강렬하다가도 구름이 바람과 더불면 서늘한 기운에 몸을 움츠리게 됩니다. 낯선 꽃이거나 기묘한 형상의 나무들이 나타나면 잠시 걸음을 멈추고 그들을 담기 위해 셔터를 누르곤 하다 보니 서서히 관목지역마저 벗어나게 됩니다.

킬리만자로에서 가장 붐비는 곳이 호롬보산장이랍니다. 우리나라 지리산에서 장터목산장과 같은 곳이랄 수 있겠네요. 오르는 사람과 내려가는 사람들이 중간에서 어우러지는 거점 같은 곳이라고나 할까요? 우린, 오늘 밤과 내일 고소적응까지 이틀 밤을 이곳에서 머무르게 됩니다. 3,700m를 넘어섰으니 옅은 고소가 올 법도 한 곳입니다. 기실, 급하게 걸음을 하거나 뛰게라도 되면 숨이 차오르고 어지럽기 일쑤이기도 하지요.

이곳엔 저마다 다른 표정과 얼굴 빛깔을 한 세계 각국의 사람들이 모여 있습니다. 백인은 물론, 우리와 일본인 같은 동양인, 흑인은 말할 것도 없고, 히잡을 둘러쓴 아랍계로 보이는 사람들도 눈에 띄는군요.

코골이 군단, 다른 남자 다섯 명과 함께 6인용 통나무집에 숙소를 잡았습니다. 소문이 사실이라면 나머지 다섯 남자들의 코골이 실력이 만만찮다는데…….

이튿날은 고소적응을 위해 4,370m까지 걸어 올랐다가 늦게 돼서야 돌아왔답니다. 점심을 먹고 나니 오후 3시가 지났으니까요. 통나무집의 맞은편엔 일본 사람들이 들어있나 봅니다. 일본어가 간간 들려오고 6인실. 셋은 바깥으로 나섰고, 산행의 피로 탓인지 고산의 울렁임 탓인지 두 분은 드러누워 잠을 청하고 있습니다. 호롬보산장 해발 3,780m. 미열 같은 고소를 느끼기도 하고, 급히 움직이기라도 하면 숨이 차서 한참을 진정해야 하기도 한답니다.

바깥엘 나갔던 사람들이 돌아오고, 조용하던 산장 안이 다소 소란스러워졌습니다. 햇빛은 금세 몰려든 구름 성화에 쫓겨나가고 숙소 맞은편엔 독일어를 쓰는 금발의 남녀가 의자를 꺼내놓고 앉아 음료수를 마시더니, 추위 탓인지 지금은 보이지 않습니다. 창밖으로 보이던 먼 풍경마저 걷혀버렸습니다.

이곳 탄자니아 사람들은 참 순박하답니다. 이 킬리만자로산 넓은 자락이 그 아래 깃든 수많은 이들에게 먹을 것과 입을 것을 주고 있으니, 그 산의 자비로움을 이들이 또한 닮지 않았을까요.

저녁을 먹고 나서니, 초승달이 떴고 그 아래 별들이 나란히 섰습니다. 서녘 하늘. 인디언들의 원두막처럼, 그 아래 친 텐트 불빛도 달과 별과 어우러진 한 세트 같습니다. 어언 구름이 걷히고, 산 아래 먼 마을 불빛도 보입니다. 늦은 점심 탓인지 저녁때엔 통 식사를 할 수가 없었습니다.

짐을 챙긴다고 부스럭거리는 소리, 양치질로 들락이는 사람, 옆방 일본인들의 속삭임. 산장의 밤은 깊어만 갑니다. 이제 이번 산행의 고비는 내일과 모레 이틀이랍니다.

내일은 4,700m 해발의 마지막 키보산장에 이르게 되며, 밤 12시에 일어나 아침 해가 돋기 전에 능선(길만스포인트)에 닿아야 한답니다. 눈에 보이는 것이 때로 위태로운 것이 될 수 있다지요? 날이 밝아지기라도 하면, 그 아찔한 고갯길을 눈으로 보고는 차마 오를 수 없다고도 합니다.

추위와 고소, 특히 고소 여부가 관건입니다. 고소증엔 장사가 없다는 말을 거듭 떠올립니다. 고산을 여러 차례 등반했던 사람들도 간간 고소증을 호소하곤 한다니까요. 모두 그 때문에 긴장하고 있답니다. 벌써 누군가의 코 고는 소리가 들립니다.

가만 내 숨소리에도 귀를 기울여보면 평소의 그것보다 한결 거칠답니다. 인간이란 얼마나 나약한 존재일까요. 안나푸르나엘 갔을 때, 티베트엘 갔을 때에도 아주 높은 곳에선 고산 특유의 어질한 느낌에 빠져 본 적 있었답니다. '고소증'이란 증세의 넘침 말고, 그 고빗길을 넘어서기 직전의 상황, 아릿한 환몽 같은 그 순간…… 그것은 어쩌면 절반의 희열 같기도 한 무념무상.

정상에 오르기 위해 키보산장(4,720m)으로 이동하는 날이 밝았습니다. 오전은 거의 쾌청한데, 오늘 아침도 마찬가지 구름 한 점 없는 맑은 날씨로 시작이 됩니다. 호롬보산장에서 출발해 새들지역에서 점심 도시락을 먹고, 해발을 서서히 높여 7시간을 걸어 키보에 도착한 것은 오후 3시경. 4시경에 저녁을 먹고 휴식, 취침을 한 다음 밤 10시 30분경 일어나 간단히 요기를 하고 12시에 산정을 향하게 된답니다.

키보산장은 그 높은 위치만으로도 사람 정신을 몽롱하게 한답니다. 입맛도 잃는 것은 물론, 잠을 청해도 도무지 잠을 이룰 수가 없지요. 그건 비단 나만의 문제가 아니었습니다. 오줌이 마려워서 밖을 나서면, 별빛은 더욱 가까워져 금세 머리 위로 닿을 것만 같습니다.

밤 10시 30분 기상을 알립니다. 차라리 잠 못 들어 뒤척이며 고통스럽게 누워 있느니 박차고 일어나는 편이 낫겠다며 주섬주섬 옷을 챙겨 입는 일행들의 얼굴은 전에 없이 긴장된 굳은 표정 역력합니다. 끓여 내놓은 수프와 누룽지를 억지로 들이키고 출발 준비를 마친 것은 밤 11시 50분. 길만스포인트(5,685m)까지는 키보산장에서 거의 해발 900m를 직벽처럼 가파른 길로 5시간을 걸어 올라가야 합니다. 무엇보다 무서운 것은 '고소'라는 적군의 출몰 위협이지요. 그와 조우하지 않기 위해 느리게 더디게 걸어야만 합니다. 이곳 말로 '뽈리뽈리'.

해드랜턴을 한 일련의 무리들이 산줄기를 별자리처럼 수놓습니다. 반걸음의 반걸음으로 속도를 줄여도, 관자놀이로 펄떡이는 핏줄기며 헐떡이는 숨결을 진정하기 어렵습니다.

단조롭게 걸음을 옮기는 사이로 간간 졸음이 밀려오기도 하고, 걸어도 걸어도 도무지 어디쯤 왔는지 얼마나 왔는지 알 수 없는 답답함이 밀려오기도 하지만, 모든 것을 체념으로 일관하고 그야말로 수도승처럼 묵묵히 발아래만 바라보고 걷고 또 걷습니다. 고행일까? 아…… 이런 것이 고행이라면, 고행의 이유 한 자락쯤은 헤아릴 법하겠구나 싶습니다. 어쩌면, 그 가파른 밤길을 걸어 오르는 지독한 고행의 순간이야말로 '무념무상'의 상태 같으니까요. 문득 그럴 즈음이면, 세속적 번뇌라든지 욕망이라든지 하는 것들은 그 어디에도 찾아볼 수 없게 됩니다. 무아지경이 되는 것이지요. 다른 잡념이 끼어들 틈조차 없답니다. 육신이 한계 상황에 이르렀는데, 무엇을 더 생각하겠습니까?

무념무상…… 무아지경…… 그렇게 길만스포인트를 오르니, 막 일출이 시작되고 있었습니다. 뒤쪽 분화구 너머 빙하도 돌아 오르는 햇살에 발그레한 얼굴빛을 하고. 이제 1시간여 걸어 오르면 킬리만자로의 최고봉인 우후루 피크(5,890m)에 이르게 됩니다.

길만스포인트에 올랐다는 안도감에 잠시 풀어졌던 맘을 다잡고 (이틀 전에 식당 옆자리서 만난 일본인 두 사람 중 한 사람은 여기 길만스포인트에서 고산증이 너무 심해 정상을 밟지 못하고 하산했다고 들었으니까요) 정상을 향해 한 걸음 한 걸음 무거운 걸음을 옮겨 봅니다.

등산용 내의, 바람막이 셔츠에 우모복 그리고 고어자켓까지 입어도 추위는 여전합니다. 아래 자락에서 그렇게 아스라하게 보이던, 빙하로 병풍을 이룬 옆길을 걸어서 드디어 아프리카 최고봉인 우후루 피크(5,895m)에 이르렀습니다.

만년설과 분화구 그리고 아프리카 대륙에서 가장 높은 킬리만자로 정상 우후루 피크를 뒤로하고 하산을 시작했습니다. 키보산장에서 다시 호롬보산장으로 하산을 해서, 다시 하룻밤을 묵어가게 되지요.

호롬보산장에 도착하니 난처한 상황이 벌어졌습니다. 6인실에 2명의 흑인 여성이 먼저 자릴 배정받고 쉬고 있었습니다. 세 분이 먼저 거기에 이르렀는데, 난감해하며 웃고만 있었습니다. 옷을 갈아입거나 할 수도 없는 일이라며…….

영국서 왔다는데, 한 여자분은 너무 몸이 무거워 보여 과연 정상엘 오를 수 있을까 싶었습니다. 그러나 그들 또한 작정을 하고 나선 길이겠지요. 서툰 영어로 정상 오름의 힘듦을 설명했더니, 그들도 입술을 깨무는 비장의 결의를 다지는 거 같았습니다.

호롬보산장에서 새벽녘에 일어나 식사를 하고, 마지막 하산을 시작합니다. 이곳으로 1월 1일, 새해가 돋아 오르는 광경을 보면서…… 혼자 산행하는 것이 오랫동안 몸에 배어 무리를 이뤄 산행하는 것을 조금 불편하게 생각했지만, 산정을 향해 오를 적엔 단체의 룰을 지키려 애썼답니다.

하지만 하산은 비교적 자유로웠지요. 그래서 나는 일행(이 일행들도 모두 공항에서 처음 만난 분들입니다)과 떨어져 혼자만의 시간을 가지며 내려왔습니다. 해발이 점점 낮아지면서 무거웠던 머리는 상쾌해져 오고, 이윽고 열대우림 지역으로까지 내려섰답니다.

일 년 사계절 내내 20도 안팎을 오르내리는 이 킬리만자로 아래자락 빽빽한 열대우림. 간간 원숭이가 소리를 지르고, 새들이 지저귀는 사이로 햇살 눈부시게 들고…… 그야말로 태초 인류의 낙원이 있었다면 바로 이런 곳이 아니었을까 하는 생각이 들었습니다. 나무 하나하나 그 곁 이파리 하나하나에 눈을 주면서 천천히 천천히 내려왔습니다.

게이트를 빠져나오기 얼마 전쯤에, 그 녀석들…… 카멜레온 한 마리를 잡아 나뭇가지에 올려놓고 지나는 사람들에게 1달러를 내고 사진을 찍으라는 녀석들이 있었습니다. 그러는 아이들이 서글퍼서 눈도 마주하지 않고 지나치다가, 녀석들도 포기해버린 시점에서 덜컥 돌아보고야 말았습니다. 돌아보다가 녀석들 눈과 마주친 것이지요. 마주친 눈의 그 슬픈 표정은 기실, 그들이 슬픈 것이 아니라 그들을 바라보는 내 심정의 어떤 슬픔 때문이었겠지만…… 발걸음이 쉬이 떨어지지 않았습니다.

배낭 안에 연양갱이 하나 남아 있어 둘이 나눠 먹으라며 줬더니, "플리즈……"란 말까지 써가며, 제발 그냥 찍게 해 줄 테니 사진을 찍으랍니다. 그러나 나는 그냥 웃으며 손을 흔들고 내려왔습니다.

이윽고, 게이트까지 완전 하산을 했습니다. 닷새 동안 짐 운반을 하던 포터며 산행 안내를 하던 가이드들과 헤어지고, 탄자니아를 떠나 케냐에 있는 암보셀 국립공원을 향해, 먼지가 파고드는 야생의 길을 달리고 또 달렸습니다. 해가 한 길 정도 남았을 무렵에야 그 공원에 이르렀답니다.

공원은 숫제, 커다란 한 나라를 방불케 하였답니다. 입구에서부터 40여 분 정도를 차로 달려서야 숙소 부근으로 이르렀으니까요. 처음은 황막한 사막에 들어서는 느낌이었답니다. 아득한 지평선만 아스라이 펼쳐져 있고 자욱한 먼지…… 거기에 야생의 얼룩말, 누, 톰슨 영양, 하이에나, 원숭이, 물소, 코끼리, 기린, 사자 들. 그들을 배경으로 초원에 해가 지고 있었고요.

암보셀리 세레나 사파리 롯지에 도착했답니다. 롯지에서 1박을 한다길래 사실 허름한 네팔의 롯지를 생각했지요. 그러나 황막한 사위와는 달리, 여긴 나무숲이 있고 수영장이며 각종 위락 시절마저 깔끔하게 갖춘 호텔이 마법처럼 들어서 있는 것이었습니다. 동물들이 들지 못하게 물론 사위로는 전기 철책이 둘러져 있었는데, 그것이 조금 죄스럽게도 생각되더군요. 지금은 건기(乾期)라 동물들이 물도 실컷 마시고 쉬어야 할 가장 좋은 곳을 인간들이 불법으로 점령하고 있는 듯했으니까요. 탄자니아의 첫날 허름하고 남루한 호텔과는 비교도 안 될 정도로 좋은 시설이었답니다. 마치, 사막에서 오아시스를 만난 것처럼…….

저녁 식사를 하고 나선, 야외 무대에서 공연이 벌어졌는데, 너무 모범적인 관객이어선지. 내가 두 번이나 그들 공연에 불려나갔습니다. 한번은 흑인 무희와 춤을 췄고, 또 한 번은 희극적 쇼에 게스트가 되기도 했고요.

뒤척이다 보니 벌써 새벽. 동물들은 해뜨기 전에 가장 왕성한 활동을 한다나요? 그래서 아침 식사도 뒤로한 채 사파리를 나섰답니다. 운전사들은 무선으로 교신을 하면서 주요 동물들이 위치한 곳을 찾아 부지런히 핸들을 돌렸고, 이윽고 킬로만자로를 배경으로 초원 위로 햇살을 그려내기 시작할 무렵 어슬렁거리는 사자 떼를 찾아볼 수 있었지요. 온갖 동물들도 다 아침 인사를 나눌 수 있었고…….

그리곤 돌아와 아침을 먹고, 잠시 마사이부족들이 사는 곳을 방문했답니다. 들소를 사냥하던 용맹한 그 부족은 이제, 관광객들이 내는 입장료며 기념품 판매로 야성을 잃어가고 있었지만 그래도, 문명을 거부한 채 그들만의 방식으로 살아가는 사람들에게서 무슨 주술적인 힘이 느껴지기도 했답니다. 그들이 함께 부르는 노래는 무슨 신령한 주문처럼 혼을 울리는 무엇이 있었고, 풀쩍풀쩍 뛰어오르는 모습에서 또한 영적인 기운이 느껴졌답니다.

그러나 사람들의 남루한 입성, 아이들은 콧물을 한주먹이나 주렁주렁 매달고 있고 술에 취한 노인의 불콰하고 흐느적이는 듯한 눈매는 선뜻 정겹게 와 안기지 않습니다. 가축의 분뇨와 흙을 버무려 만든 주거지는 좁고 끔찍하게도 어두웠습니다. 아무리 좋게 보려 해도, 다른 것에 길들여진 내 눈엔 돼지우리와 별반 달라 보이지 않는 공간이었고, 옹색하고도 그 주거지를 돌아보면서 우리 삶의 방식을 몰래 안도하기도 했답니다.

아……. 이들 문화의 이방인인 나에게, 그들의 삶은 그저 호기심 어린 눈 요깃거리에 불과하구나 하는 씁쓰레한 생각이 바깥으로 떠도는 회오리바람처럼 한차례 지납니다. 그리곤 다시 호텔에서 출발 전 잠시 쉬었답니다. 맑은 물이 드리워진 수영장 위로는 야자수 이파리가 남국의 낙원처럼 드리워져 흔들리고 머언 풍경으로는 영화 속 한 장면처럼 야생 동물들의 모습이 보이는 곳. 몇몇 서양 사람들은 수영을 하기도 하고, 둘러놓은 선베드에 드러누워 일광욕을 즐기거나 책을 보거나…… 나도 잠시 그 선베드에 누워 아슴푸레 몰려드는 졸음과 명멸하는 생각들 틈 사이를 유영하였답니다.

이제 케냐에서의 이틀 일정이 남았고, 6시간 늦춰뒀던 시차를 다시 제자리로 돌려놓아야 합니다. 내일 또 덜컹거리는 비포장도로 먼지를 담뿍 뒤집어쓰고 케냐 나이로비에 이르겠지요. 이번 여정 중, 가장 고급이라는 호텔에 들러 야생동물 바비큐에 훨씬 세련된 공연에 더욱 잘 갖춰진 호텔 시설에 하룻밤을 쉬게 된 다음, 방콕을 거쳐 인천공항으로 되돌아오게 될 것입니다.

킬리만자로. 그리고 아프리카 대륙 한 귀퉁이를 떠날 시간이 머잖았습니다. 그 이전에도 그랬던 것처럼 아직도 내겐 낯선 세계에 대한 갈망 그리고 현실을 박차고 나서는 것에 대한 여전한 머뭇거림이 함께 집을 짓고 살아갑니다. 언제 다시 당신에 대한 갈망이 선연한 핏빛으로 일어서 아득한 이국땅에서, 해돋이를 혹은 일몰을 보고 있을지 모릅니다.

아프리카라는 대륙에 한번 와 보고 싶었습니다. 대륙에서 가장 높은 킬리만자로가 있고 끝없는 야생의 들판과 펑퍼짐한 구릉 그리고 순박함과 남루함 혹은 어설픈 서구화의 뒷자락이 온통 뒤섞여 있는 곳…….

거기에도 삶은 이어지고 있었습니다.

견딜 수 없네 / **06**

- 오사카, 교토, 나라, 고베

번거롭고 수선스럽고 때로 지루할 법도 한데…… 기다림마저도 설레는 공기의 미묘한 파동은 말합니다. 그것이 바로 여행의 마법 같은 것이라고……. 일상에서 심정지 되었던 육신의 검푸른 빛에 서서히 핏기가 돌고 입술이 붉어지며 심박 수가 그래프를 그리기 시작하는 것입니다.

나이 들어 번잡한 과정을 거쳐야 하는 여행이란 놈이 싫어질지도 모른단 생각을 했었답니다. 실상 공항 출국수속을 할 때까지만 해도 이 생각은 유효한 듯했지요. 게이트 앞에 가방을 내려놓고 창밖에 정박해 있는 여객기의 늘씬한 동체를 보면서 여정을 알리는 부지런한 방송과 수많은 낯선 얼굴들을 스치면서…… 여행의 공기가 폐부로 스며드는 것을 느끼게 되고 잔잔하던 심박기의 파동이 펄떡이기 시작합니다.

9년 전쯤이나 되었나. 첫 네팔을 만났을 때의 심장박동을 아직도 생생하게 기억합니다. 그 낯선 세계의 흥분과 즐거움. 그리고 안나푸르나를 향하던 시간과 길과 만남과 무모한 열정들까지도……. 어리석은 선택은 아니었을까 하는 생각은 그녀를 향하는 내내 복잡하게 내 온 마음을 휘저었지만 그런 생각의 유효기간은 딱 거기까지였습니다. 출발 이전. 일단 그녀 품에 안겨들기만 하면 아니, 첫 여정의 낯선 반짝임만으로도 건조한 사막에서 샘물을 찾아내는 기분이 되지요. 한 시간여의 기다림의 시간은 기다림이 아니라 그 샘물을 찾아 나서는 여행의 시작, 프롤로그입니다. 공기 냄새 수런대는 소리…… 온갖 느낌들…….

복잡한 도심을, 거미줄처럼 얽힌 전철 사이를 헤집어 오사카와

교토를 주유합니다. 조선 침략의 원흉이었던 자가 오사카성에서는 영웅으로 추켜세워지고 있네요. 아이러니가 비단 역사에서만 존재하는 것일까요? 일본을 미워하면서도 일본을 찾는 발걸음을 하는 것도 마찬가지입니다. 그러나 그것은 역사의 원(怨)일 따름이고, 지금 눈앞에 있는 저들의 친절한 미소나 반듯하고 단정한 거리에는 유감이 없습니다.

교토에서 가장 인상적인 것은 청수사도 금각사도 여우신사도 아닌, 금각사를 거쳐 료안지(용안사)를 돌아 나오면서 우연히 타게 된 전철이었답니다. 골목골목을 지나고 사람들이 사는 집 사이를 가로지르는 한 량으로 된 전철을 탄 것은 1930년대를 배경으로 하는 영화 세트장을 지나는 기분이랄까요? 다소 비현실적인 공간과 시간 여행의 느낌이었습니다.

맑은 날씨. 사흘 차. 하루 평균 20㎞ 가까운 거리를 걷는 여행입니다. 오사카 지하철에서 한신 전철로 갈아타고 고베시를 향합니다. 낯설지 않으면서도 낯선 풍경들과 이국의 언어들이 뒤섞인 공기의 파동에서 문득 내가 존재하는 시간 속의 낯선 공간을 인식하게 됩니다.

노년의 시간은 빨리 간다지요? 엇비슷한 생활의 반복, 그 단순함. 게다가 도파민의 분비가 줄어든다나요? 행복감을 느끼고 마냥 신비해 하고 설레는 감정들의 반짝이는 생의 시간들이 고작 신경계 분비물의 장난에 의한 것이라니…… 참 허망하기 짝이 없구나…….

많이 설렜습니다. 그랬습니다. 네팔 트리부반 공항에서 내려 카트만두로 향하던 거리 풍경을 차창으로 보면서 나는 그 낯섦에 홀딱 반해서 뛰는 가슴을 도무지 진정할 수가 없었습니다. 눈을 깜박이는 것조차 아까워 부릅뜨고 있었다고 한다면 다소 과장이겠지만 말입니다.

그 누구도 어찌할 수 없는 생의 시간들은 가엾이 가엾게 흘러만 갑니다. 구순의 모친 그리고 아흔다섯의 부친에게도 청춘이 있었고 마흔 쉰의 중간역이 있었지요. 생의 시간이 누구에게나 어김없이 그러했지만, 양친의 소멸해가는 영혼과 육신을 바라보는 통증은 그 무엇으로도 제어할 수가 없습니다.

견디기 어렵습니다. 아프고 아픈 것들이어서 차마 견딜 수가 없습니다.

> 견딜 수 없네.
> 모든 흔적은 상흔(傷痕)이니
> 흐르고 변하는 것들이여
> 아프고 아픈 것들이여.
>
> - 정현종, '견딜 수 없네' 중

그러나 어찌하랴. 우리의 생이라는 여행은 종국에는 아득한 저 층의 쇠잔과 소멸을 향하는 것이 숙명이지만, 지금 이 순간은 깨어 있어야 한다. 끊임없이 바라보고 사랑하고 가슴 뛰는 현재를 살아가자꾸나…… 거듭 뇌어봅니다.

고베, 바닷가인 탓일까요? 바람은 맵습니다. 고베에 마땅한 여행지를 물색하다가 온천체험을 먼저 택했지요. 아리마온천. 한 번에 가는 버스는 시간이 맞지 않아 다시 지하철 역사를 눈 수소문 끝에 찾아 경유지행 전철을 기다립니다.

전철은 한산합니다. 맞은편 차창으로 나란히 앉은 아들과 내 모습이 보입니다. 미소를 지어 보이니 맞은편 남자도 웃습니다. 그 남자가 아들에게 말합니다. 저기 왼쪽에 앉은 사람이 네가 되고 그 오른쪽에 스무 살 넘은 네 아들이 앉아 있는 풍경을 상상해 보았노라고……

점심과 곁들인 그랜드 호텔행 셔틀을 타고 가격 대비로는 다소 소박한(?) 점심을 먹은 뒤 지하에 위치한 온천탕으로 향합니다. 정갈한 실내에 편백향이 후각까지 편안하게 하네요. 금탕에서 몸을 데운 다음 노천탕에 몸을 담갔더니 온몸이 붉어지는 피부발진이 생깁니다. 온천은 온천인 게로구나. 헬스에 다니면서 매일 몸을 담가도 괜찮던 온탕이었는데…… 찬물에 잠시 식힌 다음 다시 금탕으로 드니 가라앉습니다. 신기하네요. 작은 아들과 실컷 대화를 나눕니다. 현재의 공부에 흥미를 갖는다는 고맙고도 다행스러운 말에 안도와 행복을 느끼는 나도 보통의 부모와 다를 바 없는 사람이지요.

다시 전철을 두세 번 갈아타고 고베항에 닿으니 바다와 인공의 빛들이 빚어낸 풍경이 또 다른 세계를 연출합니다. 바다 풍경이 보이는 식당 창가 자리를 대기석에 기다리다 배정받아 이십 대 청년인 아들과 대화를 이어갑니다. 여행의 시간이 주는 연이은 선물.

간사이공항에 일찍 닿았습니다. 나라에서 철도를 이용하지 않고

리무진버스를 택했는데 1시간 간격으로 있어 여유 있게 출발한 까닭이었지요. 일본에서의 나흘 중 오늘이 젤 맑고 기온도 높은 것 같습니다. 쨍한 햇빛 아래 다녀보니 지난 사흘의 적당한 흐림이 여정엔 도움이 되었단 것을 알겠네요.

스물세 살 아들은 영민하고 건전하고 호기심 많은 청년으로 성장해 있었습니다. 아들의 진취적이고 열려 있는 사고가 오늘 나라 공원의 하늘처럼 눈부십니다. 내게도 저런 구김 없는 푸른 스무 살이 있었던가? 푸르긴 하였지만 저처럼 여유롭진 못했습니다. 의욕을 불태웠지만 그것을 실행으로 거둬들인 결과물에 흡족해한 것도 적었지요.

그러는 사이, 직장을 가지고 서른을 넘어 결혼하고 두 아이의 아버지가 되었고…… 하나둘 지나온 삶의 여정을 얼굴이며 머릿결에 새겨놓았습니다. 스물의 나이에는 상상도 할 수 없던 머언 먼 길을 항해해 온 나를 때로 막막하게 바라보곤 하는 시간이 잦았습니다. 아들의 저 푸릇함을 바라보는 것만으로도 배가 부릅니다. 저 푸릇함의 정체는 무엇일까요? 생물학적인 나이를 논외로 하는 것이 허락된다면, 자주 설레고 꿈꾸는 것을 잃지 않는 마음이 아닐까 생각합니다.

그렇다면 거울에 비친 모습보다 먼저, 내 속에 웅크리고 있어 잦아드는 그리움의 이름을 불러보자! 그것이 그에게 돌아가는 게이트가 될 것이므로……. 게이트를 지나 비행기에 몸을 얹자 이내 나흘을 머물던 땅을 박차고 내 몸은 하늘 위로 솟구쳐 오릅니다.

다시, 여행이란 / **07**

- 남인도

낯선 세계와 기꺼이 몸 비비는 것

안락한 잠자리와 입에 맞는 음식, 좋은 승차감의 승용차 그리고 시끄러운 경적소리도 매연이나 먼지도 없는 도로, 익숙하고 편안한 일상. 그러나 나는 다시 오토릭샤의 아찔한 곡예 운전과 목을 싸하게 만드는 그 거리의 매연과 먼지, 불결해 보이는 거리의 짜이와 음식과 낯설고 한없이 불편한 그 거리들을 그리워합니다.

그리움. 그렇습니다. 그 그리움들이 끊임없이 내 이름을 부릅니다. 두리번거리게 하고, 다시 꿈꾸게 합니다. 그랬습니다. 낯선 세계와 만난다는 것은 얼마나 생에서 반짝이는 일인가요. 인생이 유한하고, 흘러가 버리면 다시는 돌아오지 않는 날들이기에 일상에서보다 더 많은 각성과 설렘을 가질 수 있는 그 순간들이야말로, 우리 생에서 늘여 쓸 수 있는 시간의 고무줄 같은 것입니다.

여행을 통해 자신을 찾는다고? 부처님 껌 씹는 소리 아닌가? 나도 실은 이런 좀 거시기한 의미 하나 말머리에 두고 싶었습니다. 좀 있어 보이고 멋진 표현이지요. 그러나 솔직해지자. 자신을 성찰해 본다는 정도로 자아를 들여다본다는 정도로만 해도 충분하니까요. 기껏 며칠의 여행을 통해 구도자들의 갖은 고행이 빚어낼 수 있는 무늬를 형언한다는 것 자체가 요란한 착각이고 위장이라는 생각입니다. 깊은 성찰로 자신을 찾아낸 여행자가 있다면 그들에겐 미안한 이야기입니다. 무례하기 그지없는. 그러나 내게 여행은 그저 낯선 세계와 기꺼이 몸 비비는 것, 이것 하나입니다.

대륙의 허리에서 남으로 남으로(뭄바이-고아)

뭄바이, 문을 연 채 달리는 시내 전철, 5루피. 하지만 누구도 검표조차 하지 않습니다. 세 번을 탔는데도 역시 마찬가지. 역에 내려선 도비가트를 찾습니다. 카스트제도의 최하층. 가난과 신분 세습의 상징 도비왈라. 그러나 가트를 가로질러 나오면서 실망과 안도의 두 표정을 지어야 했답니다. 첫 번째 표정은 이제 더 이상 사진이나 여행기의 기록과 같은 극한의 모습은 보이지 않다는 것이고, 세탁기 탈수기 등 현대화된 장비들이 갖춰진 내부를 보면서 이제 더 이상 세습의 굴레가 아닌, 세탁산업화 되어간다는 것이 두 번째 표정입니다.

다시 전철을 타고 게이트웨이 오브 뭄바이로 가기 위해 '처지게이트'역에 이릅니다. 그리곤 1.8㎞ 정도 거리를 헤집어 나갔습니다. 다운로드한 지도는 오프라인에서도 GPS 작동으로 내비게이션 역할을 하니 참 편리한 세상이지요.

게이트웨이 앞에서 가라퓨리섬(일명, 엘레펀트섬. 'Elephnata Caves'란 유네스코 세계문화유산으로 지정된 높이 약 200m의 바위산에 석굴을 파고 조성한 힌두교 석굴사원)으로 향하는 배가 1시간마다 있다는 가이드북 설명과는 달리 5분마다 있네요.

인디아게이트와 타지마할 호텔을 뒤로한 배는 1시간을 달려, 엘레펀트섬에 이르게 될 것입니다. 낯선 사람들 속 아라비아해를 건너온 바람과 볼 비벼 인사합니다. 덥지도 시리지도 않은 남국 야자수 잎을 닮은 바람. 배 엔진이 내뱉는 규칙적인 호흡과 잔잔한 물결이 직조한 파동에 몸을 맡기니 여기 이렇게 또 다른 세상 속에 존재하는 나를 느끼게 됩니다.

아침, 시장에서 마신 두 종류의 짜이 두 잔과 으깬 감자에 양념을 곁들여 튀겨낸 고로케 비슷한 사모사(Samosa)란 거리표 음식 그리고 전철에서 인디아 게이트 1.8㎞를 걸어오는 도중 마신 사탕수수즙 한 잔이 먹은 음식 목록입니다. 완전연소가 된 모양인지 살짝 시장기가 몰려옵니다. 그리고 나른하기까지 합니다. 무심히 바닷바람에 얼굴을 맡깁니다.

코끼리 조각상이 많아서 1543년 이 섬에 상륙한 포르투갈인들에 의해 '엘리펀트섬'으로 불렸다고 하나 정작 이름의 주인공인 코끼리상은 보이지 않습니다. 1814년 영국에 의해 조각상이 옮겨졌다고 하네요. 브라흐마, 비슈누, 시바의 삼위일체신을 표현한 뜨리무르띠 조각상을 비롯, 파괴와 해체, 창조, 역동, 금욕, 에로틱의 복합적 성격을 지닌 힌두의 대표적인 신 '시바' 등을 바위 굴을 파서 신전을 만들고 다시 그 안에 조각으로 표현하였습니다. 돌을 옮겨 온 것이 아니라 돌산을 파고 들어가 신전을 만들고, 그 굴 안에 있는 자연석 그대로를 새겨, 힌두의 신들을 형상화해 놓은 엄청난 역사(役事)를 가능하게 한 힘을 과연 무엇이었을까요? 이번 인도 기행에서 두고두고 생각해 보게 될 화두의 하나가 될 것 같습니다. 너무 크고 해묵은 이야기, 인간의 삶에서 종교란 과연 무엇인가?

인도 기차에 대한 예방주사는 6년 전쯤 북인도 여행에서 맞아서인지, 생각했던 것보다 훨씬 괜찮았답니다. 빈대 몇 마리가 기어가는 모습을 보긴 했지만, 세탁된 시트가 두 장씩 개인에게 지급되는 호사(?)스러움까지 보이기도 했으니 말입니다.

뭄바이를 떠난, 3층으로 된 침대칸 기차는 밤새 남으로 향합니다. 기차의 다소 규칙적인, 엄마가 흔드는 요람 같은 율동에 잠을 맡겼습니다. 몇 번을 깨곤했지만 출입문 옆, 여닫힘, 비상등 불빛, 따라 틈입하는 바람 등의 훼방꾼을 생각하면 썩 잘 잔 편입니다. 어제 뭄바이에서 많이 걸었던 나른한 피로도 도우미가 되었겠지요. 그리고 밤을 지새운 차창 밖으로 물상들이 형체를, 정체를 서서히 드러내기 시작합니다. 1시간 정도 연착하는 착한 모습(?)까지 보여 거듭 놀라게 했답니다(북인도에선 6시간, 10시간 연착을 예사롭게 겪어야 했으니까요).

오늘 묵을 숙소에 먼저 들렀지만 체크인은 12시 이후에나 가능하고 합니다. 씻고 갈아입고 쉬고 싶은 생각은 보류해 두고, 현지 투어의 'south goa'에 몸을 싣습니다. 이동 거리가 먼 탓에 대중교통이나 릭샤를 이용하기엔 무리가 있어서이죠. 고아엔 그다지 볼거리가 없다더니 오전에 들린 곳은 민속박물관 격인 빅풋(big foot). 그리고 힌두사원이지만 불탑의 방식과 이슬람의 모스크가 뒤섞인 듯한 사원 두 곳을 거쳤습니다. 그리고 점심 식사. 란과 달을 중심으로 시킨 두세 가지 메뉴가 정말 맛있습니다.

이튿날, 고아 북쪽 해안으로 가서 아과다포터 근처 작은 항구에서 작은 배를 타고 나가서 돌고래를 만납니다. 그들도 이제 이 환경에 익숙해진 것일까? 작은 모터보트들이 기계음을 내며 맴도는데도 돌고래들은 유유히 유영을 합니다. 그 등살을 드러낼 때마다 환호하며 손뼉 치는 관광객들. 그리고 안주나해변. 해안으로 길게 늘어선 게스트하우스와 식당들. 어느 편을 배경으로 해도 사진 속 이국적 풍경이 펼쳐지는 곳. 여행자의 8~9할이 백인들. 그 예전 히피들의 천국이었다는 말이 실감 납니다. 레게 머리를 길게 늘어뜨린 녀석들이며, 오랜 여행으로 찌든 때가 덕지덕지한 차림의 그러나 자유로움을 표방하는 듯한 여행자들. 식당 한쪽 이슬람식 좌석이 반쯤 드러누워 느긋하게 오후의 시간과 바닷바람을 즐기는 모습들.

다시 남쪽으로 조금 더 내려가서 또 다른 해변 바가비치에 이르러 파라솔이 있는 해안 비치배드에 느긋하게 누워 음료수를 마시면서 아라비아해로 해지는 모습을 바라보았습니다.

낯선 세상과 즐거운 만남(함피)

호스펫에서 함피(이곳 사람들은 신시가지인 호스펫을 뉴, 유적지가 있는 곳을 올드라 칭합니다)로 가기 위해선, 릭샤나 택시 혹은 대중교통을 이용해야 합니다. 나는 시내버스를 타기로 했습니다. 구글맵 도움을 받아 버스스탠드를 찾습니다. 버스정류장 맞은편에 바나나 잎에 얹어 파는 거리표 음식을 현지인들이 많이 사 먹고 있네요. 기웃거렸더니, 주인 사내가 음식을 건네줍니다. 이곳에는 거개 후불제. 처음엔 그 음식이 무엇인지 몰랐답니다. 대표 음식 중 하나인 '도사'입니다. 왼손으로 바나나 잎을 받쳐 들고 오른손으로 크레페나 팬케이크 같은 빵을 찢고 그 위에 뿌려진 소스인 처트니(chutney)를 적당히 발라서 손가락으로 오므려 먹는 거였습니다. 내 먹는 모습이 현지인들에겐 볼거리였나 봅니다. 호기심으로 혹은 알수 없는 미소로 자꾸만 쳐다보네요. 개의치 않고 씩씩하게 식사를 끝내고 가격을 물어보니 20루피라고 합니다. 우리 돈 350원 정도의 아침 식사.

버스스탠드에서 경비원에게 함피행 버스를 물었더니, 친절하게도 그 버스 앞까지 나를 데려다줍니다. 어디서 표를 끊어야 하는 거아닌가 기웃거렸지만, 어디에도 표 파는 곳이 없었습니다. 버스에올랐더니, 세상에나 차장이 있어 일일이 손님에게 와서 돈을 받고영수증을 주는 시스템이로군요. 골목을 하나 도는데 M형이 손을들어 버스에 탑니다. 화들짝 반가웠습니다. 수많은 현지 주민들의눈이 두 사람에게로 분산되니 눈빛의 무게가 반으로 줄어드는 것보다 더 반가운 건, 사실 잔돈이 없었던 까닭이었습니다. 2,000루피는 고액권이라(우리 돈 3만5천 원 정도) 잔돈 교환 때문에 사용이어렵습니다.

좀 전 거리표 음식을 먹을 때 몹시 당황했답니다. 지갑과 주머니를 다 열어보니 10루피 한 장과 동전 두 개가 있을 뿐 20루피를 채울 수 없었으니 말입니다. 그 옆 가게에 가서 물 한 병 사려고2,000루피를 내밀었더니 안 된단고 하더군요. 마찬가지, 거리표음식 주인도 내가 2,000루피 지폐와 남은 잔돈을 모두 보였더니잔돈만 가져가며 오케이라 말했답니다. 20루피짜리 아침을 깎아서 15루피 정도 낸 셈입니다. 그러니, 16루피인 버스비야 또 말해무엇하겠습니까.

멀리 함피가 보입니다. 함피를 처음 만난 사람 모두 비슷한 느낌을 가졌을 법합니다. 거기 부려진 산언덕과 그 언덕 위에 얹힌 황톳빛 화강암 바위들이 우주를 유영하다가 미지의 혹성에 불시착한 곳 같은. 한때 100만 명의 용병을 고용할 정도로 번영을 누렸다는 바자야나가르 왕조의 수도였다는 곳. 그러나 주변국의 침략에 의해 폐허가 되고, 그 폐허와 집채만 한 화강암 바위들이 어우러져 다소 비현실적인, '세상에 존재할 수 없는 풍경(디 콘티)'이란 말을 낳게 된 곳입니다. 이 낯섦이 주는 신선한 충격이 바로 여행의 진수가 아닐까요? 함피의 첫인상과 강렬함은 이것에서 출발합니다. 그래서인지, 함피 주변의 게스트하우스에서는 오랫동안 이곳에 느긋하게 머물면서 낯선 세계가 주는 어떤 충만한 느낌에 몸 담그는 사람들이 많아 보입니다.

함피 바자르에 내리자마자 길게 회랑처럼 이어진 고뿌람을 지나면 웅장한 비루픽사 사원이 나타납니다. 첫날은 이동 중간에 버스 한두 번을 이용하고, 나머지는 걸어서 이동을 했답니다. 그늘에선 딱 알맞은 남국의 기온이지만 햇빛은 강렬하고 따갑습니다. 그리고 지나는 오토바이와 릭샤와 택시들이 지나며 일으키는 먼지와 매연들이 힘겨웠지만, 그래도 혼자 타박타박 걸으며 폐허와 일부 남겨진 유적들 사이를 유영하며 어마어마하게 번성했을 왕조시대를 상상해 봅니다.

그러다, 늦은 오후 무렵 선셋 명소라는 마팅힐에 오릅니다. 단순히 해지는 풍경만이 아니라 함피라는 신들의 정원 전체가 장엄하게 펼쳐지는군요. 누군가의 장난스러움이 겹쳐놓은 듯한 바윗돌들이 위태롭게 언덕을 채우고 있었습니다. 30분쯤이면 이제 이 낯선 땅의 또 하루가 저물겠지요?

이튿날은 로터스 마할을 거쳐 밧탈라 사원에 들렀습니다. 밧탈라 사원과 로터스 마할은 거리가 다소 떨어져 있기 때문에 첨엔 오토바이를 빌리려 하였으나, 오토바이는 이미 대여가 끝났다고 하네요. 로터스 마할과 바탈라 사원 입구까지는 오토릭샤를 이용했고, 그다음부터는 다시 도보로 다닙니다. 열대의 뜨거움에 다소 적응이라도 된 듯, 짜증스러움보다 즐거운 걸음입니다.

역대 왕들의 정자 역할을 했다는 로터스 마할은 인도식 건축과 이슬람식 양식이 조화된 그야말로 한 송이 연꽃같이 소담스러운 아름다움을 자랑합니다. 반면, 바탈라 사원은 압도적이라고 할까 비록 미완의 신전이라곤 하지만, 함피에선 그래도 그나마 원형을 가장 잘 보존하고 있는 사원이라고 합니다. 화려하고 섬려하면서도 웅장하네요. 본당에는 56개의 돌기둥들을 뮤직 팔라(음악 기둥)로 만들어 실제 다른 음색을 내게 만들었고, 비슈누의 탈거리인 돌라 만든 전차는 지금도 운행을 할 수 있을 법합니다.

바탈라를 지나 가장 좋았던 것은 도보로 함피바자르까지 이동했던 장면이었답니다. 2km 남짓한 그 길에서는 가이드북에 소개조차 되지 않은 수많은 신전들의 기둥과 터가 즐비했고, 오롯이 걸어가며 그 옛날의 시간들을 상상할 수 있어 걷는 내내 즐거웠답니다. 그리곤, 함피바자르 입구에 이르러, 길거리 짜이를 한 잔 시켜 마시고(5루피), 게스트하우스 거리로 가서 가장 안쪽, 강을 끼고 있는 전망 제일 좋은 식당을 찾았습니다.

강을 끼고 건너편 돌산이 보이며 그 사이를 야자수 잎이 옅게 갈기를 나풀대는 곳. 무조건 전망 좋은 그런 곳. 백인 몇이 인도 좌석식 자리에 비스듬히 몸을 뉘고 있습니다. 점심시간이 제법 지났는데도 사람이 많네요. 채소 샐러드와 코코넛라씨를 주문했습니다. 여러 야채에 라임즙을 짜 넣어 먹어봅니다. 보기보단 훨씬 먹을만하네요. 라씨도 그렇습니다. 라씨 특유의 약한 시큼한 맛에 갈아 넣은 코코넛 알갱이의 고소한 맛이 이국적입니다.

열대의 풍요로움, 빛깔들의 향연(마이소르)

마이솔행 가차를 탑니다. 30분 연착이라니 정말 너무 착해진 인도 기차가 새삼 놀랍습니다. 알아듣긴 힘들지만 안내 방송도 있고 전광판에 부지런히 흘러가는 글자들……. 이틀을 주유하던 함피와도 이별입니다.

12시간 정도를 달려 마이소르에 이를 참입니다. 인도에 와서 세 번째 야간 이동. 다른 사람들과 달리 난 야간 침대 기차나 슬리핑 버스에서 더 잘 잡니다. 더 소란스럽고 이동이 잦은데도 말이지요. 역시 잘 잤습니다.

벵갈루루에서 절반 넘는 사람들이 내립니다. 아침 6시가 됐고 이윽고 해가 뜨고, 3시간 넘게 더 달려선 마이소르에 닿습니다. 더 아랫녘 더욱 짙은 푸름과 무성한 야자수 수풀들이 남국의 열대를 증언해 줍니다.

호텔에 여장을 풀었습니다. 창 너머로 마이소르 궁전의 돔 지붕이 보이고 왼쪽으로는 성필로메나 성당의 뾰족한 첨탑이 뵈니 그야말로 환상적인 전망입니다. 오늘내일 이틀간 이 생면부지의 도시에서 머물게 됩니다. 음유하듯 그 조상들의 흔적과 현재 그들의 삶의 모습 그리고 경이롭게 나를 바라보는 그들의 눈빛을 나 또한 경외의 눈으로 바라보리라. 그들이 북적대는 곳에서 오른손으로 식사를 하면서……. 저개발국이 그랬고, 특히 인도의 뭄바이가 그랬고 함피의 호스펫이 다 그랬습니다. 먼지와 차와 오토바이 오토릭샤들이 뒤엉킨 무질서와 지저분함. 몇 곳 거쳐온 중에 그래도 덜 번잡하고 덜 지저분한 곳. 오히려 차분함마저 느껴지는 도시가 이곳 마이소르입니다.

호텔을 나서 300m 정도 걸어 나갔는가 했는데 한 식당이 눈에 듭니다. 현지인들로 그득 차 있습니다. 카운터에 가서 개중 가장 많이 먹고 있는 음식을 손으로 가리켰습니다. 몇 개의 커리와 넓직한 로티 한 장. 이곳 사람들의 정식쯤 되는 메뉴 같습니다. 이름을 물으니 '콤보'라 하네요. 로티의 담백함은 이미 겪어본 바이고 작은 그릇에 7가지 그리고 로티 외에도 두 가지의 그야말로 버라어티한 이 메뉴가 고작 50루피 우리 돈으로 850원 정도입니다. 먹을만했습니다. 화덕에 로티를 구워내는 장면을 보고 있노라니 신난 요리사가 뭐라고 설명을 합니다(이 식당에서만 총 3끼를 먹었습니다. 이후엔 도사 시리즈로 '오픈도사', '말리사도사').

일단 데바라자 마켓으로 향했습니다. 놀라워라 이렇게 놀라운 삶의 생생함이라니! 열대의 풍요로움과 다양한 인도의 빛깔들이

다 모여있습니다. 눈을 뗄 수가 없을 지경입니다. 오늘은 스치듯 이렇게 지나고 내일 다시 더 찬찬히 둘러봐야겠다고 마음 먹습니다.

인도 여행 위시리스트 중 하나가 인도 현지에서 현지인들과 인도 영화 한 편을 보는 것이었습니다. 호텔에서 검색해둔 영화관이 있었는데, 참 고마운 구글 지도의 안내로 도착했습니다. 담장으로 꽁꽁 감싸안긴 영화관은 입구를 닫아둔 채 들여보내주질 않습니다. 한 발 물러서 관망해보니…… 알겠네요. 상영 시간 근처가 돼야 들여보내는 거였습니다. 영화 포스터 한 귀퉁이에 다음 시간이 적혀 있는 걸 발견했습니다. 4시 30분.

일단 성필로메나 성당으로 향합니다. 거리가 조금 되긴 하지만 호객하는 오토릭샤꾼들의 부름엔 눈길 한번 주지 않고 내내 걸어서 도착했습니다. 가이드북에도 쓰여있지만 인도 분위기와 너무나 이질적이고 고압적이고 신경질적인(보는 관점에 따라 웅장하고 엄숙하다고 표현하는 이도 있으리라) 이 건물 '너는 도대체 어느 별에서 왔니?' 입니다. 그나마 내부는 전체 수리 중.

서둘러 다시 상암시어터를 향해 걸었습니다. 4시 10분. 문이 열렸고 벌써 사람들이 많이 모여있네요. 영화는 단 하나. 70루피 티켓팅을 하고 기다리니 30분이 되어 관람을 마친 앞 시간대 사람들이 썰물처럼 빠져나옵니다. 신기한 것은 95% 정도의 관객이 남자라는 점입니다.

영화관이 엄청 넓습니다. 문화센터 대공연장 같은 정도. 인도 국가인가 봅니다. 일제히 일어서서 경의를 표하길래 따라 일어섰습니다. 영화가 시작되자 세상에나 관객들이 손뼉을 치고 휘파람과 괴성을 지르고 법석입니다. 진풍경이라고 해야 하나요? 인도의 문화? 어쩌면 탈출구나 해방구 같은 역할, 대리만족? 그런 분위기와 느낌이 들었습니다. 우리의 청소년들이 아이돌의 공연에 함성과 몸짓으로 열정을 뿌리는 것처럼. 넓고 큰 공간이라 대화면에 화질도 좋고 음향도 준수하네요. 부대시설은 우리의 1970~1980년대 수준. 러닝타임이 무려 3시간이랍니다. 1시간만 보고 퇴장.

고아에선 거리가 멀어 개인 이동이 어려웠습니다. 이튿날 나는 숙소와 젤 가까운 한적한 해변을 거닐다가 아라비아해로 지는 석양이나 보려 했지요. 그런데 7인승 승합차를 한 대 대절하는 바람에 함께하게 됐는데, 저마다 가 보고픈 곳을 말하라 해서 야자수 잎이 있는 해변에서 해지는 풍경을 보면 어디든 상관없다고 했더니 내 별명이 썬셋맨이 됐답니다.

해지는 마이솔궁전의 풍경을 보기 위해 서둘렀답니다. 도착한 곳은 북문이었나 봅니다. 남문에서 5시 30분까지만 입장한다고 합니다. 내일 다시 올 건데 지나가도 되냐고 물었더니 오케이라고 합니다. 외관 몇 컷과 서녘으로 떨어지는 해와 궁의 모습 몇 컷을 담으니 퇴장을 외치는 경비원들의 목소리가 들려옵니다.

이튿날, 마이소르에서의 여정이 좀 여유 있습니다. 자간모한 궁전과 마이소르 궁전 내부까지 다 관람을 했는데도 말입니다. 그래서 무턱대고 스리랑카바뜨남행 버스를 시티버스스탠드에서 탔답니다. 여기 마이솔의 시내버스가 여태 들렀던 다른 도시의 그것보다 깨끗하고 최신식입니다. 그런데 버스에 빈자리가 하나도 없습니다. 앞문을 통해 타서 그 자리에 서 있었더니 운전기사가 무슨 말을 하면서 역정을 냅니다. 상황 파악. 중간 문 앞쪽은 여성 전용이었습니다. 무슬림도 많다는 이 도시의 여성 배려 문화인가 보다. 아니면, 얼마 전에 있었던 인도 여성 추행이 문제가 되어서 철저히 남녀 구분을 하는 것일 수도 있겠네요.

스리랑까빠뜨남에 도착해서 젤 먼저 엉겁결에 들른 곳은, 자마맛 지드란 이슬람 모스크였답니다. 잠깐 주변을 살펴봅니다. 먼저 발을 씻네요. 그런 다음 2층으로 오릅니다. 따라서 신발 벗고 발 씻고 들어서는데 통행로 양쪽에 차도르를 쓴 여성들이 구걸을 하고 있습니다. 구걸하는 여성들의 그 싸한 눈길을 지나 2층에 오르니 한창 예배 중이었습니다. 한가운데 서 있었더니 다른 사람과 복식이 조금 차이가 나는 한 명이 나오자 나를 다른 사람이 밖으로 이끕니다. 지도자인 모양. 막바지 축복과 기도인 양 양손을 허리춤 약간 위로 올리고 기도를 하더니 마칩니다.

아래로 다시 내려가서 아이 두 명과 사진도 찍고 인사도 나눴답니다. 이 지역에서 제일 유명한 곳이 어디냐고 물었더니 티푸 데스 플레이스(Tippu's Death place)라 합니다. 외세에 맞서 싸우다 술탄이 장렬히 전사한 이슬람의 성지. 그러나 인도란 곳이 힌두교가 득세한 나라여서인지 막상 찾아가 보니 표지석 하나 달랑 얹혀 있을 뿐 너무도 남루한 성지였습니다.

다음으로 찾은 곳은 스리 랑가나타스와미 템플. 그러나 오늘 오후 4시엔 종교행사가 있는 모양입니다. 4시 이전엔 출입이 안 된다고 하네요. 4시까지 기다리기엔 시간이 너무 많이 남아서 외관만 둘러보고 다시 마이솔행 버스를 기다리며 거리표 짜이 한 잔 하고 있었더니, 이내 버스가 옵니다. 이번엔 넉넉하게 남은 자리 덕분에 차창 밖 풍경을 여유롭게 음미하였습니다. 야자나무만 배경에서 지운다면 우리네 시골 어느 풍경과 다를 바 없는 정겨운 풍경입니다.

시티버스스탠스에서 다시 차문디힐을 올랐으나 시내가 한눈에 내려다 보일 거라고 상상하던 그런 곳은 아니라, 현지인들이 찾는 사원이 있는 곳이었답니다. 이내 다시 시내로 내려와 데바자마켓의 그 북적이는 삶의 온기 속에 흠뻑 몸을 맡깁니다. 풍성하고 넘치는 색감에 더하여 향기까지 정겹습니다. 오래오래 시장을 거닐었습니다. 어깨가 부딪혀도 좋고, 호객하는 사람들의 외쳐대는 큰 목소리들도 흥성스러운 곳.

그래도 어디쯤인지 훤히 알 것 같습니다(케랄라-코치포터, 바르깔라)

13시간을 넘게 달려서 케랄라에 닿았습니다. 좌석식 버스의 고단함이라니. 장시간 이동을 한 교통수단 중에서 최악이었답니다. 남미에서의 버스 같은 널찍하고 여유로운 침대식 버스가 아닌, 일반 대중교통의 비좁은 좌석식입니다.

케랄라에 이르렀습니다. 딱 10년 전. 그러니까 2007년 1월. 안나푸르나베이스캠프 트레킹을 하기 위해 네팔행 비행기를 탔을 때, 이 구절을 처음 만났었지요. 그래도 어디쯤인지 훤히 알 것 같다며, 케랄라 중얼거리면서 입에서 휘파람 소리가 난다며, 따뜻하고 행복한 곳이리라 믿는다는 그 곳.

5시간 넘는 비행에서 몸이 뒤틀릴 즈음에 기내 잡지를 펼쳤는데, 어느 남국의 해변과 이 구절들이 온몸에 찬물을 끼얹는 듯 내게 다가왔었답니다. 빠르게 흘러가는 생과 여행이 주는 조금 감상적인 생각들 사이에 섬광처럼 닿았던 구절. 그런데 이 구절 속 '케랄라'가 지명인 것을 알게 된 것은 그로부터 4~5년 뒤였답니다. '랄랄라'와 같은 감탄사, 심지어는 '케세라세라'의 '케'와 랄랄라의 '랄라'를 신조해서 만든 글쓴이만의 감탄사인 것으로 창의적으로(?) 생각하기도 했었는데…… 인도 케랄라주 지명이었던 것이었습니다. 케랄라가 지명인 것을 알고선 더욱 여기 남인도, 특히 케랄라에 오고팠답니다. 막연한 어떤 이끌림 같은 것으로.

물내음, 새소리, 푸른 잎과 꽃, 고요한 수면, 하늘대는 미풍 들에 몸과 영혼을 모두 맡겨두고픈 천국의 하루. 그늘 아래라면 어디서든 소르르 단잠에 빠져들 수 있을 것만 같습니다. 천국의 하루입니다. 물론 누군가의 행복은 누군가의 고통을 담보한 것이라는, 뱃사공의 노 젓는 수고를 애써 생각에서 백지로 만들 수 있다면 더욱.

처음엔 저마다의 이야기에 젖어 있던 사람들도 이윽고는 나른한 평화에 포로가 됐던지 혹은 단조로운 반복에 시들해 버렸는지 조용해졌습니다. 그러니 더욱 정다운 풍경. 새소리와 노 젓는 물소리만 들려오니 더욱 오롯한 분위기가 됩니다. 케랄라, 아직도 내겐 이 지역의 이름이 무슨 콧노래 중얼거림의 감탄사나 부사처럼 느껴집니다. 케랄라 속으로 중얼거려봅니다. 인레호수나 톤레삽호수 같은 생존의 느낌 대신 넉넉하고 여유롭게만 보이는 주민들의 모습에서 낙원을 유추해 보며…….

케랄라의 또 다른 해안으로 이동합니다. 아침 일찍 나서 기차를 탔는데 이번 여행에서만 4번째 기차 이동입니다. 케랄라 바르깔라 비치. 끝없이 드리워진 해변, 수평선과 야자수를 사이에 두고 해지는 풍경을 봅니다. 오랫동안 머릿속에 이런 그림을 그려왔었답니다. 열대의 머나먼 휴양지 해변에서 야자수 사이로 해지는 풍경을 멍하니 바라보는 일. 바닷가 절벽 위 즐비하게 몰려 있는 식당가를 벗어나 오른쪽으로 걸어보았습니다. 이슬람 사원을 하나 지나고 지역주민들이 사는 마을도 지나니 더 세련되고 멋진 리조트들이 어느 레저 잡지의 세련된 모델처럼 나타나곤 하네요. 그리곤 자리 잡고 해지는 풍경을 사진에 담아봅니다.

그리고 이튿날 아침, 이번엔 숙소에서 나와 어제 걸었던 곳과 반대 방향인 왼쪽 해변을 걸었습니다. 고운 모래가 깔린 해안이 끝도 없이 이어져 하나의 비치가 또 다른 비치로 연결되는 곳 바로 케랄라 해변입니다. 일몰보다 멋지진 않지만 해 뜨는 풍경을 보고, 전날 먹었던 리틀티벳의 입맛이 생각나지만 오늘은 오직 한 가지 전망 좋은 식당만을 찾기로 하고 야자수 전망을 한 한적한 식당 2층에 오릅니다.

딴 손님은 없네요. 사진은 어제 실컷 찍었으니 오늘은 눈으로 마음으로 새겨두자며 눈길만 하염없이 바다 쪽에 둡니다. 먼 세계에 와서 야자수 잎을 사이로 아라비아해로 잠겨 드는 해를 바라보며, 지금 이 순간은 지나지만 마음에 새겨 둔 추억은 영영 사라지지 않을 것을 믿으며 말입니다. 이메진이란 노래가 스피커를 통해 들려옵니다. 파도 소리와 뒤섞인 노래가 참 익숙하고도 낯선. 이제 수평선은 해를 마저 삼켜버리고 케랄라 바르깔라와 헤어질 채비를 하랍니다.

숙소로 돌아오는 길. 절벽 위의 식당과 가게들을 지나, 벼랑의 계단을 내려서서 밤 모래 해변을 거니는 것도 환상적입니다. 불어오는 해풍에 맡기는 온몸과 파도 소리 벼랑 위의 별빛같이 반짝이는 불빛…… '이대로 시간이 멈춰졌으면'이란 진부한 표현을 또 떠올렸습니다. 그러나 그것이 마땅한 생의 법칙인 것을. 모든 행복하고 아름다운 것들이거나 슬프고 고통스러웠던 순간들도 결코 머물러 있지 않는단 것을. 그리하여 또다시 생은 끊임없는 발견이고 각성인 것을 압니다. 훗날 당신과 함께 이 따뜻하고 아름다운 공간에 머물 시간을 즐거이 상상하는 것 또한 덤으로 새길 수 있는 선물이 될 터이고.

케랄라를 떠날 시간. 인도답지 않은(?) 정갈한 우리네 시골 간이역 같은 바르깔라역에서 이제 인도 대륙의 땅끝인 깐나꾸마리행 기차를 기다립니다.

케랄라, 다시 만날 때까지…… 나마스떼

대륙의 땅끝과 신들의 세계(깐나꾸마리-마두라이)

4시 40분 깐나꾸마리역 도착. 깐나꾸마리, 세 곳의 바닷물이 만

나는 곳입니다. 인도 허리춤에서 시작한 여정이 아라비아해 남으로 남으로 내려가 드디어 반도의 꼭짓점을 찍은 것이지요. 바람이 강하게 불고 물결이 거칠답니다. 인도인들에게도 이곳은 우리의 해남 땅끝이거나 정동진 같은 곳이라고 합니다. 꼭짓점에 있으니 해돋이도 해넘이도 다 볼 수 있는 곳. 그리하여 낯선 이 먼 대륙의 끝에 섰습니다.

생즙으로 간 망고주스가 참 맛있었고 남인도식 식사인 탈리가 인상적이었으며, 땅끝에 있는 힌두사원에서 신전에 들어가기 위해 상의를 탈의한 것도 기억에 남습니다.(힌두사원 일부는 힌두교인들만 입장하게 하는 곳이 많은데 이 사원은 비 힌두교도들도 힌두교도 남자들처럼 상의를 탈의하고 입장을 하라고 합니다.)

인도 대륙의 땅끝 깐나꾸마리에서 출발한 기차는 차창으로 부드럽게 흩뿌리는 늦은 오후 햇빛의 호위를 받으며 북상을 시작했습니다. 벼논이 길게 펼쳐져 있는 평원을 보노라면 불현 우리 땅인 듯 왈칵 정겨움이 몰려오기도 하네요. 이렇게 풍요롭고 넓고도 넉넉한 땅에서 세웠던 문명의 역사는 15~16세기 서구 제국주의자들의 먹잇감이 되어 그들의 발톱에 수 세기 동안 할큄을 당하게 된 비운을 맞이하게 되었습니다. 다시 어둠. 역을 거듭하면서 빈자리가 하나둘 채워지고 낯선 이방의 언어와 얼굴들이 공기를 뒤섞습니다.

마두라이를 찾은 이유의 첫 번째도 두 번째도 모두 '미낙시 사원'으로 이어집니다. 미낙시 사원은 그 자체로 하나의 또 다른 놀라운 신세계 같은 곳입니다. 사원 안에 발을 들여놓는 순간 지상에서 어느 순간 푹 꺼져 엉겁결에 들어서게 된 신비한 지하세계 같은 느낌이랄까요. 그러면서도 조직적으로 살아 움직이는 느낌 강렬한 그런 이미지 말입니다. 여러 힌두 사원을 둘러봤지만, 이처럼 화려하고 거대한 꼬뿌람을 동서남북에 배치한 것이라든지 규모 있는 실내(어둑한 실내는 지하의 느낌)의 배치와 특유의 분위기의 압권을 본 것은 이번이 으뜸인 듯합니다. 관광을 위한 행렬은 아주 극소수이고 거개의 힌두신자들의 푸자의식이니 그야말로 사원 자체가 생명체를 품고 살아 있는 거대한 신의 자궁 같은 세계의 느낌입니다.

기원전 3세기부터 형성되었다는 고대 무역의 중심지, 이슬람과 서구 세력으로부터 비교적 자유로웠던 힌두의 천년 왕국의 부와 위상을 즐거이 상상해보는 것도 환상적이었습니다. 50루피를 지불하고 한편에 있는 박물관까지 관람했습니다. 돌을 마치 찰흙 주무르듯 맘껏 조각해 낸 이 문명의 거침없었던 과거 시간을 상상해 보니 소름이 돋고 거듭 외경심이 솟아오릅니다.

저녁 식사를 사원이 내려다보이는 루프탑 레스토랑에서 하고, 폰디체리행 늦은 밤 기차 시간까지 3시간 남짓 남아서 다시 밤 미낙시 사원으로 걸음을 옮겼습니다. 익숙해진 맨발이지만 돌바닥을 오래 걸으니 욱신거려옵니다. 밤의 또 다른 세상! 융성했던 판드야 왕조는 역사 속에서 자취를 감췄지만, 숱한 신들의 이야기와 힌두의 신들이 있는 미낙시 사원의, 낮과 다를 바 없는 힌디들의 끝없는 푸자 행렬은 여전히 살아 있는 현재형입니다.

잘리카두가 빚어낸 파격(폰디체리-마말라뿌람)

우여곡절 폰디체리 입성. 소가 문제였답니다. 전날 마두라이에서 간디메모리얼 근처 대학가에서 군중들이 모여 함성을 지르고 나팔을 불고 할 땐 무슨 인도의 축제가 벌어지는가 보다 하고 그저 호기심 어린 눈으로 바라봤었답니다. 그런데 그건 데모였습니다. 언뜻 이해가 안 되는 상황이었지만 소 경기를 금지한 정부 방침에 대한 저항이라고 합니다.

타밀나두 지역은 전체 인도에서도 작은 하나의 인도라 불릴 정도로 지역색이 강한 곳인데요. 전통 민속놀이인 잘리카두 금지법안 반대 시위. 주 정부는 허용한다고 했는데, 중앙 정부에서 6개월만 한시 허용한 것에 대한 반발이었습니다. 이 경기를 '타밀의 자긍심'으로 운운한 영문판 인도 신문을 본 적이 있습니다. 자세한 것은 모르겠지만 타밀나두와 중앙 정부와의 어떤 정치적인 함수가 반영된 것이 아닌가 하는 생각을 하게 했습니다.

설마 했던 일은 기차역에서 벌어졌답니다. 11시경에 타기로 했던 기차는 깐나꾸마리역에서 출발해 지연을 거듭한 끝에 이 지역을 우회하거나 운항을 안 하거나……. 어쨌든 기차가 안 오는 것은 분명하다네요. 마두라이 시내 곳곳 도로가 봉쇄됐습니다. 그런 데모에 기간 교통 시스템마저 중단시키다니! 노선버스도 기차도 전면 중단입니다.

부랴부랴 영업하는 개인 승합차를 섭외해서 아침에 폰티체리에 도착. 밤새 한잠을 못 잔 것은 물론이고 체크인 시간이 남아 소파

도 없는 호텔 프런트에서 2시간가량을 웅크리고 기다린 폰티체리
와의 만남이었습니다. 문제는 오늘 하루도 데몬스트레이션은 이어
지고 모든 가게가 문을 닫고 교통편 또한 두절될 것이라는 것이었
습니다. (귀국 후 들은 이야기로는 우리가 출국하고 난 이틀 뒤에 기어이
폭력 시위로 번졌다 합니다.)

폰디체리를 찾는 이유 중 가장 으뜸은 스리 오로빈도의 이상향
을 현실 세계에 구현하려는 목표로 세워진 세계 공동체 마을인 오
로빌(Auroville)을 방문하는 것이었습다. 뒤틀림은 이어졌습니다. 시
내에서 오로빌까지 무작정 어렵사리 오토 릭샤(정상 근무는 모두 중
지됐고, 생계를 위해 사적으로 하는 영업자, 그만큼 위험부담금이라며 가격
도 높이 부릅니다)를 타고 이르렀는데, 현지인들이 관리하고 경계를
서는 방문자 센터도 오늘 문을 닫았다고 하는 것입니다. 닫힌 입구
에서 되돌아가는 방문객들도 많았습니다.

그런데 뜻밖에도 릭샤 운전사가 3시간 30분 동안 계약한 것을
지키려고 한 것인지, 방문자 센터 외의 지역을 안내합니다. 상황은
반전이 되었습니다. 오로빌 측에서 규격적인 방문자 센터를 통해
보여주고 싶은 것과 그들의 기념품이거나 한 끼 식사를 포기한 대
신 외곽으로 돌면서 실제 삶의 모습을 부분부분 볼 수 있어서 더
좋은 방문이 되었답니다.(방문자 센터 내부를 직접 체험하지 못했으니,
직접 비교는 불가하지만).

마뜨리 만디르를 먼 발치에서 보고, 오로빈도의 동상을 거쳐서
게스트하우스 그리고 실험적으로 만들어진 카페를 방문하는 등
오로빌의 구석구석을 누비며, 현실 세계에 구현하려는 이상향과

인간 저마다의 욕망에 대한 생각을 해 보았습니다. 숱한 갈등과 다가오는 문제들 앞에 그들의 항해가 결코 녹록지 않았으리라. 그럼에도 저마다의 이익과 욕망을 내려놓고 공동의 삶을, 현상계에서 천국의 이상을 실현하고자 노력한 그들과 현재화된 삶을 살아가는 이들에 대한 경의를 가져본 시간이었습니다.

1,400년 전 거대 왕국 팔라바 왕조의 두 번째 수도이자 가장 강력한 군사기지였던 곳으로 위대한 전사의 도시라는 '마말라뿌람'이란 작은 해안에 이르렀습니다. 첸나이에서 버스로 2시간 거리이니, 첸나이에서 휴양을 위해 몰려드는 작은 해안이기도 합니다. 첸나이 출국을 앞둔 마지막 여정. 인도 여행 중 어제 처음으로 비를 만났습니다. 하지만 오늘 햇빛은 더욱 부시고 따갑습니다.

마말라뿌람은 도보로 이동할 수 있는 유적지가 대부분이어서 한가롭답니다. 등대 위를 올랐다가 내려서 그에게 등을 맡기고 그늘을 빌리니 비로소 시원한 바닷바람과 인사 나눌 수 있었습니다. 해변사원과 빤치 라타스, 아르주나의 고행상, 동굴 사원 등의 유적이 많은 순례객과 관광객을 불러 모읍니다. 빤치 라타스와 해변사원은 유네스코에 등재된 유적이라 입장료도 비싼 편이었습니다.

잠시 숙소로 돌아와 그늘에 몸을 좀 녹이고 4시 30분경에 나머지 볼거리들을 둘러봅니다. 큼직큼직한 바위가 무리를 이룬 산 언덕입니다. 큰 바윗덩이를 통째 깎아서 만든 동굴 사원들이 군데군데 있습니다.

나도 제법 큼지막한 바위를 하나 차지하고 앉아 해지는 풍경을 기다리고 있습니다. 동쪽 바다를 해안으로 끼고 있는 인도 동부의 이곳에선 일출이 제격이겠지만 순간순간 변하는 그러나 어떻게 연출될지 알 수 없는 해지는 풍경은 늘 새롭답니다.

게스트하우스 복도에서 얼기설기 의자를 놓고 함께한 사람들과 조촐하게 맥주 한 잔을 나눕니다. 불어오는 바닷바람과 이따금씩 야자숲잎 서걱이는 소리가 더할 나위 없이 멋진 열대의 카페가 되어 주었습니다.

오토릭샤 운전사, 아버지의 어깨(첸나이)

첸나이에서 마지막 일정은 그저 첸나이 국제공항에서 출국을 하기 위한 것이 주목적이지만, 빠듯한 시간을 알차게 아낌없이 쓸 수 있는 방법은 교통을 적절히 잘 이용하는 것입니다. 성경에 나오는 도마, 그 도마의 언덕과 그가 은신해 있었다는 동굴은 거리상으로도 멀기만 합니다. 그래서 택시를 이용했답니다.

그러나 타밀나두의 수도격인 이곳 첸나이에서 데모 행렬은 더욱 거세졌습니다. 곳곳이 데모 행렬에 교통 체증이 이어졌지요. 박물관과 조지포터, 그리고 조지타운과 시장까지 빠르게 다녔지만, 성 토마스 성당은 데모대의 행렬이 운집해 있는 마무리 해안에 위치해 있어서 어떤 오토릭샤도 가려 하지 않습니다. 더구나, 저녁 퇴근 무렵의 정체 시간대와 겹쳤답니다.

그런데, 이상한 일이 벌어졌답니다. 한 릭샤 운전사가 가겠다고 나선 것입니다. 그것도 예닐곱 살쯤 되어 보이는 아들과 함께한 젊은 운전사가 말이지요. 어쨌건 오토릭샤를 탔습니다. 예상대로 정체는 극에 달했답니다. 그러나 아들을 품은 이 릭샤 운전사의 끼어들기, 중앙선 침범, 가로지르기 등의 운전은 아찔함을 넘어서 하나의 묘기, 어쩌면 할리우드 액션의 도로 질주 편을 능가하는 것이었습니다. 도무지 현실의 상황으로 볼 수 없는 일들이 눈앞에서 펼쳐집니다. 그럼에도 불구하고, 토마스성당까지 가는 막히는 길은 시간을 넉넉하게 허락하지 않았답니다.

출국 시간을 맞추려면 결단을 내려야 했습니다. 절반 정도의 거리를 달렸지만, 이미 예상 시간을 넘긴 것이었습니다. 다시 돌아가자고 하였더니, 반색을 합니다. 그리곤, 앞자리에 있던 아들이 사진을 함께 찍고 싶어 한다네요. 이방인들과 함께한 시간이 신기했나 봅니다.

이제 퍼즐이 맞춰집니다. 바로 아들이 원해서였고, 그 아들의 소망을 들어주기 위해 무리한(?) 드라이브를 선택한 것이었습니다. 매연과 먼지와 귀를 찢어놓을 듯한 경적 소리, 그리고 위험천만한 오토바이들의 교행 속에서, 이 남자, 아이의 아버지, 한 집의 가장이 할 수 있는 최선은 무엇이었까? 최고의 운전 실력과 경쟁력이 이 사내가 할 수 있는 범위에서의 최선 아니었을까? 약속한 200루피에 아들에게 주는 거라며 50루피를 따로 줬습니다. 돌아와서 생각해보니 아쉬웠답니다. 내게 여분의 루피화가 남아 있었는데, 기껏 50루피라니…….

릭샤에서 내려, 사진을 찍었는데 그 사내의 구형 낡은 폰으로는 어두운 거리에서 얼굴 형태가 제대로 나오지 않습니다. 내 폰으로 찍은 것은 비교적 선명한데. 그 아버지는 사진을 블루투스로 건네받고 싶어 했답니다. 그러나 시간에 쫓기는 터라 그럴 여유가 없었지요. 아쉽지만, 시간이 없어 죄송하다며 그들과 헤어져야 했습니다. 그 릭샤 운전사는 오늘도 아들과 가족을 위해 그 매캐한 매연과 먼지를 폐부 깊숙이 들이키며 전쟁 같은 나날들을 보내고 있겠지요. 내내 아버지란 이름의 그 릭샤 운전사, 눈 맑은 무슬림 부자의 모습은 오래도록 잊히지 않을 것 같습니다.

여행 중 만난 M형은 주로 투어 중심으로 여행을 많이 했고, 배낭여행은 처음이라고 합니다. 그래서 여행 처음엔 몹시 힘들어했습니다. 투어 여행가이드가 거시적으로 혹은 현미경식으로 자세하게 들려주는 그림이 없어서 아쉽다고 했지요.

그러나 내 생각은 좀 달랐습니다. 역사적 배경과 사상을 알고 있으면 더욱 쉽게 이해할 수 있는 장점은 분명 있겠지만, 그들의 삶과 현재의 모습을 느끼고 내면화하는 데는 오히려 그 배경 지식이 선입견으로 작용하여 느낌을 가로막을 수도 있다고 생각하기 때문입니다. 그냥 와서 부대끼며 낯선 세계 속에 기꺼이 몸을, 더 나아가 영혼까지 부려놓을 수만 있다면 그것이 진정 다른 세계와 한 몸이 되는 여행의 속살이 아닐까 생각합니다.

낯선 여행지에서 완연히 몸을 부려놓고 내면까지 내려놓는 일은 내게 아직도 요원한 일입니다. 그러나, 그 시늉만으로, 시도만으로도 기꺼움이 된다면 나는 여행에서 길을 잃지 않을 것만 같습니다.

그 길에서도 어김없이 / **08**

- 호도협 & 옥룡설산

일상의 시간, 여행의 시간

일상의 시간을 어떻게 말해야 할까요? 이상한 물음이지요. 어떻게 말하다니요? 그냥, 일상의 시간은 일상의 낮빛처럼 그렇게 표정 없이 지나가기 일쑤인데…… 그러니 딱히 어떤 모습이다, 어떤 빛깔이다, 이렇다 저렇다 표현하는 것이 이상할 지경 아닐까요? 그렇다면 여행의, 여행에서의 시간은? 좀 더 지속성 있는 '각성'의 시간이랄까요. 때로 덤으로 따라오는 것이 있는데, 그것은 그 여행의 시간에서 마주한 각성의 잔상들을 일상의 시간에서도 종종 돌이켜 윤기를 더 할 수 있다는 점이지요.

지금도 마음에서 황막한 먼지가 풀풀 날리는, 더없이 건조해져서 영혼마저 푸석푸석 부식해서 떨어져 나갈 듯한 기분이 들 때는…… 떠올려 보곤해요. 티베트의 어둑한 사원 한쪽에 켜진 버터 램프와 숱한 사람들의 손때로 닳아 매끈한 사원의 기둥이며 불상의 자락들, 그리고 미명의 새벽길을 오체투지로 열어젖히는 티베트인의 행렬들을…….

이런 말을 하면 남들이 뭐라 웃을지 모르겠지만요. 여행은 떠나기 전의 생각들로 비추어보자면 어수선하고, 때로 번거롭기 짝이 없는 고달픔이기도 해요. 정도의 차이지만 그것은 산을 찾을 때와도 비슷한 마음의 풍경이지요. 그냥 편안한 일상의 방바닥에서 드러누워 한없는 게으름을 즐길 것이지, 무엇 때문에 이 불편을 일부러 자청하는 것이냐고 스스로를 질책하기도 하지요.

이번 여행도 마찬가지였어요. 겨울은 다 지나가는데…… 날짜에 맞는, 그리고 내 맘의 결이 향하는 곳과 들어맞는 그런 여행지를 좀처럼 찾을 수 없었어요. 사실은 히말라야의 다른 한 자락인 '랑탕히말라야'를 꿈꾸고 있었는데…… 잘 맞아떨어지지 않았지요. 아니, 좀 더 솔직하게 말하자면 더 많은 불편과 번거로움을 감수할 용기가 부족했던 것인지도 몰라요. 그래서 그렇게 기대를 하지도 않고 그렇게 많은 고민을 하지도 않고 덥석 선택한 여행지였어요. 중국 운남성에 있는 세계 3대 협곡이라는 호도협, 그리고 그 지역민들이 신성하게 여긴다는 '옥룡설산'. 그런데…… 이 산자락은 히말라야산맥의 끝자락이라고 하더군요. 그리하여 뜻하지 않았어도 나는 히말라야를 찾아오고야 말았네요.

내 여행의 시작이 그러했듯, 이번 여행도 마찬가지 당신을 찾아 나서는 길이었네요. 어쩌면, 생이란 것도 모두가 그런 모습 아닐까요? 다가설 수 없는, 그러나 간절히 다가서고픈 그런 존재인 당신을 찾는 길고도 막막한 여행…….

그 길에서 어김없이 - 호도협

어찌하였건, 나는 다시 대지를 박차고 오르는 비행기에 몸을 싣고, 바다를 건너 몇 산을 넘어 낯선 세계에 이르렀어요. 사천성 성도를 거쳐 운남성 여강에 닿았을 때 제일 먼저 눈에 드는 것은 들판에 노란 물감이 엎질러진 듯한 유채꽃이었답니다. 간간 여염집 마당에 피어 넌출지는 매화꽃도, 내가 살고 있던 추운 곳과는 다른 세상에 내 몸이 부려져 있다는 것을 퍼뜩퍼뜩 깨닫게 했지요. 얼.마.나. 봄을 기다렸던지요. 앞으로 다가오는 겨울에도 또한 얼마나 봄을 기다릴까요. 어쩌면 생은, 꼭 다시 돌아올 것 같은 봄을 기다리고 또 기다리는 여정의 되풀이는 아닐지…….

들머리로 이동해서 점심을 먹고, 세계 3대 협곡 중의 하나라는 '호도협'을 향했어요. 이 협곡을 여행하는 텔레비전 프로그램 탓이었을 거예요. 너무 안이한 마음으로 접한 것은 말이에요. 텔레비전의 그 다큐프로그램을 통해 설핏 본 코스는 평지와 다름없는 평평한 길의 연속이었어요. 그렇게 어설프게 알고선, 별다른 마음의 무장 없이, 난방 시설 없는 객잔(차마고도의 옛 숙소, 히말라야로 치자면 '롯지' 같은 숙식을 해결하는 곳)에서의 하룻밤을 위해 든든하게 챙긴 짐으로, 덕분에 제법 무거운 배낭을 하고 길을 나섰답니다. 그뿐만 아니라, 히말라야를 찾을 때나, 티베트을 향할 때엔 그와 관련된 책만 해도 수십 권은 읽었던 것에 비하면 이번엔 거의 백지상태로 출발한 것과 다름없었어요.

그러나 막상 마주한 대협곡 트레킹 코스는 히말라야의 산길을 걷는 것과 다를 바 없는, 오히려 더 가파른 지형이었어요. 새와 쥐만 다닐 수 있는 가파르고 아찔한 길이란 '조로서도(鳥路鼠道)'의 별명도 실은 코스를 지나면서 하나둘 듣게 된 것이었고요. 차마고도의 길이었고, 샹그릴라로 접어드는 길이었다거나 하는 것들도 차츰차츰 하나둘 귀동냥을 해서 알게 된 사실이니…… 이번엔 얼마나 준비가 허술했는지 당신도 짐작하시겠지요?

그 허술한 마음에 대중없이 무거운 배낭 탓에 첫 고갯길에선 제법 힘겨움도 겪어야 했어요. 그 옛날 차와 소금을 실어 나르던 마방의 후예들이 트레커들을 유혹하는 워낭소리가 마치 인어공주의 노랫소리같이 아련하게 들리기도 하였어요(실제 몇 사람들은 못 견디고, 말에 짐을 얹거나, 몸을 얹어 고갯마루를 넘기도 하였지요. 마부들이 지쳐 보이는 사람들을 따라다니며 흥정을 하기도 한답니다).

실크로드보다 200년 앞서 생겼다는 그 옛날 차마고도의 길. 이곳을 지나선 샹그릴라로 들어서게 되고, 티베트에 이르게 된다고 하네요. 방영되었던 텔레비전 다큐 프로그램 '차마고도'의 영향이거나 세계 3대 협곡이라는 이름값 탓이거나, 이 루트는 세계 각국으로부터 사람들이 쏟아져 든다는데…… 그런 유명세에도 불구하고, 계절로 치자면 한겨울인 탓인지, 한적함은 정말 다행스럽고 마음에 드는 부분이었어요.

시작에서도 그랬고, 이틀 걷는 동안에도 그저 몇몇의 트레커들뿐…… 니시족과 그들 삶의 잔상 그리고 대자연 호도협과 그를 에워싼 옥룡설산의 풍광에 몰입할 수 있는 오롯한 시간들이어서 더욱 좋았지요. 그 몰입의 시간들…… 말이에요.

들머리에서 점심을 먹고 시작한 일정이었지만, 이틀 동안을 사년 전 안나푸르나를 걸을 때처럼, 계단식 논과 꼬불꼬불한 길 그리고 수직으로 가로질러 높이 솟은 설산을 바라보며 걷고 또 걷는 몰입은, 당신을 찾아가던, 영락없는 바로 그 길이기도 하였지요.

당신을 보았습니다 - 옥룡 설산

　호도협을 이틀 걸은 것보다, 더 인상적인 것은 옥룡 설산을 오르는 셋째 날의 일정이었어요. 기억하나요? 내가 처음으로 당신을 찾아 떠나던 4년 전의 그 히말라야 안나푸르나를……. 처음, 4,000m 이상을 오른다는 설렘보다 더 엄습해 오던 두려움은, 고통의 근원을 알 수도 없는 인간들이 신들의 유희적인 장난에 농락당하는 가없음 같은 것, 이름하여 생전 겪어보지도 못한 '고산증'이었지요. 스스로가 확대하고 과장하기까지 하여 막연한 두려움의 키를 세우던 것을, 안내자들은 에둘러 '고소적응'이란 이름으로 느릿하고 더딘 일정으로 여정을 잡아나가기도 했던 것을 말이에요. 안나푸르나베이스캠프를 향하던 그때도, 킬리만자로 정상을 향하던 그때도, 그리하여 더딘 일정과 느릿한 걸음으로 다가섰었지요. 그런데 5,100m(실제 고도는 4,500m)에 이르는 산길을 단 하루 만에 해치우다니요. 제아무리 들머리가 2,000m가 넘는 고지대라지만, 적응의 시간을 가지지도 못한 몸이 삽시간에 지독하게 낯선 세계로 접어드는 것은 놀라운 경험이지요.

　첫 출발은 놀라운 경험의 연속이었어요. 세상에나! 차와 소금을 실어 나르던 차마고도 마방의 후손이었을 말과 마부들이, 이제 관광객을 아찔한 길로 실어 올리고 있었거든요. 오르는 길만 해도 무려 3시간, 내려오는 길은 2시간 그래서 총 5시간의 말을 탔어요. 물론 말을 타 본 것도 처음이었기에 더욱 놀라운 경험이었다 말하는 것이에요. 다른 사람들은 엉덩이가 아파서 어쩔 줄 몰랐다고 고통을 호소했지만, 난 마냥 신기하고 즐겁기만 했어요.(아, 간간 거친 숨을 내쉬는 말, 묵묵히 고삐를 그러쥐고 걷는 마부들에겐 정말 미안한 생각이 들었지만). 내려올 적엔 제법 여유를 부릴 줄도 알았어요. 끄떡이는 말의 걸음에 리듬을 타는 것은 물론, 달려보고픈 충동까지 느꼈으니까요.

어쨌든, 그리하여 체력을 안배하고 조금 빠르게 베이스캠프(?)인 3,400m 정도의 고지에 올랐어요. 1,000여 미터를 3시간 안에만 오르면, 충분히 어두워지기 전에 내려올 시간을 확보하는 것이지요. 새벽부터 그렇게 서두른 것은 바로 하루해의 짧음을 생각한 탓이었군요.

작은 컵라면 하나와 어설픈 김밥 몇 조각, 그리고 현지 과일 몇 개가 점심이었어요. 그래도 맛있게 이른 점심을 먹고 설산을 걸어 올랐지요. 지금껏 걸었던 어떤 산길보다 더 특별한 느낌이 들었어요. 다른 등산객이 없었던 한적함이 그 첫째였고, 제대로 된 길조차 찾을 수 없어, 현지 안내인이 잡아주는 길을 따르거나, 간간 바위틈에 새겨진 화살표를 따라 걷는 길의 연속에 이따금씩 무릎까지 푹푹 빠져드는 눈길의 이어짐……

상상이 되나요? 4,000m를 넘어설 무렵부터는 숫제 나무 한 그루도 볼 수 없는 황막한 산자락이었어요. 히말라야에서도 볼 수 없었던 눈 쌓인 능선이 거듭 펼쳐지고, 능선에 이르면 영화에서나 나올 법한 거센 바람이 눈보라를 몰아와선 몸을 휘어 꺾을 듯이 불어오고……. 게다가 걸음을 할 적마다 가파르게 차고 오르는 고산 특유의 희박한 산소, 그에 따라 펄떡이는 심장과 가파르게 끓는 숨

결의 절정…… 아, 나는 묘하게도 그런 정황에서, 내 속 어디선가 근원을 알 수 없는 곳에서 묘하게 솟아오르는 한 자락의 어떤 희열을 느꼈어요. 그 거칠고 숨 막히는 순간의 걸음에서 당신을 본 것이에요.

트레커들 중에서 하나둘 낙오하는 분들이 생기기 시작했어요. 두려움이었겠죠. 갑자기 벅차오르는 숨결과 두통 앞에 지레 겁을 먹고 내려선 것이지요. 몇 번의 경험 탓인지, 가파른 숨결을 적절히 조합한 나는 부지런히 선두 그룹을 좇아 묵묵히 오르고 또 오를 수 있었어요. 그렇게 오르는 것을 즐기기도 했다면…… 조금은 과장이라고 말하겠지요? 공제선 너머 능선을 오르면 또 다른 능선이 나타나기를 몇 번 반복하자, 기어이 오를 수 있는 가장 높은 곳인 목표 지점에 이르렀지요. 거기에선 옥룡 설산의 부채꼴 모양의 산정이 바로 손에 닿을 듯 가까이 모습을 드러내고 있었지요. 호도협 트레킹을 하는 이틀 동안의 날씨는 설핏 빗방울이 듣거나 흐리기만 했는데, 설산을 오르는 날은 쟁쟁하게 푸른 하늘이어서, 산정의 설산이 햇빛 아래 더욱 눈부셨어요. 정말 눈이 부셔서, 선글라스를 벗을 수조차 없었으니까요.

나는…… 행복합니다

며칠의 시간 너머로 다시 돌아왔어요. 세계 제일의 공항이라는 인천공항마저도 밤새운 기다림에 지쳤는지 창백한 낯빛 퀭한 얼굴로 새벽을 맞이했나 봐요. 서울의 그 북적댐과 바쁘게 움직이는 사람들을 뒤로하고 여행으로 잠시 유예해 두었던 듯한 일상의 틈을 헤집어 다.시. 그 속에 들었어요. 그래왔던 것처럼 일상과 부둥키며 생과 걸음을 함께하며, 세월 속을 뚜벅뚜벅 걸어가게 되겠지요. 그렇게 다시, 해가 뜨고 지며, 우리의 생도 지나가겠지만…… 때로 생은 잊음을 요구하며 무심결로 흘러가기를 강권하기도 하겠지만…… 난 잊을 수가 없어요.

당신에 대한 꿈을 잊지 않고, 호흡하며 살아가는 이 생애의 시간들이야말로 살아 있음의 뚜렷한 한 징표임을 거듭 깨닫는 까닭이거든요. 나는…… 행복해요. 바람결을 느낄 수 있는 감각의 모공 아직 내 속에 살아 있고, 언제나처럼 새잎을 틔우고, 꽃을 피워내는 봄을 기다리며 꿈, 꿀, 수, 있, 는, 그 이유

09 / 남국의 즐거운 햇빛
- 미얀마

남국의 즐거운 햇빛

눈부신 햇빛, 따뜻함이 무엇보다 즐겁고 행복한 곳. 맑은 하늘빛 물빛, 사람들의 눈빛. 단숨에 영혼의 치유와 같은 기적을 행하기라도 할 듯한 푸른 빛깔, 꽃들과 미소를 퍼지게 하는 알맞은 바람의 기억들⋯⋯. 간간 노릇하게 잘 익은 한낮의 빛은 얼굴 가득 홍조를 몰아오기도 하지만, 그래도 난 남국의 햇빛이 그저 즐거웠습니다. 마냥 즐거웠습니다.

당신과 함께였더라면 더 좋았을 것을, 바닥까지 드러나 보이는 하늘호수의 맑은 물빛과 때 묻지 않은 그곳 사람들의 선한 표정과 웃음 그리고 호수 위로 지는 해와 물안개로 피어오르는 아침을 몇 날 며칠이고 그저 우두커니 바라보기만 해도 좋을 것을.

낯익은 삶의 풍경

나이를 먹었나 봐요. 생이란 그런 것⋯⋯ 문득 내가 먹먹해지고 쓸쓸해지기 시작하면, 나이를 먹었다는 것을 자각한 증세란 생각을 했거든요. 마땅한 말이지만, 참 많은 세월을 뒤로한 그런 나이에 내가 서 있는 것을 봅니다. 매일 바라보는 거울 속의 내가 참 낯설어질 때는 불현 매일 맞이하는 일상도 낯설게 느껴지곤 하지요. 거리도, 풍경들도 사람들도⋯⋯ 나는 어디서 와 이렇게 시간 속을 걸어가고 있는데⋯⋯ 도대체 어딜 향해 가고 있는 것일까? 이런 생각들.

아이들이 어릴 적엔 그저 부모가 저희의 모든 것이었지요. 마구 매달리고 한시라도 떨어지기 싫어서 한바탕의 눈물을 쏟곤 하던. 그러나 세월과 맞바꾼 지혜가 그 아이들을 키워 이젠 저마다의 생을 향해 성큼성큼 잰걸음입니다. 새로울 거 없는 얘기. 아이가 다시 어른이 되고, 어미 아비가 되는 생의 법칙.

대학 입학을 하게 되는 아들과 함께한 여행. 이제 모두들 둥지를 떠나 훨훨 새로운 세상으로 나아가는 아이와 언제 이렇게 여러 날의 시간을 함께 보낼 수 있을까요.

드넓은 인레호수에 온 맘을 풍덩 담근 것도 그러려니와, 그 옛날 고향 마을 고샅 같은 인따족 마을 구석구석을 돌아보고 불쑥 그들의 집을 찾아 눈빛과 몇 마디 몸짓과 때론 서툰 영어 몇으로 저마다 낯선 생의 안부를 묻던, 그러나 그 낯익은 삶의 풍경들…… 그 시간들이 또, 내 지난 삶의 여정에 정겹고 아련한 한 페이지 추억의 앨범으로 새겨졌습니다.

다시 여행이란?

아주 어릴 적, 여염집 벽에는 액자 하나로 여러 개의 흑백 사진이 모자이크되듯 걸려 있곤 하였지요. 집집마다 하나쯤 있던 그 액자를 바라보노라면 시간 가는 줄을 모르곤 했어요. 그 액자 하나엔 그 집안 가족사가, 그들의 시간과 온갖 이야기들이 담겨 있거든요. 머쓱한 미소로 사진기를 대하는 가족 단체 사진, 간간 전통 혼례 사진이 있기도 하고, 아랫도리가 벌거숭이인 아이의 애매한 표정, 혹은 졸업식 사진, 동네에선 드물게 베트남전에 참전한 군인이 총을 들고 야자수 아래 포즈를 취한 사진……

여행했던 곳을 반추해 보면 그렇습니다. 분명히 처음 보는 낯선 풍경인데도, 짧은 시간 함께했을 뿐인데도 이내 정겨워지곤 합니다. 거닐었던 인레호수 주변의 마을은 더욱 그랬어요. 아득하고 아련하고도 낯설고도 낯익은 액자 속, 모자이크하듯 담겨 있는 흑백 사진과 같은 풍경들이었습니다.

처음 내린 양곤의 매캐한 매연과 흙먼지 가득한 만달레이, 바간의 그 웅장, 화려, 투박한 수많고도 비슷한 불탑들, 물 바뀌어 생긴 복통, 접속되지 않는 스마트폰들로 찌푸린 미간을 하고 있던 아들의 눈빛도 날을 거듭할수록 맑게 반짝이기 시작했습니다. 고된 대한민국의 대입 수험생에서 벗어난 아이는 입시 후 몇 개월째, 스마트폰으로 더욱 촘촘 얽혀 있는 친구들과의 소통에 오히려 거미줄처럼 얽혀서, 정작 '침잠'의 정적인 시간을 가질 겨를이 없었거든요.

밤이면 둘이 함께 속에 있는 생각들을 서로 길어 올려 나누던 이야기들도, 현지인들이 기도를 올리는 사원 안 거대하고 화려한 불상 앞에 앉아 묵상에 잠겨보기도, 그 그늘 아래 깃들어 책을 읽어보기도 하였지요. 생의 시간에 한 번씩 내리는 시원한 빗방울들.

불현 쓸쓸해지거나 먹먹해지면, 언제든 달려 나갈 기세로 등등했던 지난 나의 모습, 지금은 가끔 낯설게 바라보곤 한답니다.

다시, 그렇게 거침없이 나아갈 수 있을까? 어떤 이들은 여행의 표면만을 미화하기도 합니다. 다녀왔음을 증거하며 떠벌이는 것에 방점을 찍습니다. 또 어떤 이들은 그렇게 여행하는 사람들을 비난하기도 합니다. 모두 소모적이지요. 저도 아직 여행의 의미를 잘 모릅니다. 모른다는 말보단, '여행이란 무엇이다.'라고 단정적으로 규정할 수 없다는 말이 더 가까운 표현이 될 수도 있겠네요.

'시는 곧 이미지다.'라고 모더니스트들이 주창했던 것처럼, 여행 또한 이미지 즉 내 마음에 새겨진 어떤 그림과 같은 것입니다. 사진으로는 결코 갈음할 수 없는 히말라야의 설산들, 남쵸, 인도 갠지스 강가 풍경, 티베트 고원, 오체투지 행렬, 티베트 사원의 어둑한 실내 공간 속에 펼쳐진 신앙의 냄새와 흔적들……

시에서 이미지가 그러하듯, 그것은 딱히 시각적이거나 후각적인 감각만으로 이뤄진 것들이 아닙니다. 다른 땅과 기후와 문화, 온몸으로 건네져 오는 형언키 어려운 낯설고도 새로우며, 때로 기시감으로 찾아드는 익숙함 그리고 전율과 고독 같은 모든 내적인 감각의 융모들이 모두 일어서서 감지하여 그려내는 그런 그림 같은 것이랄까요? 여행이란 어쩌면 그런 이미지들로 오래도록 유예된 시간들을 만들어내는 일.

그렇습니다. 다시 일상으로 돌아와, 부대끼며 바쁘게 살아가는 속에 간간 떠올리는 그 유예 시간들의 이미지가 문득문득 한 모금 시원한 샘물처럼 마른 목을 축여줍니다. 그리곤 미소를 기억해 내게 만들어 줍니다.

믿음을 어떻게 볼 것인가

공항에서 아들은 '만들어진 신'이란 두꺼운 책 한 권을 샀습니다. 여행 사이사이 시간에 읽으려……: 양곤, 만달레이, 바간의 수많은 불탑(파고다)들을 찾으면서 수많은 순례자와 참배자들의 사이에 좌정을 해선 그 책을 펼쳐보는 것이었습니다. 그 정황이 아들에게도 또 그 모습을 바라다보는 내게도 참 아이러니하게 비치더군요.

신 앞에 인간의 존엄성은 무너져버렸다고 갈파하는 그 책의 내용과 달리, 신 앞에 몸을 낮추고 불경을 외는 미얀마 사람들의 모습에서 나는 거듭 어떤 존엄한 인간의 모습을 발견하게 되니 이 또한 묘한 아이러니가 아닐 수 없습니다.

티베트인들의 그것이 삶 그 자체와 가까운 것이었다고 한다면, 미얀마인들의 그것은, 보다 기복적인 느낌이 강하다는 세부적인 차이는 확연해 보였습니다. 하지만 티베트에서건 인도에서건 거듭 펼쳐지는 수많은 믿음의 증거들은 유적으로 남은 과거의 사실이 아니라, 현재이며 진행형이라는 공통분모를 가지고 있습니다.

어떤 이들은 정치적인 책략으로 부분 이해를 하기도 합니다만, 삶이 지속되는 한, 종교는 다른 어떤 것으로도 결코 대신할 수 없는 인간 정신의 가장 숭고한 한 영역이 됨은 틀림없는 사실이겠지요.

다시 일상으로

미얀마에서 돌아온 지 어언 스무 날에 가깝습니다. 다시 새 학년, 새 학기……. 여느 해보다 바쁜 일상이 기다리고 있고, 그 바쁜 일상 속에 며칠은 나를 잊을 지경이 되어 버벅대고 종종거렸습니다. 아침이면 또 출근을 위해 머리를 감고, 지난해보다 더 빨라진 출근 시간에 몸을 바쁘게 몸을 얹곤 했지요.

사흘, 나흘, 닷새째…… 겨우 한숨을 돌리고 여유를 가져봅니다. 제주여행을 다녀온 선생님으로부터 선물 받은 녹차 한 잔 내리고, 다음 수업 시간을 기다리면서 유예되었던 지난 시간들을 되짚어 봅니다. 비로소 잊고 있었던 입가 미소를 되찾습니다.

당신……
안녕하신지,
모두 안녕하신지…….

며칠 내리던 비와 하늘 드리웠던 구름 걷히고
오늘은 햇살입니다.

원시의 자연, 웅혼한 교향곡 /**10**
– 뉴질랜드, 호주

발견(發見)

끝없이 펼쳐진 초원과 아름드리나무, 싱그러운 미풍이 코끝을 간지럽히는 아름다운 자연이 그야말로 그림처럼 드리워진 나라 뉴질랜드.

폴리네시안족의 일족인 마오리족은 14세기경 이 땅에 이주해 온 것으로 보인다고 하며 18세기 후반 영국의 제임스쿡 대령에 의해 식민지 형태의 이주가 시작되었다는데, 그 짧은 역사에도 불구하고, 뉴질랜드는 지구상에서 몇 안 되는 살기 좋은 나라를 이뤘습니다.

삶의 여유와 폭넓은 사회보장제도의 매력이 이방인들의 부러움을 사기에 충분하지요. 어찌하여 우리는 그들과 같은 축복을 물려받지 못했을까? 반만년의 역사 동안 정말 뼈 빠지게 열심히 살아왔건만 문득 돌아보면 아직도 가난한 삶들이 덕지덕지 달려있고, 한편에선 부정부패가 무질서가 헝클어진 사회 제도가 거듭 스스로를 실망하게 하고 있지 않은가 말입니다.

삶은 하나의 발견과도 같은 것입니다. 미지의 신대륙이 낙원으로 축복의 땅으로 매겨지게 된 것도 다름 아닌 발견에 의한 것이었습니다. 발견입니다. 그래, 성실함이 제 자리에서 다하는 최선이 이따금씩 교과서적 교훈처럼 축복으로 이어지는 경우가 드물게 있긴 하지만 많은 부분 삶의 행복은, 진정성은 발견에 있는 것이 아닌가요? 저마다의 신대륙을 발견하여 가꾸어 나가는 무엇……

포 카레 카레

오클랜드 도심의 한 호텔에서 1박을 하고 몇 시간을 달려도 계속 이어지는 야트막한 언덕과 평야들. 거기엔 한결같이 양 떼들이, 소들이 한가로이 풀을 뜯고 있습니다.

그 불빛의 경이로움이 불가사의라고 불리는 와이모토 동굴을 찾습니다. 색깔은 사뭇 달랐지만 종유석과 석순의 형상은 익혀 보아오던 것과 유사했습니다. 석회동굴의 갈라진 틈으로 흐르는 물줄기를 따라 배를 타고 어둑한 동굴 깊이로 들어서면 반딧불 같은 '이라프노캄파루미노사'라고 불리는 일종의 균상곤충의 유충들이 먹이를 유인하기 위해 내뿜는 빛은 그야말로 환상을 이룹니다. 밤하늘의 은하수와 같다고 할까요? 어두운 실내 천장에 가득 둘러친 크리스마스 장식 불빛 같다고 빗댈 수 있을까요? 어둠 속에서도 손잡이 줄에 의지해 익숙하게 배를 모는 사공, 간헐적으로 '아~' 하는 옅은 탄성을 숨죽여 내지르는 관광객들.

파라다이스밸리라는 원시의 계곡과 나무들이 울창한 골짜기의 싱그러운 향기에 더워진 몸을 식히다가, 로토루아라는 유황온천도시로 이동합니다. 로토루아에 내리는 순간 우리를 마중 나온 첫 손님은 유황냄새였습니다. 이미 차창 밖으로 지나는 길섶 개울에서 솟아오르는 수증기가 이곳이 온천지대임을 말해 주었지만 말입니다.

폴리네시안 풀이라는 노천욕을 하는 곳에 들러, 다인종들 틈에 섞여보았습니다. 땅 밑에서 솟아오르는 뜨거운 물과 짙은 유황 내음이 아찔하게 온몸을 자극합니다. 뜨거운 물이라면 아마도 우리 한국인을 당할 수 있으랴? 익숙한 대중탕 문화 탓이었을까? 우리가 점령한 제일 온도가 높은 노천탕에 잠입을 시도하던 외국인들은 그만 놀란 토끼 눈을 하고 돌아서버리고 맙니다.

'로토'라는 말은 아오리족의 말이라 합니다. 호수란 뜻이지요. 그야말로 호수의 도시인 셈입니다. 여장을 푼 호텔 옆엔 넓이를 헤아리기 힘든 큰 호수가 펼쳐져 있습니다. 물 위에는 검은 깃털을 가진 백조 아닌 흑조가 한가로이 헤엄치고 있네요. 귀납추리의 오류를 증명한 새라지요? 모든 백조의 깃털은 희다. 그러나, 이 오세아니아주에 검은 깃털을 가진 흑조가 발견되면서 귀납추리의 약점이 밝혀졌답니다. 즉, 모든 사례들을 완벽하게 완전히 종합하지 않은 결론이란 단 한 가지의 예외만 나타나도 뒤집어질 수 있다는 점. 여러 사례를 종합하기는커녕 단 한 가지의 사실만으로 성급한 결론에 이르던 오류를 나는 얼마나 자주 범하며 살고 있는 것일까요?

저녁식사는 관광객을 상대로 간단한 민속공연을 하면서 그들의 전통음식을 내놓는 식당입니다. 항이식이라나. 마오리족의 전통 춤과 노래가 눈요깃거리를 제공합니다. 항이식이란 로토루아가 온천지대인데, 온천지대 땅의 지열을 이용해서 음식을 조리하는 것을 말합니다. 감자가 고기가 그렇게 조리되었다네요.

가장 인상적인 것은 노래였습니다. 그들의 묵직한 체구에서 뿜어져 나오는 깊고도 넓은 음역이 듣는 사람의 마음을 흔들어댑니다. '포 카레 카레'는 마리오족의 대표적인 민요이지요. 우리는 '연가'란 제목으로 불러오던 노래인데, 우리가 손뼉을 치면서 흥겹게 부르는 곡조와는 달리 매우 구슬픈 음률이랍니다.

두 섬을 사이에 두고, 서로 사랑하던 부족의 공주와 왕자님. 그러나 불행히도 이들은 로미오와 줄리엣처럼 서로 원수 부족 사이였답니다. 이들의 밀애를 알아차린 족장은 섬으로 이어질 수 있는 모든 배를 불태워버렸다고 합니다. 사랑하는 연인을 만날 수 없는 안타까움이 바다를 응시하며 이 노래를 부르게 되었는데, 그 간절함이 사무친 그리움이 구슬픈 눈물이 아닐 수 있을까요? 어느 잔잔한 파도가 있던 날, 족장의 딸이 헤엄을 쳐서 사랑하는 남자의 섬으로 당도했답니다. 사력을 다해 건넜지만 기진하여 해변에 쓰러졌고, 사람들에 의해 발견되고 급기야는 그들의 지극한 사랑에 감동하여 원수 부족은 서로 화해를 했다는 감동적인 결말이 곁들어진 노래.

6.25 때 유엔군으로 참전한 마오리족이 있었는데, 가평 전투에서 모두 사망했다고 합니다. 고향을 그리워하며 호수를 보며 이 노래를 부른 것이 우리에게 구전되었다는 후문도 들었습니다. 어리면서도 간절한 호소력이 있는 여성의 멜로디와 그 굵은 허릿통에서 배어나는 묵직한 남성의 코러스가 어우러진 익숙한 음률 '포 카레 카레'는 그래서인지 더욱 가슴 깊은 곳을 저며들며 로토루아의 밤을 적셨답니다.

아낌없이 주는 자연

텔레비전에서 많이 봐 오던 양털 깎기 쇼장은 다국적 인종들로
빼곡히 차 있었습니다. 다행인 것은, 쇼 진행 내용을 알 수 있도록
우리말 번역을 헤드폰을 통해 들을 수 있다는 것이었습니다. 영어,
일본어, 중국어, 한국어…….

양은 고기에서부터 털, 가죽, 기름에 이르기까지 그야말로 하나
도 버릴 것이 없는 뉴질랜드의 젖줄인 듯합니다. 이 나라의 현명함
은 그들 땅덩이에 묻혀 있는 수많은 지하자원은 전혀 손대지 않고
있다는 것이지요. 손대지 않아도 잘 살 수 있는 그들의 여유가 부
럽기 짝이 없지만, 철저히 자연을 보존하고 가꾸어 가는 것으로 그
들 삶의 질을 더욱 높일 수 있다는 인식과 그것의 실천 의지는 정
말 현명한 지혜가 아닐 수 없습니다. 자연은 우리 인간에게 아낌없
이 모든 것을 주는 넉넉한 어머니의 품과 같은 존재이므로.

몇 군데를 들러 다시 오클랜드로 들어섭니다. 숲속에 드문드문
건물을 깃들여 놓은 듯한 도시라고 하면 그 특성을 제대로 얘기한
것이 될까요? 분화구의 모습이 고스란히 간직된 에덴동산과 데번
포트항에서 여객선을 타고 되돌아본 오클랜드 항만들도 익히 봐
오던 달력 속 사진의 모습 그대로입니다.

북섬은 우리나라로 보면, 아래쪽 따뜻한 지방인 셈입니다. 여기
는 남반부이니까. 당연히 계절도 우리와는 정반대이죠. 1월 초순
인 여기는 이제 막 한여름으로 접어드는 절기. 그러나, 한여름임에
도 20도를 크게 웃돌진 않는답니다. 연신 시원한 바닷바람이 상큼

하게 불어오고 시리도록 푸른빛이 눈을 틔워주고 있으며 어디에서
나 수돗물을 음용할 수 있는 오염되지 않은 맑은 물. 그야말로 자
연 그대로의 자연이 숨 쉬고 있는 땅입니다. 내일은 이 북섬보다
더 원시의 자연이 살아 있다는 남섬을 여행하기 위해 크라이스처
치행 비행기를 타게 됩니다.

원시의 자연, 웅혼한 교향곡

크라이스처지에서 퀸스타운으로 가는 길은 꽤나 멀었답니다. 항
공편을 이용하면 시간을 절약할 수 있겠지만, 문제는 비용이지요.
게다가, 가는 길 곳곳의 아름다운 호수며 남섬의 조금은 황량한
듯한 산야를 볼 기회를 놓치게 되는 일이니 결코 나은 방법이라고
만은 할 수 없는 일입니다.

몇 시간을 달린 후, 첫 빙하호와 만납니다. 물빛, 그렇습니다. 햇
빛이 반사된 물빛은 천연 옥색보다 더 투명한 맑은 빛입니다. 만년
설에서 흘러내린 계곡물들이 모여 이뤄진 호수. 그 맑음이 그 부신
빛이 이르는 호수마다 이어집니다. 데카포 호수에 이르니, 맞은편
으로 서던 알프스산맥 최고봉인 마운트쿡(3,767m)이 그 모습을 드
러냈습니다. 푸른빛 성성한 계절로 옥빛 호수에 만년설로 덮인 마
운트쿡의 모습이 빚어내는 풍경 가운데에서 요동치는 가슴을 무어
라 표현해야 옳을까요?

오후 늦은 무렵에 남섬의 대표적인 휴양지인 퀸스타운에 도착합

니다. 인구 4천 명이 채 안 되는 작은 도시이지만, 머무는 여행객들로 평균 8천 명 이상의 인구가 이뤄진다고 하네요. 과연 그 아름다움이 퀸스타운(여왕이 머무르는 도시)의 이름에 걸맞은 곳입니다. 우리가 여장을 푼 호텔 옆에는 거울같이 맑은 아름다운 호수가 있고, 잘 정돈된 공원과 호숫가로 펼쳐진 한적한 산책길 그리고 이국적 풍모를 한껏 갖춘 휴양지가 있었습니다.

옅은 빗줄기가 오락가락하는 퀸스타운의 다음 아침이 밝았습니다. 피오르드랜드 국립공원은 125만 헥타르에 달하는 면적으로 가파르고 험한 지세, 변화무쌍한 기후, 잦은 눈사태 등으로 도로건설과 도시 형성이 안 되고 있는 곳이라 합니다. 뛰어난 자연적 아름다움과 지구 진화의 역사를 설명해 주는 역할 등을 인정받아 세계 자연유산지역으로 선정되기도 하였다네요.

빙하호를 거쳐 찾은 먼지 하나 깃들지 않은 원시의 만년설이 녹아 흘러내리는 계곡, 그 물줄기의 맑음에는 숨이 멎을 것만 같습니다. 호머터널(짧은 거리지만, 잦은 눈사태 등으로 무려 20년 가까이 걸렸다는)을 지나면 하늘에서인가 깎인 산의 직벽에서 흘러내리는 수십 개의 물줄기가 아득한 선계(仙界)의 환상과도 같이 온 영혼을 전율케 해 줍니다.

버스는 밀포드 사운드를 향한다. 사운드(SOUND)의 정확한 이름은 '피오르드', 즉 일반적으로 좁고 양쪽에 절벽이 있는 얼음이 조각한 계곡인데, 빙하가 떠내려간 후에 바닷물로 채워진 것을 말합니다. 남섬의 서남쪽 해안에 위치한 이곳은 피요르드 국립공원 중에서 가장 웅대한 경관을 자랑하는 곳이기도 합니다. 빙하에 의해 산들이 1,000m 이상 수직으로 깎이고, 그 사이로 녹아 흘러내리는 만년설 폭포 줄기가 그야말로 원시의 자연을 한껏 느끼게 해 줍니다. 얼마나 웅혼한 대자연의 교향곡인가요?

크라이스처치 - 푸르름의 기억들

퀸스타운에서 다시 영국 아닌 곳 중에서 가장 영국적인 분위기, 아니 영국보다 더 영국적인 분위기가 물씬 풍긴다는 크라이스처치로 돌아왔습니다. 1850년 이곳에 도시를 세우려고 온 사람들 대부분이 옥스퍼드 대학의 크라이스처치 칼리지 출신이어서 붙여진 이름이라고 합니다.

도시의 중심에는 웅장한 대성당이 자리 잡고 있고, 60만 평에 이르는 공원이 자리하고 있는 남섬 최대 도시라는 이곳의 인구는 고작 35만 명.

'샤토 온 더 파크(Chateau on the park)'이란 호텔에 여장을 풀었습니다. 아주, 고풍스러운 마치 어느 영주의 사저 같은 실내 장식이 이채로운 곳입니다. 그보다 더 마음에 드는 것은 이름처럼 이 호텔을 품고 있는 공원입니다. 아름드리나무들과 잘 가꿔진 잔디 그 속에 골프장도 테니스장도 억지로 만든 인공물이란 느낌이 전혀 들지 않습니다. 그저, 자연의 틈바구니에 작은 여유를 얻어낸 듯한 자연스러움이 감탄을 넘어서고 있습니다.

저물도록 공원 여기저기를 거닐었습니다. 9시를 넘어서고 있었지만 남반부의 하늘은 좀처럼 어두워질 기미를 보이지 않았답니다. 그 푸르름의 기억들을 오래도록 기억 속에 충전시켜 두고 싶었습니다.

심심한 천국, 재미있는 지옥

시드니로 돌아가서 시차로 헌납했던 두 시간을 돌려받았습니다. 유칼리투스나무가 내뿜는 푸르스름한 기운들로 이름 붙여졌다는 '블루마운틴'. 거기엔 그들의 선조가 채광을 하던 기차가 관광객을 실어 나르는 효자로 환생해 있었습니다. 지하 몇 미터 갱을 파고들어 어렵게 석탄을 캐다가 불의의 사고를 당하곤 하던 사북, 태백 지역의 우리 선조들을 생각하면 기막힌 노릇이지요. 석탄이 노천으로 나와 뒹굴고 있으나 이보다 더한 석탄산이 아예 불도저로 퍼 담기만 하는 곳도 있다고 하니 더욱 말입니다.

어느 한 농장을 방문했는데, 농장 이름이 표시된 초입에서 무려 아홉 시간을 더 차를 타고 들어간다는 가이드의 얘기에는 아연실색하고 말았습니다.

본다이해변의 살결처럼 고운 모래도 달링하버의 낭만적인 달콤한 이국의 흥취며, 하버버릿지와 오페라하우스의 위대한 건축미, 군더더기 없는 시드니 해안의 구석구석……

풍요와 여유로움 그리고 보장된 미래가 있는 넉넉한 약속의 땅이었습니다. 그러나 시드니 관광 안내를 맡은 사람의 이 말은 두고두고 뇌리에서 떠나지 않는답니다. 이곳이 천국 같은 곳이긴 하되 심심한 천국이며, 한국은 지옥 같은 곳이되 재미있는 지옥이라는 말. 이렇다 할 자원도, 넉넉한 자연도 없는 좁은 땅덩이에서 수많은 사람들이 지지고 볶으며 사는 것이 일견 지옥의 아수라장 같게 느껴지게도 하는 모양입니다. 그리하여 해방구를 탈출구를 찾아 엑소더스 하는 이민자들이 급증하고 있다지만 그래도, 한국은 살아볼 만한 지옥이라는 말에 공감을 합니다. 삶의 진실은 많은 부분, 사람들 틈바구니에서 솟아나는 것이기에 더욱 말입니다.

잠시 후면, 비행기가 인천공항에 착륙하게 됩니다. 부지런한 사람들의 발걸음과 바쁜 눈 놀림, 부딪히는 어깨깃이 반짝이는 삶의 활력이 될 수 있음을 새삼 깨닫는 사이 비행기는 랜딩기어를 내리고 있었습니다.

11 / 그리움의 발자국
– 애월에서

그리움의 발자국

제주에 다녀왔답니다. 아이들과 함께하는 수학여행인 탓에 여행의 묘미 같은 것은 애당초 기대도 하지 않았지요. 천관산이 있는 장흥의 한 항구에서 출발한 배가 성산포항에 닿은 화요일부터 금요일 아침 떠나오기 전까지 머문 곳이 이름도 애잔한 느낌의 '애월'이었습니다. 애월이라……. 이 지명에 대한 어떤 얘기도 알지 못하였지만, 우연일까요? 그 바닷가 숙소에 이른 첫날부터 바다 위로 떠오르는 달을 바라봤습니다.

이튿날도 역시 바다 위로 떠오른 달을 보았지요. '애월'에 쓰인 '애'는 슬플 애(哀)도, 언덕 절벽을 일컫는 말도 아닌 '물가'란 뜻이랍니다. 그러니 애월은 '물가의 달'쯤으로 독해될 법하죠. 소설가 김연수의 해석에 따르면 '애'는 또한 '세상의 끝'이란 의미로도 가능하답니다. '세상의 끝…… 달' 정도의 풀이라면 가히 이름 자체가 한 편의 시가 되겠군요.

어하튼 그 애월이란 곳의 바닷가에서 사흘을 머물렀습니다. 성판악에서 관음사에 이르는 코스로 꼬박 종주 산행을 하기도 하고, 한림공원이며 천지연 폭포, 마라도며 오설록 뮤지엄 같은 곳을 두루두루 다니기도 하였지만, 머무는 곳은 사흘 밤 내리 애월이었습니다. 나는 그 이름이 너무 애틋하여, 틈나는 시간으로 자주자주 바다를 바라다보거나, 하늘에 떠 있는 달을 바라보았답니다.

흠잡을 데 없는 모범생들인 우리 학교 아이들은 별다른 통제 없이도 말썽 하나 피우지 않으니, 거개의 저녁 시간은 참 여유로웠거든요. 귀가 후, '애월'이란 지명의 한자음을 알기 위해 인터넷 검색을 했더니, '애월에서'란 시가 눈에 띄었습니다. 그 지역에서 내내 어떤 마음의 빗금 같은 것이 그어지더니…… 다른 이에게서 이렇게 시로 표현되었구나. 한동안 시에서 눈을 떼지 못하였답니다.

> 당신의 발길이 끊어지고부터 달의 빛나지 않는 부분을
> 오래 보는 버릇이 생겼습니다 무른 마음은 초름한 꽃
> 만 보아도 시려웁니다
>
> － 이대흠, 〈애월에서〉 중

　언제부터인가 겨울엔 내내 봄을 그리워하였답니다. 그리고 따뜻한 남쪽을 꿈꾸기 곧잘 하였습니다. 그곳에 사시사철 잎이 돋고 꽃이 피는 곳 그리고 바다가 내려다보이는 조금은 남루해도 좋을 법한 집과 함께. 그러나 그것은 어디까지나 여러 손가락으로 비웃음 받을 만한 철없고 황망한 꿈이기도 하였지요. 현실성이 없어 보이는, 설익은 이십 년대 낭만주의자 같은……. 그러나 그런 꿈을 접고 살아가는 현실은 어떤가요? 편리한 아파트와 잘 길들여진 자동차와 익숙한 일상과 보장된 현실들이 언제나 행복한 삶을 담보하는 것이라고, 단정 지어 말하는 이 그 누구이신지…….

　오신다는 비는 밤이 이슥해서야 창문으로 빗금을 긋습니다. 나는 이 밤, 사흘 밤을 머물던 애월의 바닷가와 그 위를 서성이던 달빛을 새겨봅니다. 순한 파도와 만난 달빛이 어슬렁이던 세상의 표면으로 파닥이던 마음의 빗금……. 거기서 나는 무엇을 기다렸던 것이었을까요? 어떤 그리움의 발자국을 묻어냈던 것이었을까요?

잘 늙어가는 일 / **12**
- 화암사

시간이 흐르고 있습니다. 흐르는 그 시간 속을 저벅저벅 걸어가고 있지요. 유월이 벌써 나흘씩이나 페이지를 넘기는 곳곳, 여름 기운이 여기저기 무성하게 돋아 오르고 있습니다.

순전히, 안도현의 시 때문이었습니다. 절집 '화암사'에 가 보고 싶었던 것은…… '화암사, 내 사랑'

사람이란 참 미련한 구석이 많은 존재지요? 어찌 보면 참으로 터무니없는 것에 어처구니없이 마음을 얹곤 하거든요. 한 번 얹은 마음. 그 고집스러움은 시간 속에 사라진 듯하다가도, 내 속 한쪽에 똬리를 틀고 웅크린 채 결코 지워지거나 잊히는 법 없이 어느 순간으로 불쑥 고갤 내밀곤 합니다. 하지만 걸음 하는 것이 쉽진 않았습니다. 먼 길이기도 하거니와, 때로 마음에만 새겨두는 것이 차라리 더욱 아름다운 것이 될 수도 있는 세상의 다른 일들도 헤아려 아는 까닭이었습니다.

그러나 단 한 번이라도 좋으니 먼 발치라서도 바라보고픈 옛사랑의 그림자처럼, 막상 마주하여 실망하거나 주름진 세월의 그림자에 쓸쓸함을 느낄 수도 있는 거기가 될지언정 그래도 가 보고 싶은 마음…… 이것이 심장의 일인가 봅니다.

대진 고속도로 진입을 할 적마다 익숙하게 지나곤 하던 화림동 계곡도 짙은 유월 빛에 안겨 있습니다. 모내기 끝난 무논으로 지펴지는 햇살이 반가워 보입니다. 부푼 봄꽃으로 치렁했던 서상초등학교를 지나, 고속도로 초입 주유소에서 기름을 넣고 서상 들머리로 핸들을 꺾어 넣으면 그에게로 가는 길입니다.

이런저런 이유로 지금은 꽤나 알려졌을 것이라, 그래서 절집 들머리 이르는 길이 고속도로처럼 뚫려 있을 것이고, 북적대는 사람들로 수런거릴지도 모르리란 염려는 한갓 기우에 지나지 않았습니다. 그에 이르는 도로는 승용차끼리도 교행이 불가능한, 차 한 대 지날 수 있는 농로 같은 너비였지요. 화암사로 걸어 오르는 한적하고 소담스러운 계곡에선 산꽃잎 떨어져 흩뿌려져 있었습니다. 그리고 마주한 것은 새소리였지요.

'잘 늙은'이란 표현이 그리 무례하게 읽히지 않았습니다. 맞배지붕 형식의 소박함이, 절집 마당의 단아함이, 세월 속에 자연스럽게 빛바랜 나무 빛깔이 모두 편안하게 와닿았습니다.

적묵당 툇마루에 앉아서 바라보면 극락전과 태화루의 오래된 기둥과 바랜 빛깔이 열정으로 몸살을 앓던 청춘의 고빗길을 넘어선 '돌아와 거울 앞에 앉은 누이'의 모습처럼 너그러웠으나…….

나도 이 절집처럼 잘 늙을 수 있을까…… 생각했습니다. 부질없는 욕망, 집착, 안타까운 마음 같은 잔가지를 툴툴 흘러버리고 세월 속에, 햇빛 속에 저 나무 빛깔처럼 배어드는 일…….

> 마을의 흙먼지를 잊어먹을 때까지 걸으니까
> 산은 슬쩍, 풍경의 한 귀퉁이를 보여주었습니다
> 구름한테 들키지 않으려고 구름 속에 주춧돌을 놓은
> 잘 늙은 절 한 채
>
> 안도현, 〈화암사, 내 사랑〉 중에서

2부 산과 더불어

01 / Cancion Triste

− 가야산

가야산으로 향하는 차 안에서 몇 번이고 번호를 되돌려서 시디 안에 수록된 곡을 다시 듣습니다. 오늘 빚어낸 가을빛과 이 음악이 내게 가장 잘 맞나 봅니다.

제시 쿡(Jesse Cook)의 캔시온 트리스테(Cancion Triste), 플라맹고 풍의 기타 소리는 아무렇지도 않은 듯, 전혀 슬프지도 않은 듯 무심한 듯 명랑을 가장한 경쾌한 그러나 담담한 낯빛으로 변주를 거듭해 내고 이윽고 밑바닥을 저인망식으로 훑어내는 듯 다가오는 첼로 소리는 차라리 슬픔이니 우수니 하는 것들의 경계조차 넘어서는 느낌입니다. 지금의 설익은 계절보다 좀 더 깊은 가을에 더욱 운치가 있을 법도 한 그런 소리. 뭐랄까요. 기진해 쓰러진 영혼에 툭툭 피돌기를 일으켜 세우는 그런 느낌 같은 것? 노래 제목의 뜻은 몰랐습니다. 집에 와서 찾아보았더니 '슬픈 노래'로군요.

북적댈 것이 분명해 보이는 이 무렵의 가야산은 의외의 선택이었습니다. 엊그제부터 내 속을 어른거리던 피로거나 옅은 쿨럭임 잔당들의 사주 같기도 하고, 2주 전 덕유산으로 감돌던 단풍빛이 가야산 머리맡에선 어떻게 풀어져 있을까 궁금증이 재촉하기도 한 것 같은……

수런거리는 사람들 물결입니다. 사람들이 시끄럽게 떠들며 산길을 가면 나는 으레 불에 덴 것처럼 그 자리를 빨리 벗어나려고 서두르곤 하였답니다. 오늘도 그 무리들을 벗어나기 위해 잰걸음으로 재촉을 하여, 무리를 앞지르고 또 앞질러 나가도 산길은 비워질 낌새가 없습니다. 그제야 걸음에서 힘을 빼버렸습니다.

그렇게 체념을 하고 나니, 비로소 나뭇잎도 눈에 들고, 산 공기도 내 몸으로 와 안겨듭니다. 그러는 사이, 능선길에 접어들었습니다. 바람도 햇빛도 알맞게 무르익은 가을 하루……. 산정을 향할수록 변화무쌍한 구름들이 산봉우리와 한바탕 희롱을 벌입니다. 구름 장막으로 가렸다가 일시에 열어 보이면서 햇빛 조명까지 더하면, 갓 채색한 가을 잎이 마술처럼 펼쳐집니다. 산봉우리엔 그러네요. 가을빛 역력합니다. 이제…… 시간을 더하여 하강에 가속이 붙겠지요. 언제나 이렇게 계절은 쏜살같습니다.

사람 많은 산정에서 혼자 먹는 밥이 오늘은 조금 머쓱합니다. 외로움일까요? 깊은 산중, 아무도 없는 곳에서 홀로 느끼는 외로움은 정말 황홀한 것이기도 합니다. 그러나 사람들 틈에서 느끼는 이런 기분은 정말 별로거든요. 사람들과 어울리고 그들과 부대끼는 것은 세상 속에서도 얼마든 할 수 있는 것인데…….

그러나, 건너편 칠불봉을 여닫는 구름의 재롱이며, 해인사를 품은 가야산 자락에 눈을 맡기며 주섬주섬 김밥을 쓸어 넣는 맛이 그렇게 나쁘진 않습니다.

내려서는 길은 비교적 호젓했습니다. 무리의 산행객들을 거개 앞지른 탓도 있거니와, 단체 산행객들은 아마도 해인사 쪽으로 내려서는 길을 많이 잡았나 봅니다. 여유롭게, 아직은 푸진 푸른 잎 사이로 비춰드는 햇살에 어른이는 내 모습을 느끼며 걸음합니다. 무슨 생각을 할까요?

생각을 비워내는 것이 그리하여 무념무상의 경지에 이르는 것이 명상이라고 합니다만, 나는 아직 거기에 이를 만한 내공을 지니지 못하였나 봅니다. 그냥 그래왔던 것처럼, 어떤 생각이 떠오르면 떠오르는 대로 바라봐 주는 정도가 내가 할 수 있는 일이지요. 그들의 뒤섞임, 그리고 그 혼돈에서 그들 스스로 잡아가는 질서.

이것만으로도 세상 속에서 살아갈 자양을 얻는 듯싶습니다. 오늘은 번져 흐르는 단풍빛에 눈을 빼앗기고, 수런거리는 사람들 말소리에 더러 귀를 빼앗겨선, 내 속 생각들의 향연에 깊이 빠져들지 못하였네요.

어쨌거나……. 깊어만 가는 가을입니다. 다 내려선 지점엔 '가야산 야생화 식물원'이 있습니다. 그 곁에서 구절초를 바라보고 있노라니, 야외 스피커를 통해 영화 '러브어페어' 주제곡이 연이어 흘러나옵니다. 가을은 이 영화의 주제처럼 그런 계절로도 안성맞춤이지요. 일생에 한 번밖에 찾아오지 않는 그런 사랑이 전설처럼 그리워져도 흠이나 죄가 되지 않는 계절.

차 한 잔이 생각납니다. 해인사 절집 가는 도중에 위치한, 기울어져 가는 촌집을 추슬러 세운 허름한 기와집. 백석의 시에서처럼 흙냄새와 약간은 누긋한 습기 냄새 나는 곳, 이름도 고색창연한 '고소선'에 들러 차를 마시는 동안……. 서녘으로 비껴들어 금빛 찰랑이던 가을빛도 이내 이슥해져 갑니다. 놀을 바라보며 집으로도 돌아서는 길에도 아침에 들었던 음악을 다시 되풀이하여 들어봅니다.

Cancion Triste.

02 / 조금만 사랑했다면

- 백운산

(육십령~깃대봉~백운산)

조금만 사랑했다면

전주행 첫차. 전북고속 고속이라는 뒤 이름이 무색하게, 곳곳 정차를 한답니다. 안의면, 서상면 그리고 육십령 국도를 넘어선 장계 진안을 거쳐 종착지 전주에 이르는 버스.

버스운전사가 음악을 흘려놓습니다. 으레 이런 장면에 익숙한 소위 뽕짝 곡조가 아니라, 아침 밝은 햇살과는 참 안 어울리는, 내리깔리는 발라드곡입니다. 이런 날이라면 모차르트의 클라리넷 협주곡 같은 부드러우면서도 감미로운 클래식 음악이 제격이겠지만, 약간 지지직거리는 스피커 상태로는 소화해 내기가 좀 어렵겠지요?

"조금만 사랑했다면 우린 행복했을 텐데 바랄 수 없는 사랑을 했었나 봐 너무나도 간절히 너를 원했었지만……." 오현란의 '조금만 사랑했다면'이란 노래가 흘러나옵니다. 익숙하게 많이 들어왔던 곡이어선지, 상태가 좋지 않은 스피커로도 가사가 한 줄 한 줄 웅얼거리며 새겨집니다. 너무 사랑했기에 불행했다는 노랫말인가 봅니다.

세상에! 그런데 너무 사랑해서 불행하다니? 그것은 생의 한 단면으로만 잘못 독해한 사랑이 아닐까요. 삶의 총체로 바라본다면 사랑할 수 있는 장면에 내 모든 것을 제쳐두고 사랑하지 못한 것처럼 어리석은 일이 있을까 싶은 것을요.

정태춘의 곡도 나오고, 여하튼 비가 내리는 날이거나 이슥한 밤이면 어울릴 법한 노래 몇 곡이 지나는 사이, 육십령입니다. 육십령 고갯마루. 고갯마루엔 조립식으로 된 허름한 식당이 하나 있답니다. 백두대간을 종주하는 사람들이 간간 들러 밥도 먹고, 쉬어 가기도 하는 곳. 특별히 맛난 음식이거나 개성이 없는 곳이지만, 오른쪽 덕유산 능선을 타거나 왼쪽 깃대봉 능선을 오갈 무렵 어쩌다 들를 적마다 왠지 정겨운 곳이지요. 오늘은 아침 출발이고, 회귀 산행이 아니라 저 능선 너머까지 종주하는 코스니, 내려서는 길에 들르진 못하겠지만…….

깃대봉을 향하는 능선에 접어들었습니다. 처음 깃대봉을 알게 된 것은 이태 전 조금 이른 가을이었답니다. 무턱대고 산행 지도만으로 들머리를 찾기 위해서, 아랫녘 부전 계곡에서 차를 몰아 임도를 얼마나 아찔하게 헤매고 다녔던지…… 그리하여, 천신만고 끝에 들머리를 찾았으나 그곳은 사람들 발길이 아주 드문 곳이어서 능선길을 찾는 데 어려움을 겪었고. 또 한 번은 지난 봄이었네요. 옅은 비가 내리던 토요일. 걷는 길 내내 진달래꽃을 그야말로 즈려밟고 걸었던…….

그러나 두 번 다 아쉽게 돌아와야만 했었고, 언젠가 꼭 한 번은 저 너머 능선길까지 걸어보리라 맘먹었던 길입니다. 백두대간 육십령에서 중재까지인 코스. 안내에 따라 다르게 나오지만 20㎞ 안팎의 최소 7시간 정도가 소요된다는 길. 백두대간 종주를 하는 사람 외에 일반 산행객이 없다는 것이 이 코스의 가장 큰 매력입니다. 오늘같이 햇빛 맑은 가을날, 하염없이 홀로 거닐기에 더없이 좋은.

억새와 하늘과 새털 구름

떨어져 내린 진달래 꽃잎이 아프게 아름답게 발길에 닿던 지난 봄길 너머로, 발길에 서걱거리는 것은 가을 잎입니다. 깃대봉으로 이르는 첫 오름길엔 약간 손 시림이 느껴질 정도의 청량한 가을 기온. 그러나 시리지는 않습니다. 오르는 몸기운과 나뭇가지 함께하는 바람이 조화를 이루고 사이사이 쏟아져 드는 햇살이 참 알맞게 어우러지는 날입니다.

오랜 가뭄인지라 깃대봉 샘물이 말랐을까 걱정하였으나, 어김없이 샘물은 솟아나고 있습니다. '사랑 하나 풀어 던진 약수물에는 바람으로 일렁이는 그대 넋두리가 한 가닥 그리움으로 솟아나고~'로 시작하는 조금은 신파적인 느낌의 샘터 표지판에 적힌 글. 그를 다시 바라보면서, 이런 글이 바로 시적 긴장과 힘을 지닌 것이 아닌가 고갤 끄덕끄덕하였습니다. 정확한 정보, 사실만 전달하는 것이 주는 명료함은 분명 필요한 것이지만, 저마다의 깊은 곳을 반추하게 하는 몇 마디……는 때로 그 무슨 물질이 가져다줄 수 없는, 영혼을 움직이게 하는 힘이 될 수 있으니까요.

고마운 마음으로 물을 채우고 올라서면 이제 무성한 나무 숲길을 벗어나선 억새들로 눈부신, 이 능선이 가을에 더욱 빛나는 이유가 온몸을 흔들며 나타납니다.

간간 흰 구름이 빗겨 놓기도 하였지만 하늘빛은 얼마나 푸른지, 이런 능선길에선 소매를 걷기라도 하면 금세 그 푸르름에 베인 상처로 선혈이 배어날 듯합니다. 논개 생가에서 짧은 코스를 지나는 서넛 한 무리의 사람들이 지났을 뿐, 이 아름다운 억새와 하늘과 옅은 구름 청량한 가을 공기 어우러진 절창을 혼자 누리는 호사라니.

그 길을 걷습니다. 또…… 걷습니다.

외롭다고?

깃대봉을 지나고 민령을 지나고 억새와 시린 하늘 사이 닿은 내 몸을 녹여주는 것은 차라리 이제는 따뜻한 햇볕입니다. 온도계 기능이 있는 손목시계를 바라보니 13~14℃ 정도이던 것이 이제 16℃ 정도로 올랐습니다.

왼쪽으로는 경상남도 오른쪽으로는 전라북도랍니다. 맞은편으로는 영취산과 백운산으로 이르는 장대한 산줄기가, 약간 오른쪽으로는 무룡고개 너머 장안산이 웅대하게 드리워져 있습니다. 봉우리에서 잠깐 뒤를 돌아보면 할미봉으로 닿은 남덕유산 높은 봉우리가 낯빛을 영감 어린 표정으로 붉혀가고 있습니다. 약간 왼쪽으로는 괘관산이 그리고 동쪽으로는 황석산도 봉우리로 저마다의 가을빛으로 눈인사를 건넵니다. 백운산 줄기도 가뭇가뭇 붉은 반점으로 가을 채비에 나섰습니다.

혼자 하는 산행이 외롭지 않느냐고 사람들은 말합니다. 물론, 외롭습니다. 외로움은 때로 황홀하다는 역설적 표현이 가능할까요. 그 깊이에 빠져들면, 꿈결같이 찾아오는 것들이 있으니까요.

그러나 그것이 두려워, 산언저리에서 맴돌기만 한다면 눈물 콧물 다 쏙 빼놓은 뒤에 가져다주는 어떤 삶의 속살 또한, 가질 수 없는 법입니다. 거칠게 말해서, 지상에선 돈 주고도 결코 살 수 없는 무엇. 조금만 사랑해서, 그 언저리로만 맴돌기만 한다면 그 속살 깊은 곳에 도사리고 있는 영혼의 떨림을 결코 접해 볼 수 없는 것 아닐까요.

때로 왜 이다지 우둔한 길을 들어섰을까 후회도 하고 되돌아 내려서는 길을 뒤돌아보기도 하지만, 조금 더 사랑해서 아플지라도 기꺼이 걸어가는 생에 삶의 마법과 비밀은 있지 않을까……

산에서 어떤 사람은 영원을 보고 또 누구는 순간의 즐거움을 읽어내기도 하지만 나는 외로움을 봅니다. 내 속에 들어있는 나를 거부하지도 않고, 미화하려 하지도 않습니다. 정면으로 바라봅니다. 그러면 거기서 뒤죽박죽이던 생각들이 덩어리를 이루며 나오곤 합니다. 한 걸음 한 걸음 옮길 때마다 그 생각들을 속으로 뇌며 길을 걷다 보면 어느새 정제된 슬픔이랄까 그런 것들이 정신을 깨어나게 해 주곤 하지요.

에구! 민령을 지나 한참을 가던 길섶에서 깜짝 놀랐습니다. 고슴도치를 만난 것입니다. 애완 고슴도치를 키운다는 얘기는 간간이 들어본 거 같은데, 이 깊은 산중에 고슴도치라니. 야생인가 봅니다. 산속에서 고슴도치를 만나다니…… 제 갈 길로 가는 것이 너무 아쉬워 풀섶으로 나가려는 것을 등산로 위에 올려보았더니, 살아 있음의 증거라는 듯 숨만 할딱거릴 뿐 숫제 밤송이처럼 몸을 웅크리고 고갤 내밀지 않습니다. 한참을 물끄러미 쪼그리고 앉아서 고개를 내밀길 기다리고 있었으나, 좀체 방어 자세를 풀지 않을 양인가 봅니다.

'안녕, 잘 살아~'라고 인사를 건넨 다음, 한참을 걷다가 이번엔 북바위 끄트머리에 서 있는 염소와 만났습니다. 여염집에서 탈출해서 야생이 된 염소일까요? 내가 가까이 가자 그 가파른 바위틈으로 몸을 피합니다. 근처에 제법 수북한 녀석의 똥으로 미루어선, 하루 이틀 여기 머무른 것은 아닌가 봅니다. 고슴도치에 이어 염소까지 만나다니!

조금 더 많이 사랑한 하루

이제 조금 민둥한 억새 능선길은 거개 닫히고, 영취산으로 오르는 길은 나무숲길 이어집니다. 산죽잎으로 울타리를 한 듯한 길을 지나고 있는데, 불현 큰 나뭇가지 사이로 비껴든 가을 햇살이 산죽잎 푸른 이파리로 반사되어 눈시울을 젖게 만듭니다. 이 능선에서 백운산에 이어 두 번째 높은 봉우리 영취산에 이르는 길엔, 마침 남서쪽에 걸린 햇빛과 가을빛 젖어든 별나무(단풍나무) 이파리들의 노오랗고 빠알간 빛이 환몽 같은 색조를 연출해 냅니다.

천국으로 이르는 길이 있다면 그런 빛이었을까요? 조금 섬뜩한 말이지만, 내겐 단 한 번의 '가사(假死)' 경험이 있었답니다. 군 시절, 식기당번이었을 무렵 나보다 더 어리고 여린 소대 고참에게 소위 '집합'을 당한 뒤, 취사장 뒤쪽에서 돌아가면서 가슴을 한 대씩 얻어맞았는데, 어이없게도 저만 픽 쓰러지고 만 것입니다. 그러나 저는 그 쓰러져 있는 동안 희한한 경험을 했답니다. 노오랗고 환한 어떤 곳으로 내 몸이 붕붕 떠다니는 듯한…… 쓰러져 있는 내 주위로는 한바탕 그야말로 난리가 났었지만 정작 잠시 후 깨어난 나는 뒤늦게 정황을 헤아려 볼 수 있었고, 그 이야길 했더니 이구동성 '가사상태'였다더군요.

네 시간 삼십 분여 걸어 오른 영취산은 오른쪽으로는 금남정맥이 시작된다는 장안산으로 갈라지는 길이기도 합니다. 이제 마지막, 백운산으로 오르는 능선길만 남아 있습니다. 백운산까지 3.4㎞ 그리고 하산길 4.2㎞ 정도, 오늘 산행의 2/3를 소화해 낸 거리.

백운산을 내려서면 함양 군내버스를 타고 읍내로 들어야 하는데, 5시 차가 있고 6시 10분 차가 있습니다. 시간을 헤아려 보니, 지금부터 부지런히 걸어야 5시 차를 탈 수 있을 거 같습니다.

다섯 시간을 넘어선 근육들이 서서히 아우성을 지르곤하였지만, 영취산에서 백운산을 향해 지금까지는 조금 느슨했던 걸음에 속도를 디해 봅니다.

백운산에 이르면 천왕봉에서 오른쪽 반야봉에 이르는 지리산 자락이 와락 품 안에 안겨들 듯이 보입니다. 중재 쪽으로 내려서는 길을 버리고, 버스를 쉬이 탈 수 있는 상연대 쪽 길을 잡아 서둘러 내려서선 큰길에 이르니, 10분 전입니다.

버스보다 먼저 당도한 저녁빛……. 7시간 넘게 걸어온 산능선을 뒤로 하고, 백전면을 지난 버스는 함양읍내로 들어섭니다.

조금 더 많이 사랑한 하루였습니다.

03 / 실어증처럼 찾아들던 두려움
- 지리산
(삼정~연하천산장~임걸령~피아골)

실어증처럼 찾아들던 두려움

> 우리가 산다는 것의 의미가 과거를 이끌고 현재 위에서
> 미래로 나아가는 일인 것처럼 매 순간 모든 시간이 결
> 합하는 것이라면 시간이란 무엇인지, 분절된 현재가 정
> 말 존재하지 않는다면 우리는 영원 속에서 빙빙 돌고
> 있는 것은 아닌지?
>
> — 전경린, 『풀밭 위의 식사』, 64~65쪽

몰러드는 바람결에 비 내음이 더욱 짙어졌습니다. 한두 차례 비
가 내리긴 했지만, 큰비는 아니어서 키 큰 나무 아랫길을 걷노라면
나뭇잎이 우산이 되어 주네요. 어둑한 길, 습기 머금어 더욱 물큰
한 풀냄새에 진저리를 칩니다.

좋습니다. 이 무성한 이파리들의 여름이어서, 또 이렇게 정말 오
랜만에 당신을 찾을 수 있어서, 그리고 그 누구의 방해도 받지 않
고 혼자 호젓이 오를 수 있어서…….

점심 무렵 출발한 걸음을 더욱 재촉하여 대피소에 이른 것은 오
후 4시 무렵. 6시부터 자리 배정을 한다니까 그사이, 비에 젖을세
라 비닐에 싸서 넣어온 소설책을 꺼내 읽을 참입니다. 배낭을 부리
고, 책을 꺼내려는 찰라, 서쪽 능선에서 요란한 소리가 몰려옵니
다. 한바탕 폭우.

거칠게 퍼붓는 비에 일찌감치 대피소문이 열립니다. 자리 배정
을 받아 물기 머금은 배낭을 안으로 들이고, 자리 정돈을 합니다.

실내는 좁고 어둑합니다. 작은 창문 밖으론 기세 좋게 내리긋는 빗줄기의 사선이 보이고, 대피소 근처에 서 있는 나무들이 그 비를 온몸으로 안는 소리가 환청처럼 아득히 들려옵니다.

어두운 실내, 활자를 제대로 짚어내기 어렵습니다. 입구에서 반대편 첫 자릴 배정받았습니다. 등을 기대고 앉아 한참을 있었더니, 어렴풋 어두운 실내에 눈이 익숙해졌나 봅니다.

아니로군요. 그 사이 비가 그쳤습니다. 사위가 조금 밝아진 탓인가 봅니다. 야외 식탁에서 식사를 하던 사람들이 혼비백산 비를 피해 나간 자리로는 미처 다 치우지 못한 코펠들이 오도카니 놓여 있습니다. 이윽고는 언제 그랬냔 듯이 햇살까지 퍼뜨려, 키 큰 나무 이파리에 얹힌 빗방울과 희롱으로 부신 장난을 해댑니다.

책장을 몇 장 넘겨 소설 속 인물들을 파악해 봅니다. 아직은 누가 주인공인지, 무슨 사연으로 얽혀 있는지…… 그 얼개가 추려지지 않는 도입부. 아주 매끄럽든지 흥미롭든지 아니면 도드라진 문체라든지 하는 것들이 없으면 쉬이 빠져들 수가 없는 그런 시작. 더 어둡기 전에, 또 비가 내리기 전에 저녁 만찬을 준비합니다. 김치가 넉넉한 오늘 저녁은 그야말로 진수성찬이네요.

어둠보다 먼저 안개가 사위를 점령했습니다. 열어둔 창으론 무대 효과용 안개를 누군가가 스위치를 눌러 '뭉떵' 흘러놓기라도 하듯, 그런 안개가 몰려듭니다. 아랫녘 세상과는 금을 긋듯, 여기는 지상과는 다른 세계라고 선포라도 하듯이 말입니다.

산에 오는 것이 두려웠습니다. 기실, 지난 여름 설악 이후 산에 들지 못했습니다. 물론 운동화 신고 약수터가 있는 야산을 오르내린 적은 있었지만 10년 넘게 주저 없이 배낭을 꾸리곤 하던 내게, 지난해 문득 실어증처럼 찾아든 그 두려움.

대피소 예약을 하고 배낭을 꾸리던 일요일 오후. 일기예보가 예사롭지 않았습니다. 많은 비가 올 거라나요. 그 정체불명의 두려움이 자꾸만 발을 뒤로 물립니다. 비가 온다잖아요.

산행은 과정, 사랑도 과정

> 햇빛이 닿으면 이내 녹아 사라질 눈꽃이라니, 이 세상
> 에는 왜 이런 환(幻)이 있는 것일까. 왜 기다리고 기다려
> 야 하는 내일이 있고, 왜 닿을 듯 말 듯 닿지 않는 사람
> 이 있고, 아무것도 이룰 것 없이 자리를 적시며 사라져
> 갈 이런 사랑이 있는 것일까.
>
> > ─ 전경린, 『풀밭 위의 식사』, 146쪽

으레 대피소의 밤은 그렇답니다. 자다 깨다의 수없는 반복. 새벽녘에 거센 빗소리를 듣습니다. 몇 코고는 소리, 부스럭거리는 소리, 간헐적 고요 사이로 빗소리는 거칠 것이 없습니다. 깨어난 하루의 일정이 걱정될 법도 하건만, 어쩐지 내겐 그 소리가 낮은 다락방에 깃들인 것처럼 아득하고도 아늑하기만 합니다. 아침이 밝자, 국립공원관리직원이 공지를 합니다.

> "지리산 전 지역 호우주의보 발령. 등산로 전면 통제.
> 작전도로 쪽 하산만 허용."

| 지리산(삼정~연하천산장~임걸령~피아골) |

사람들은 망연자실. 그칠 줄 모르는 비를 바라보기만 합니다. 시간을 늘어뜨려, 비가 잦아들길 기다렸습니다. 그 사이 사람들은 가까운 하산 코스인 작전도로(삼정 마을) 쪽으로 많이 내려갔나 봅니다. 8시 30분쯤 되니, 빗줄기가 가늘어지기 시작합니다. 그 틈으로 나는 애당초의 피아골산장행 길을 나섭니다. 먼 곳 하늘에선 우룽우룽 비 울음이 들려오고, 금세라도 퍼부을 듯 험악한 하늘 표정 아래, 산길도 내내 어두운 얼굴입니다. 그러나 즐거운 일입니다. 너무도 행복합니다.

한여름 지리산 주능선길을 이리도록 혼자 호젓이 걸을 수 있으리라 상상하지도 못했고, 무엇보다도 내가 이 길을 걷고 있다는 것을 의식하는, 그래 내가 이 길을 걷고 있어……라고 중얼거리듯 혼자 뇌어보는 순간순간…… 섬광처럼 즐거운 미소가 내 속에서 전율하듯 퍼져 흐릅니다.

산행에서 결실이란, 단호히 말하건대 없습니다. 천왕봉에 이른 것이, 오은선이 안나푸르나를 끝으로 14좌를 완등한 것이 결실? 천만의 말씀입니다. 그것조차도 산행의 한 과정일 뿐입니다. 지금 순간순간 내딛는 걸음이 산행일 뿐이요. 봉우리 또한 그 걸음의 지극히 일부일 따름입니다.

사람들의 사랑도 마찬가지란 생각을 했습니다. 사랑에 영원이라든지 절대적이라든지 하는 수식의 결실은, 결코 존재할 수 없다고. 사랑하는 사람이 있다 칩시다. 그 두 사람이 지극히 사랑한 끝에 결혼하여 아이를 낳았다. 그러면 그 아이는 사랑의 완성이고 결실인가요? 결혼이란 제도는 사랑이란 과정을 보다 열린 가능성의 형태로

지속시키고자 하는 인류 바람의 한 검증된 결과물이지요. 하지만, 부부로 백 년을 해로했다고 해서, 그 두 사람이 사랑을 완성했다고 볼 수는 없는 일입니다. 순간순간을 얼마나 충실하게 애틋하게 서로를 위하며 마음을 주고받았는지의 여부가 판단의 자료가 될 뿐.

피아골 산장 - 기억이라는 병

> 우리는 이 현실에서 도망칠 수도, 극복할 수도, 초월할 수도 없다. 가장 순수한 의무란 현실을 살아내는 것뿐이다.
>
> *- 전경린, 『풀밭 위의 식사』, 187쪽*

산행 코스는 7할 정도만 되게 잡았습니다. 되도록 더디게 느리게 바라보고 또 바라보며 느끼며 숨 쉬며, 그렇게 지리산에 안겨 있다 내려서고 싶었습니다. 숨이 턱턱 멍치를 짓누르고, 지치고 아픈 다리를 끌면서, 괴로움의 극복을 통한 인간 승리 같은 기쁨을 누리고 싶은 것이 아닌.

피아골 산장에 이른 것은 채 오후 2시가 되지도 않은 시간. 오늘 밤 자고 가겠단 내 말에 산장지기 아저씨는 희미하게 웃으며, '아직 내려갈 시간이 충분한데……'라며 말끝을 흐립니다.

시쳇말에 '이왕 버린 몸'이란 것이 있지요. 이왕에 비에 젖은 다음엔, 제아무리 더 많은 비가 내려도 문제 될 일이 없습니다. 그렇다고 등산로가 쓸려 내려가거나, 암릉에서처럼 번개가 문제 될 일도 없으니까요. 비가 간간 내렸지만 오늘 하루 산길은 조금도 불편하지 않았습니다.

피아골 산장 양쪽으로 계곡이 있습니다. 양쪽 다 귀를 멀게 할 정도의 우렁찬 물소리가 들려옵니다. 산장 20여 미터 앞쪽에 계곡을 가로지르는 다리가 하나 놓여 있고, 그 위로는 나뭇잎 비낀 오후 햇살 몇이 앉아 있습니다. 거기에 자리를 잡고 책을 펼칩니다.

정적입니다. 아니로군요. 책에서 눈을 떼면 흘러가는 물소리의 굉음이, 아직 채 마르지 않은 나뭇잎 사이 반짝이는 햇살, 매미 소리, 힐끔거리며 다가섰다 먼 걸음 하는 다람쥐…….

소설 속 누경은 '기억의 병'을 앓고 있습니다. 과거로부터 축적되어 온 시간들을 사랑이라 규정하고 어긋난 현실을 받아들이지 않는 데에서 기억은 치명적인 병이 되었습니다. 현실은 살아내는 것이지요. 그 무엇도 세상을 살아가는 가치 이상으로 우선되는 것이 없습니다. 살아 있지 않다면 삶은, 생은 그 어디에도 없는 것이니까요.

이 지점에서 나도 삶의 발목을 거듭 접질리게 하는 기억이란 것들의 효용에 대해 다시 생각해 보게 됩니다. 우울하고 어둡고 막막하게 하는 기억들이란 세상 사람들 눈에, 특히나 합리적 이성을 가진 사람들 눈에는 얼마나 어리석은 소모가 되는 것인지요.

그런 면에서 본다면, 기현을 받아들이지 않고 강주를 품고 사는 누경은 그야말로 중증이지요. 참 어리석은 병이 골수 깊이 맺혔습니다.

그러나…… 그러나 말입니다. 세상의 모든 일들이 합리적 이성만으로 재단된다면…… 우리 삶은 참 지나치게 따분한 기계적인 것이 되지 않을까요?

"난 하고 싶은 대로 살아본 적이 없었다. 평생 억지로 살았어."라고 말하며 도망칠 수도, 벗어날 수도 없어 결국 현실을 살아낼 수밖에 없는 것이 생이어서 그렇게 한평생을 살았던 누경의 아버지는 죽은 뒤에도 회한으로 딸의 꿈속을 드나듭니다(물론, 이 부분은 누경의 의식의 반영입니다만).

저물고, 이내 어둠이 찾아왔습니다. 읽던 책의 뒤쪽 페이지를 넘기다가 산장 바깥으로 문득 어둠이 채워진 것을 알았습니다. 산장 안에는 나 혼자만 있습니다. 어젯밤은 아무도 없었다네요.

머리가 조금 벗어진 중년의 산장지기 아저씨는, 이런 적막이 지속되면, 무슨 생각을 하며 어떻게 하루하루의 밤을 보낼까요? 산악시계의 온도계가 한여름인데도 21도를 가리킵니다. 사위는 온통 어둠과 큰 물소리로만 그득 채워져 있고, 그 압축된 어둠 한가운데 나만 덩그러니 놓여 있는 느낌입니다.

이윽고, 읽던 책의 마지막 장을 넘기고, 불을 끄고 자리에 눕습니다. 나른한 육체 피로에도 불구하고, 쉬이 잠이 찾아와 줄 것 같지 않습니다.

아마…… 소설 속 누경이를 생각하게 될 거 같습니다.

> 평정을 유지하며 현재성 속에서 능동적으로 살아 움직이는 사람이야 말로 소박한 초인이 아닐까.
>
> - 전경린, 『풀밭 위의 식사』, 249쪽

04 / 미명의 어둠 속에서도
- 내변산, 내소사

내변산 - 직소폭포와 관음봉

오월은 푸른빛 천지입니다. '푸른'이란 수식어는 그 자체로 넉넉한 추상성을 담고 있긴 하지만, 또한 부족한 무엇이 있습니다. 연록, 녹색, 진록 따위의 표층적 의미를 말하고자 함이 아니랍니다. 그저 푸른 것만이 아니고 겹겹이 푸릅니다. 속살까지 함빡 깊이 저며 드는 그런 푸른빛 말입니다. 이 푸른빛 성성한 계절은, 3시간을 달려가야 하는 길조차도 전혀 지겨울 틈이 없도록 해줍니다.

내소사 산문에 이른 것은 11시. 2시까지 닿으려면 조금 잰걸음이어야 합니다. 전나무 숲길 가운데로 나 있는 산길로 이내 오릅니다. 능선에 이르니 펼쳐지는 바다. 곡절 많은 부안 근동은 줄곧 뉴스의 중심에 서 있기도 하였습니다. 핵 폐기장 건립 문제가, 새만금 갯벌 간척 사업이 그러했습니다.

곰소 너머 갯벌로 물이 들고 있습니다. 뭇 생명을 지닌 것들의 저 쉼 없는 일렁임과 반짝임들. 인간이라는 오만함이 개발이라는 미명하에 함부로 저지르는 자연에 대한 행태는 범죄를 넘어선 폭력이고 야만입니다. 서울의 청계천 복원이라는 것도 기실은 원래 있던 것을 흉내 낸 것에 불과한 것이지 그 이전의 온전한 청계천은 아닙니다. 그들이 지하로 매몰했던 과거는 '개발'의 허상 탓이었습니다. 그저 눈앞의 이익과 편리에만 집착한 인간들의 욕망이 빚었던 과오 말입니다.

관음봉 삼거리에서 관음봉으로 이르는 길을 젖혀두고, 직소폭포를 향한 걸음을 더욱 재촉합니다. 재백이고개에 이르니 같은 빛깔의 조끼를 입은 사람들 행렬이 이어지네요. 다행히 모두 반대편에서 마주 오는 길이어서, 이따금 어깨가 조심스러울 뿐 걸음을 재촉하는 데는 큰 지장이 없습니다.

내린 비가 한몫 거들었겠지만, 수량이 넉넉한 폭포는 주변 봉우리, 산세와 어우러져 한바탕 선경을 이룹니다. 한 무리의 사람들이 지나간 뒤 잠시 숨을 고르며 오월을 직하하는 정기에 내 몸을 맡겨봅니다. 내게로 와 부딪히는 이 낯선, 그러나 마냥 싱그러운 새 세계의 음률. 이것이 내 심장을 벌떡이게 만듭니다.

직소폭포를 지나 선녀탕으로 내려가면, 계곡을 가로질러 관음봉 좌측을 끼고 오르는 능선길이 있다기에 그 길을 찾기 위해 한참을 두리번거렸습니다. 하지만 끝내 그 길을 찾을 수 없었습니다. 지도에도 없어진 길. 주변 형세를 잘 아는 분에게 물어보니, 이미 시간 속에 묻힌 길이라고 합니다. 어디엔가 있었을, 그러나 오랜 시간 속에 묻혀 있는 길. 그 길 또한 그대로 자연으로 회귀하는 일입니다.

30여 분을 허비한 셈입니다. 다시 마음을 다잡아 왔던 길을 되짚어 오릅니다. 직소폭포 너머로 다시 이르니, 무리의 등산객들은 썰물처럼 빠져나가고 없습니다. 잰걸음으로 다시 관음봉 삼거리에 이르렀으나, 1시 30분. 이대로 관음봉에 오르지 않고 내려선다면 템플스테이 사무소 보살님과 약속한 시간 어름을 맞출 수도 있으리라. 하지만, 0.6km. 눈앞에 인자한 미소로 세상을 내려보는 듯한 이름 그대로 관음보살 같은 봉우리를 먼발치로만 바라보고 내려설 순 없는 일이었습니다.

관음봉에 이르러 잠시 사위 조망을 한 뒤, 하산을 서두르고 있으니 다시, 부드러운 목소리의 사무국 보살님 전화입니다.

"많이 늦어지시나요?"

"관음봉에서 하산 중입니다. 금방 달려가겠습니다."

내소사 - 소쩍새와 지샌 하룻밤

지난 겨울부터 이곳에서 하룻밤 머물리라 내내 마음 먹어 왔습니다. 오월, 푸른 숨결이 턱밑까지 차오르는 절기에 내변산 관음봉 자락 아래 안겨 있는 절집에 나 또한 안겨들어 더불어 푸른빛이 되어 보리라. 서둘렀던 등줄기로 맺혔던 땀 자국을 그대로 지고 들어서니, 사찰예절습의가 진행 중이었습니다.

'절'을 많이 해서 절(寺)이라더니, 예법이 까다롭습니다. 하지만, 아무런 형식적 절차도 없이 스스럼없이 내적 경지로 접어든, 접어들 수 있는 사람이 있다면, 그런 사람이야말로 초인이 아닐까요. '깨달은 자' 말입니다.

흐트러진 마음, 세속의 때로 덕지덕지한 육신을 다소곳이 여미는 데에 얼마간 필요한 절차라든지, 형식이라든지 하는 것들은 그런 까닭만으로도 충분히 경건한 것들입니다. 수행의 장소와 대상이 따로 있으랴만, 굳이 선승들이 산속에 깃드는 것에 그만한 이유가 있음을 굳이 말로 할 것이겠습니까.

사찰 순례를 시작으로 이어지는 타종과 저녁예불, 차 마시며 스님과 대화하기, 연등 만들기, 탑돌이…… 범종 여운 깊은 소리처럼 가슴 깊은 울림으로 새겨지는 시간들입니다. 불교 혹은 불교적인 것들은 언제나 내 세계의 바깥에만 존재했었습니다. 그러나 이런 음률의 시간을 갖게 된다는 것은 세계와의 반짝이는 새로운 만남입니다. 어느 날 문득, 열린 가슴으로 맞이하는 타자와의 대화처럼 말이지요.

밤 10시. 잠자리에 들었는데 전주에서 오신 예순 근처의 어르신 한 분과 같은 방을 쓰게 되었습니다.

> *"코를 좀 고는데 괜찮으실지 모르겠어요."*
> *"괜찮습니다."*

괜찮을 리야 있을까만, 어찌할 수 없는 노릇이지요. 머문 방 이름이 마침 '보시'입니다. 하룻밤 잠을 보시한다? 이불을 깔고 누웠지만, 잠은 구만리 밖입니다. 소쩍새 울음이 낭자하게 어둠으로 숙연한 절집을 물들입니다. 이윽고는 어르신의 불규칙적인 숨소리에 이어 강렬한 쇳소리(?)를 연상케 하는 파열음이 작은 방안을 그득 채웁니다.

살며시, 이불을 들고 방을 나서 이웃해 있는 '회승당', 너무 널찍해 휑한 강당을 찾아들어 자릴 깔고 누워보았습니다. 하지만, 절집의 고요를 희롱하는 소쩍새 울음은 방자함을 넘어서 방안까지 차고 드니, 쉽사리 이룰 수 있는 잠은 아닌 듯합니다.

산문을 딛고 돌아 오르던 달은 어느 이름에서 나뭇잎들과 홍건한 새벽이슬 한 몸이 되었을까? 그렇게 얼마를 뒤척였을까? 새벽 2

시 3시……. 잠깐 잠이 들었는가 했는데, 새벽 4시. 새벽 예불을 알리는 종소리가 잠을 깨웁니다.

미명의 어둠이 깃든 대웅전 앞마당으로 들어서는 순간 어젯밤 직접 만들고 '거짓 나'를 위해 적은 발원문을 끼워둔 연등이 밤을 세워 고스란히 타오르고 있었습니다.

아름답습니다. 비루한 나를 위해 밤새도록 온전히 자기 몸을 녹여 어둠을 밝히는 촛불. 무슨 설법이 더 필요한가요. 무슨 의식이 더 의미가 있을까요. 제 한 몸 온전히 태워 미명의 어둠을 밝히는 저 불빛이야말로 부처님의 가르침이 아닐까 생각해 봅니다.

새벽 예불 후, 말없이 산문까지 드리워진 전나무 숲길을 걷습니다. 산문을 휘돌아오는 동안 미명의 세상은 서서히 여명의 아침으로 화합니다.

나무와 잎들이 서서히 형체를 찾고, 뚜렷해진 산줄기의 곡선이 수묵화로 가슴속에 번져옵니다. 석가모니 부처께서 깨달음을 얻은 순간을 알지 못하지만, 짐작한다면 바로 이 순간은 아니었을까요?

음식의 소중함과 타인에 대한 배려를 다시 생각하게 해 주는 아침 '발우 공양', 호쾌한 눈매와 걸걸한 웃음소리 그리고 그에 걸맞은 명쾌한 생각이 잘 어우러지는 주지 스님과의 대화. 그리고 야무진 입심과 단정한 한복이 인상적인 다도 선생님과의 다도 체험. 근접이 어려운 스님이란 인상을 싹 지우게 만든 청련암 산책길에서의 진호 스님.

나와 더불어 고귀한 시간을 함께한 여섯 참가자들. 모두 시간의 아름다운 축복이었습니다. 세속과 신성 사이에서의 갈등은 어제오늘의 얘기가 아닙니다. 산속으로 들어가 고요한 나를 얻고, 그 속에서 진정한 깨달음을 하고자 하는 스님들에게 중생들은 다 어찌할 것이냐며, 세상은 끝없이 참견하고 투덜거립니다. 하지만 어디에 진리가 있는가? 그 어디에도 진리는 없고, 어느 곳에든 존재합니다. 다만, 쫓기듯 부대끼는 일상의 번잡함 속에서보다는 새벽 그윽한 전나무의 숲길, 폐부 깊숙이 건네주는 맑은 기운 속에서 더욱 자아의 깊숙한 속곳을 들여다보기가 쉬운 이치일 뿐이겠지요.

새벽 전나무숲길. 미명의 어둠 속에서도 전나무들은 여전히 고고한 그들의 줄기를 거두지 않았으되, 밝음 속에서만 그들을 볼 수 있는 것은 세속의 어리석은 욕망으로 그득 찬 나의 모습 같은 것이었습니다. 어둠 속에서도 그들과 한 몸에 되고 그들과 아울러 한 세상의 깊이를 들이킬 수 있다면, 세상의 번뇌가 어찌 더 이상 나의 것일까요?

내 안, 나를 찾아서 / **05**
— 설악산

삶이 어느새 이만큼

10시 30분 인제 원통버스터미널. 한계령을 넘는 버스는 1시간 뒤에나 있답니다. 새로이 깔끔하게 단장한 대합실 의자를 채우고 버스를 기다리는 사람들 중, 새삼 희끗한 머리와 세월의 격정 골 패인 자국 선명한 노인들이 눈에 듭니다. 또한 이렇게 버스 대합실에 기대어 서 있노라면, 문득 시간을 잃어버리는 느낌에 젖어들곤 하지요.

시간이란 것은 기실 관념일 뿐이지요. 과거는 존재하지 않는 것. 존재했던 것이라고 기억하고 있는 것일 따름인. 우리에게 존재의 의미는 지금 이 순간순간입니다. 지팡이를 짚은 저 할머니의 무심한 표정, 굽은 허리, 공허한 시선……

삶이 어느새 이만큼 왔습니다. 나는 무얼 하며 지금껏 살아왔던 것일까요? 이틀 동안 '내 안, 나를 찾기' 위한 수련을 다녀왔습니다. 내 속 깊은 곳에 웅크리고 있는 자아는 세상이 만들어 입힌 껍질, 이미 굳어버린 관념의 굴레 속에서 헤어나질 못하고 있었습니다. 내 삶이 여기까지에 이르렀는데…… 내가 진정 원하는 나는 어떤 모습일지조차 모르고 살아가고 있는 내가 숨이 막혔습니다. 생각 없이 그저 살아가기만 했던 그 이전엔 고려의 대상도 되지 않았던 그런 생각들이 어느 사이, 나를 친친 감아 옥죄어 들었습니다. 새벽닭이 울 때가 다 되어가는데도 종소리는 들려오지 않고, 똬리는 더욱 나를 숨 막히게 죄어들고 금세 나를 집어삼킬 듯 날름대는 그 혓바닥……

그리곤 어제 일요일 밤 10시가 가까운 서울. 밖을 나서자 참담하게 낯선 서먹한 얼굴로 빛을 뿌려대는 거리…… 주저함 없이 곧장 춘천을 향해 가속페달을 밟았습니다. 그리곤 오늘 아침 인제군 원통…….

대청을 향하며

가파른 길을 걸어 오릅니다. 물리치면 다시 나타나고 오르면 다시 펼쳐놓는 가없는 돌계단. 설악폭포 근처에 이르니 자욱한 안갯속입니다. 산 아래서 바라보면 실은 이는 구름의 형상을 하고 있겠지요? 그러니 안개가 아니라 구름 속에 드는 것이라고 해도 될 성싶습니다. 그러다 이윽고 더 높은 봉우리에 이르면 구름 위를 거니는 것이 되겠지요.

오색 코스의 직선적인 가파름은 설악이 가진, 제일 경직된 표정인 듯합니다. 이렇다 할 풍광을 보여주는 것도, 오밀조밀한 계곡의 은밀한 속삭임도 없는 무표정 그 자체. 그러나 뒤집어 보면, 오히려 그런 면이 오직 걸음걸음에만 집중할 수 있도록 해주는 장치이기도 하지요. 걸음에만 집중하다 보면, 내게서 일어나는 숱한 생각들을 바라볼 수 있게 됩니다. 확연히 느끼는 것이지만 주변 없이 홀로 길을 걸어가다 보면, 생각을 '하는' 것이 아니라, 내게서 활동하는 생각들을 '바라보게' 된다는 것입니다.

관여해선 안 됩니다. 이렇게 생각하라 거나, 그건 잘못된 생각이라거나…… 이런 관여 없이, 그냥 가만가만히 내버려 둔 채로 바라보기를 하다 보면, 그들이 무엇으로부터 그런 생각들을 몰아왔는지, 그 생각의 뿌리까지 드러나 보일 적이 있습니다. 그리하여 한참 동안 그 생각들과 그를 에워싼 감정마저 바라보고 난 뒤에 한마디 정도만 건네어 봅니다.

'그랬구나. 그랬었구나……'

설악폭포 위로 아찔하게 솟은 가파른 길을 걸어 산 어깨 즈음에 이르니, 키 큰 나무 아래로 물방울이 뚝뚝 듭니다. 비가 오는 것인지? 하고 위를 바라다보면 그저 안갯속이기만 합니다. 그렇습니다. 바람과 함께 지나는 구름안개가 나뭇가지에 걸려서 하나둘 맺히곤, 방울이 되어서 땅에 떨어지는 것입니다. 겨울이면 더없이 아름다운 눈꽃(상고대)로 피어나겠지요?

그런데 지금 저 나무들은 그런 아름다운 형상 대신에 하염없는 눈물을 흘리고 서 있는 듯합니다. 키 큰 나무 아랫녘만 촉촉이 젖어 있네요.

후후, 사실은 이 나무는 그냥 서 있는 소나무일 뿐이고, 구름안개의 습기가 맺혀서 떨어지는 자연현상일 뿐인데……. 나무가 눈물을 흘리는 것으로 느끼는 것은 그 나무를 바라보는 나의 관념일 따름입니다. 관념이란 거. 이런 관념들은 때로 세상에 긍정적인 힘을 주는 것들도 있지만, 스스로를 학대하고 괴롭히는 부정적 에너지로 쓰이는 경우도 허다합니다.

네가 할 줄 아는 게 뭐가 있어? 원래 넌 그런 인간이잖아. 넌 안 돼. 포기해 버려. 네가 나한테 이럴 수가 있어? 남에게 상처 주는 말을 수도 없이, 참으로 교묘하게도 스스로를 합리화하며 해 왔었습니다.

심지어는 '지는 게 이기는 거다.' '네 행복을 위해서'라며, 상대를 위한 배려나 양보인 척하다가, 그런 양보와 배려에도 불구하고 상대방이 변화를 보이지 않으면 불같이 화를 내기도 합니다. 내가 너를 어떻게 대해 주었는데, 네가 나한테 이래도 되는 거니? 한없이 나를 내려놓지 못하고, 진정으로 낮추지 못한 거짓 양보요 배려인 셈이지요.

결국엔 남을 향해 던졌던 그 돌멩이는 스스로에게 돌아오는 셈인데요. 결국 내적인 고통, 즉 마음의 괴로움이란 것들은 거개 스스로 불러들인 것들이 참으로 많습니다.

다시 소청으로

사위를 닫아버린 대청봉을 거쳐 중청산장을 지나면 이제 소청봉으로 그리고 소청산장에 닿게 됩니다. 시간 남짓도 걸리지 않는 이 길이, 지난겨울 눈보라 속엔 그렇게도 멀고도 힘겨웠던 길이었을까요. 바람이 얼마나 매서웠는지, 잠깐 그에 노출된 귓바퀴가 얼었고, 그 동상의 흔적이 지금도 오른쪽 귀에 거뭇하게 남아 있을 지경입니다.

소청산장에 이르렀습니다. 지난겨울, 그 끔찍한 눈보라를 뚫고, 눈으로 푹푹 허벅지까지 파묻던 그 눈길 너머 이른 소청은 정말 따뜻하고 평화로운 동화의 세상 같았답니다. 세상과의 절연, 그런 기분이랄까요? 지붕 위를 우우 소리 지르며 비행하는 눈보라도 산장 안에 깃든 시간으로는, 교향악 내지는 바이올린 소나타를 듣는 기분이었으니까요. 하지만 지금, 북적대는 사람들의 즐거운 웃음소리와 이야기 소리 왁자지껄함 속에서는 어찌 이리도 외로운 마음만 가득한 것일까요.

건듯건듯 능선은 구름 사이로 그 모습을 보여주다간 닫아버리고 닫아버리고……. 그 풍경에 눈을 묻고 있는 사이 저녁이 깊어만 갑니다. 난간에 기댄 채 까딱도 않고 서서, 사위어가는 산과 소청산장으로 잠입해 드는 어둠들을 응시합니다. 이렇게 숱한 사람들 틈에서, 첼로의 낮고 느린 선율 같은 감정의 저음을 비행합니다.

이내 밤이 짙어 옵니다. 어둠에 밀려, 침침한 산장 방안에 엎드려 책 한 구절을 펼쳐 드니, 문가에는 옛 얼굴들이 아른거리고 위층에서는 옛 발자국 소리가 들려오는 듯합니다.

문가에는 옛 얼굴들이 아른거리고
위층에서는 옛 발자국 소리가 들려오고
밖에서는 옛날 낯익은 목소리가 그녀를 불러낸다.
- 마이클 호페(Michael Hoppe)의 앨범 〈Alfterglow〉 중,
'The Waiting' 가사의 일부

바깥 의자에 삼삼오오 모여앉은 이들의 즐거운 이야기. 이윽고 9시 소등. 드러누운 채 눈을 감아보지만 잠은 쉬이 찾아들 것 같지

않습니다. 어쩌다 까물 잠이 들었는가 했는데 깨어나 시계를 보니 12시를 조금 넘긴 시간. 문 입구에도 자리를 한 사람이 있어 밖으로 나갈 수도 없는 노릇입니다. 먹먹한 어둠에다 눈을 준 채, 친구인 잠이 찾아와주기만 기다릴 수밖에……

가장 깊숙한 곳에 깃든 자아와의 만남

봉정암에서 계곡 경치가 수려하고 조금 이르게 도착하는 수렴동 계곡 길을 버리고 오세암으로 이르는 윗길을 잡습니다. 내려서는 길이 더없이 호젓하고 조용한 산길이 될 것이라는 예감 무색하게 봉정암에서 30여 분을 걸어 내려가니 끊임없는 사람들 물결입니다. 거개, 봉정암에 이르는 불교 신자자들이더군요. 이 거친 산 고갯길을 도무지 오르지 못할 것 같은 위태로운 몸을 지닌 분들을 비롯하여 예순, 이른에 이르는 할머니들도 눈에 띕니다. 나도 어느새 다리며 고관절 부위가 얼얼한데…… 어떤 힘이 지팡이를 짚은 노인들의 몸을 이 고갯마루 위로 밀어 올리게 하는 것일까요? 불심이랄까요. 그런 '마음' 내지는 '의지'가 만들어낸 걸음이겠지요.

'불뇌보탑', 즉 부처님의 뇌사리가 봉안된 탑이 있는 곳이 봉정암이고, 불자들에겐 살아생전 꼭 한번 참배해야 할 성스러운 곳이 되는 셈이라고 합니다. 그러니 굳이 종교적인 의미로 말한다면 '성지순례'쯤 되는 셈이지요. 그것이었습니다. 종교든 무엇이든 불가능하다고 주저앉는 것을 벌떡 일어서게 만들고 다리를 끌고서라도 무릎으로 기어서라도 길을 가게 만드는 힘은 바로 우리 속에 깃들인 '의지'. 케이블카도 모노레일도 없습니다. 우리나라에서 가장 높은 곳, 가장 깊은 곳에 깃든 곳. 그래서 제 발로 걸어서 밖에 달리 오를 방법이 없는 곳. 그 걸음걸음을 통해, 숱한 상념들을 물리치고 겹겹이 둘러싸인 관념의 틀을 깨고 기어이는 가장 깊숙한 곳에 깃든 자아와 만나는 것.

아아, 이런 생각이 이르니 그 길을 오르는 모든 이들이 별안간 숭고하게 느껴졌습니다. 그리하여 진심 어린 표정과 정성으로 오르는 모든 이들 한 사람 한 사람에게 인사를 건넵니다. 그저 상투적으로 마땅히 그러해야 하는 것이 산중의 법도이니 건네는 그런 인사가 아니라, 마음에서 우러나는 밝은 표정으로 미소 지으며 인사를 건넵니다. '반갑습니다 반갑습니다.' 어떤 할머니는 내 얼굴을 마주 보시더니, 합장을 하며 답인사를 하십니다.

　　　"성불하십시오~"

세상의 질서가 만들어낸 관념의 틀에 갇혀서 나 또한 얼마나 허우적거렸던가요. 사회적인, 도덕적인, 가정적인, 욕망, 그 모든 세속적인 가치들…… 그것들로 겹겹 에워싸였던 순수한 자아는 웅크리고 앉아 속으로만 울고 있었습니다.

백담사에서의 하루

저녁 무렵. 백담사 계곡에 앉아 물소리로 귀를 채우며 설악의 능선을 바라보고 있습니다. 오세암, 영시암을 거쳐 백담사에 이른 것은 갓 점심시간이 지난 무렵이었습니다. 하룻밤 머물 것을 종무소에 말했더니, 대뜸 기와불사하는 곳으로 가랍니다. 거기로 갔더니 눈매가 신경질적인 보살님은 왜 한낮 이른 시간인데 내려가지 않고 공연히 절에서 머물려 하느냔 뜬금없는 소릴 내뱉습니다. 이해를 못 하겠다나요. 그러더니 소원성취에 효험이 있다며 용마루 기와불사를 강권하다시피 합니다. '요걸로 하세요'라며……. 아, 나 같은 이들의 발걸음 탓도 보태어졌겠지만, 마음 한구석이 이내 푸석거렸습니다. 우러나는 맘에서가 아닌, 하룻밤 머물게 해 줄 테니 응당 당신은 이 정도의 보답을 해야 한다는 우격다짐 같은 것으로 들리니…… 그냥 그러려니, 그 보살님은 한 푼이라도 뜨내기 관광객들의 호주머니에서 돈을 풀어내 더 큰일을 위해 쓰게 하려는 불심으로 그리 한 것이라고, 그렇게 생각하며 웃어넘길 순 없었던 것이었을까요? 무슨 절집이 장삿속도 아니고 이게 뭐야 하는 마음으로 불쾌해했던 자신을 다시 한번 바라봅니다.

낮시간 백담사는 들이닥친 관광객들로 북적거리기만 하였고, 호젓한 머묾을 바라던 내 기대는 이내 실망으로 낯빛을 바꿨습니다. 그래서 배정받은 '만해실' 절방 안에서 문을 닫고 내내 드러누워 눅눅한 절집 내음 속에서 책을 읽기만 했습니다. 그 책도 다 읽어버리자, 오후 4시경이 되었던가요? 절방에서 나와 만해기념관도 둘러보

고 맞은편 '백담다원'에 가서 차도 한 잔 마시며 어슬렁거리다 보니
어느새 그 많던 관광객들은 썰물처럼 모두 빠져 내려섰습니다.

  그리곤 저녁 무렵, 이 너른 절집에 머무는 사람은 서넛 정도밖에
없는, 상상치도 못했던 산사의 호젓한 풍경이 내게 덥석 축복처럼
와 안겼습니다.

  설악산과 그 모세혈관들이 수집하여 내려보낸 물소리를 귀로 들
으며 눈으로 만지며…… 이슥해져오는 백담사의 풍경에 지금 순간
에 나를 꺼냅니다. 나를 꺼내서 다시 또다시 바라보고 싶습니다.
내가 바라는 것은 진정 무엇일까요. 나는 누구인 것일까요. 여기
까지 온 나는 어디로 다시 가게 되는 것일까요.

  별빛. 초롱한 별빛입니다. 방 안에서 머물고 있었는데, 늦은 밤
느닷없이 예순 근처의 한 분이 드십니다. 일산에서 오셨다는데, 용
대리에 이르니 이미 순환버스는 끊어져서 두 시간 남짓 걸어 오르
셨답니다. 인제 막걸리를 사 오셨다며 한잔하기를 권하십니다.

  밖으로 나섭니다. 절집에서 흘러나오는 몇 불빛이 훼방을 놓긴
하지만, 계곡 사이 쏟아져 내리는 별빛과 더불어 서로 나누는 막걸
리 맛은 술에 문외한인 내게도 세상의 맛으로는 견줄 수 없는 것이
었습니다. 몇 순배가 돌고 나니 취기가 머리끝에 오릅니다. '좀 걷
고 싶습니다'고 말씀드린 뒤, 혼자 개울을 휘돌아 산길을 걸어봅니
다. 어둑한 숲에서 불쑥 산짐승이라도 나올 듯 섬뜩 무섬증이 일
기도 하였지만, 별이 저리도록 밝은 빛으로 나를 내려다보는 것
을…… 생각하니, 어둑한 사위도 더없이 포근하고 아늑합니다.

  아침 공양을 마치고도 이른 시간. 수심교(修心橋) 중간에서 멀리

능선과 계곡, 우측으로 비스듬히 절집을 바라보며 또 하염없이 눈길을 묻고 있었습니다. 한참을 그러고 서 있었습니다. 얼마나 시간이 흘렀는지도 모릅니다. 그러다 문득 절집 쪽으로 눈을 돌리는데, 스님 한 분이 걸어오고 있습니다. 왠지 인사를 드리고 싶었습니다. 합장을 하고, 가볍게 고개를 숙였는데…….

'물 소리가 참 좋지요.'라고 스님께서 말을 걸어오십니다. 너무 놀랐습니다. 그제서야 눈을 들어 바라보았더니, 의외…… 비구니 스님이셨습니다. 미소 지어 보이십니다. 몇 마디 얘길 나누고 나신 뒤, '이따가 뵙겠습니다.'며 총총 수심교 바깥으로 걸음 하시네요. 이따가 뵙다니…… 나는 이제 1시간 남짓 후면, 8시에 마을에서 올라와 8시 40분경에 처음 내려선다는 순환 버스로 세상을 향할 텐데…… 언제 다시 만나기라도 한단 말인가?

절집은 동향이었네요. 수심교 맞은편으로 아침 햇살이 더디게 돌아 오릅니다. 배낭을 챙겨서 매고 나와, 차 시간을 기다리며 돌아 오르는 햇살이 계곡 위에 드리우는 모습과 돌멩이에 새겨진 오세영의 시를 읽고 있는데, 그 스님입니다. 차를 한 잔 대접하고 싶다며 날 부르십니다.

스님과 녹차를 우려 마시고, 다시 발효차까지 몇 잔을 더 나눠 마셨습니다. 그 곁에는 중학생쯤으로 보이는 여학생 한 명이 내내 아무런 말도 없이 앉아 있었습니다.

불교는 종교가 아니라, 삶의 한 방식이요 어쩌면 실천적인 철학이라는 스님의 말씀에 동의합니다. 많이 가진 자들의 소모가 적게 가진 자들을 굶주림에 가난에 멍들게 한다는, 나눔과 베풂이 더욱 세상을 아름답게 할 수 있을 것이란 보편적인 견해도 마땅한 말씀입니다. 인과의 세상……

백담사를 떠날 시간입니다. 스님께 거듭 합장을 합니다.

"다시 만날 겁니다. 아까도 이따가 뵙자 했는데 이렇게 다시 뵈었잖아요."

마지막 웃으며 건네는, 스님의 말씀이 귓가에 맴돕니다. 그런 것일까요? 그런 것이겠지요? 생은, 떠나고 다시 만나는 숱한 것들로 이어진 하나의 고리……. 만해 한용운의 시구가 더불어 순환버스 창밖, 아득한 계곡 아래로 또한 푸르게 물살져 흐르는 듯합니다. 우리는 만날 때에 떠날 것을 염려하는 것과 같이 떠날 때에 다시 만날 것을 믿습니다.

순간들이 삶에게 하는 말 / **06**
- 수도산, 단지봉

흐린 하늘입니다. 김밥을 하나 사기 위해, 분식 골목을 기웃거리다 '진달래'를 발견했습니다. 물론, 분식집 이름이지요. 후덕하게 생긴 주인아주머니께서 반갑게 맞으십니다. 달랑 1인분 말아달라기가 주저스러워서 조심스레 말을 하니까 전혀 그렇지 않답니다. 단 1개일지라도 미리 전화를 줘도 정성껏 말아 놓겠답니다. 참 맘에 드네요.

텔레비전에서는 무슨 아침 이야기쇼가 펼쳐지는 모양인데, 김밥을 말고 있는 동안 잠시 들어봤습니다. 자린고비 아저씨의 눈물 나게 돈 아낀 사연인데, 연신 그 부인되는 사람은 웃다가 눈물을 콕콕 찍어내다가를 반복하더군요. 무작정 무식하게 돈이 아까워 벌벌 떠는 그런 류의 자린고비는 아닌 듯합니다. '철학이 있는 구두쇠?' 김밥이 다 되었군요. 참, 맛있는 참기름 냄새가 솔솔…… 점심은 참 성찬이 될 것이 분명해 보입니다.

가북면 중촌으로 향합니다. 지나는 길에 본 폐교된 중촌초등학교는 무슨 무릉도원 같더군요. 그도 그럴 것이, 운동장 앞뜰에는 온통 아름드리 복사꽃이 만발해 있으니, 참 찬연한 아름다움이라고 해야 할까요. 농부들이 바쁜 일손입니다. 아마 이 무렵이 고추 모종을 할 철인 듯싶네요. 아 참, 우리 시골집에도 고추 모종을 할 텐데…….

지도상으로만 본 곳인지라, 어디서 초입을 찾아야 할지는 막막하기만 하더군요. 임도(林道)라고 하던가요? 그런 산길이 차가 잘 다닐 만큼 잘 나 있었습니다. 에고, 이게 무슨 등산인가? 이러다가 산정까지 차 타고 가겠네. 생각했지만, 문득 길은 끊어지고 거기

능선에도 산행길은 보이지 않습니다.

능선을 헤치고 방향을 잡아볼까 하고 몇 번이고 능선을 더듬었지만, 너무, 무성하게 자란 잡풀들이며 나뭇가지들과 지난해의 낙엽들에 길은 뵈지 않더군요. 다시 차를 돌려 내려섭니다. 아무래도 이쪽 산 능선이 아닌 듯하더군요. 아예, 입구 쪽에 차를 세워두고 다른 쪽으로 길을 잡았습니다.

얼마를 가니, 산행 리본이 하나 번뜩 눈에 띕니다. 조금 지나니 수도산 방향을 알리는 팻말도 하나 있더군요. 그렇습니다. 오늘 산행지는 '수도산'입니다. 수도산이란 참선 수도장으로 신라 때부터 유명했다던 수도암이 그 산자락에 얹혀 있기 때문에 붙여진 이름이라고 합니다. 해발 1,317m에 달하는 준봉이지요. 반대편 증산으로 수도산 자락까지 와 본 적은 있지만, 정상을 올라보지 못했던 터라, 이번 산행지로 골랐습니다. 맞은편 단지봉은 지난겨울 나를 몹시 힘들게 했던 산이고요.

능선을 올라섰는가 했는데, 금세 수도산이 보입니다. 하긴, 차를 타고 굽이굽이 산으로 산으로 얼마나 오른 골짜기였습니까. 그러니 1,300m의 해발도 온전한 것은 못되겠지요. 과연, 12시가 되기 전에 정상에 다다르고 말았습니다. 그대로 내려설 것인가, 아니면 수도암으로 하산했다가 다시 되짚어 올 것인가. 아니면, 반대편 웅장하게 솟아 있는 단지봉으로 향할 것인가. 여러 망설임 끝에 수도암 쪽 길을 택했습니다. 오늘이 불탄일이니 행사를 보는 것도 의미 있는 것이 아닐까 해서였지요. 하지만, 한참을 내려가다 다시 돌아섰습니다.

역시 마음을 끄는 것은 '단지봉(1,327m)'입니다. 지난 겨울, 나를 무척 힘겹게 한 산. 아니 기실, 산이 힘들게 한 것이 아니라 내가 멋모르고 너무 무모하게 덤볐던 탓이지요. 능선길을 걷습니다. 아득하게 단지봉은 저 멀리에 만 있는 것 같군요. 하지만 쉬지 않습니다. 꽃잎을 떨군 진달래며, 막 꽃망울을 맺고 있는 철쭉들이 능선을 빼곡 채우고 있었습니다. 그리고 군데군데 억새들이 줄을 잇고 있기도 하고 더러는 키를 넘는 싸리나무들이 동굴을 만들어 주기도 하더군요.

유난히 다리가 무겁게 느껴지고, 호흡이 가쁜 날입니다. 막바지 경사는 참 가파릅니다. 그러나 쉬지 않으리라. 피돌기가 쾅쾅 온몸을 요동칩니다. 가쁜 숨결, 그리고 무겁게 내리 끄는 다리……. 이 터질 듯한 순간들, 그 순간들이 항상 삶에 말하는 듯합니다. 삶이란 그저 만만한 것이 아님을, 깨어있는 순간은 언제나 숨 가쁘고 팽팽한 긴장의 연속이란 것을 언제나 기쁘고 즐거운 것만 하며 살아갈 수 있도록 구조화되지 않은 것이 인생임을……. 그 괴로움, 그 가쁜 순간들, 얼마나 주저앉고 싶고 되돌아서고 싶기도 한 걸까요.

하지만 압니다. 당신은 그 길을 잘 헤쳐나갈 것임을 그것으로 삶이란 참 만만한 것이 아니라는 것을, 그를 통해 인생이란 것의 참 의미를 깨달을 수 있음을……. 그 능선길은 참으로 많은 사색을 던져주는 길이더군요. 물론, 오가는 동안 한 번 사람과 마주쳤을 뿐입니다. 줄곧 혼자였지요.

나뭇잎이 서러운 빛으로 물들고, 바람이 억새를 쓸어안는 가을이거나, 진달래 꽃잎이 연분홍 그리움들을 찍어내거나, 머잖아, 철쭉꽃이 난만하게 필 즈음의 봄도 참 아름답기만 합니다. 잠깐 고개를 젖히면, 진정 마음의 열린 눈으로 바라다보면 정말 제대로 볼 수 있는 것을, 나는 제대로 볼 수 없어, 정말 제대로 보고 싶어 이 자연의 품에 한없이 기대고 싶어 하는지 모릅니다. 하산하는 길엔 잠시, 낙엽송과 잡목들이 어우러진 숲에 함께 잠겨 숲의 소리에 그 빛에 그 기운들에 내 온몸을 맡겨도 봅니다.

07 / 언제나 설레는 그리움
- 지리산 종주

그 이틀 동안 단 한 번도 햇살을 틔워 사위를 보여주지 않았습니다. 굽이굽이 산줄기는커녕, 가까운 산봉우리도 발아래 골짜기마저도 끝끝내. 나는 그것이 목말랐지만, 그 속에 담긴 뜻을 헤아려 보았습니다. 지리산, 내 품에 안겼으니 이젠 세상의 눈과 귀로 볼 것이 아니라 온몸으로, 마음으로 끌어안아 느껴보라는 것을 말입니다.

몇 번을 뒤척였을까요? 그러나, 눈을 뜨면 새벽 1시, 2시…… 그렇게 잠을 설치고 말았습니다. 날이 밝는 대로 나서려는 지리산행 길. 설렘에 어쩌면 막막한 두려움 같은 무게도 함께 서성였나 봅니다. 새벽같이 일어나서 김밥을 챙겨주는 아내가 고마울 따름입니다. 어제는 온통 일기예보에 촉각이 닿아 있었지요. 능선길 종주여서 사고 위험은 없지만, 지형을 모르는 일반 사람들은 예년 지리산 폭우 때의 사고를 떠올리며 불안해합니다. 어제 아침까지만 해도, 강수 확률은 100%라고 합니다. 그러다 80%, 오후 무렵엔 40%, 새벽녘엔 소나기 내릴 확률만 얘기하니 내려서던 저기압은 다시 되돌아선 것으로 보여 적이 맘이 놓입니다.

지리산 자락으로 들어서는 길은 온통 자욱한 구름 속입니다. 이른 아침 산보 나서듯 노고단에 오르내리는 사람들이 많이 보입니다. 대학생들로 뵈는 일행들이 참 많네요. 노고단 산장에서 김밥을 먹고 장정에 들어섭니다.

2박 3일. 이번엔 동료 선생님과 나선 길입니다. 그나마 혼자 나서지 않는다는 것으로 주변 가족들 걱정을 덜어 준 셈입니다. 함께 한 선생님은 지리산 자체가 처음인데, 그 첫 시도가 지리산 종주라며 비장한 각오를 다집니다.

금방이라도 비가 쏟아질 것 같은 비구름 속에 지리산은 그 웅대한 한 줄기도 보여주지 않았습니다. 첫날 걸어야 할 길이 꽤 멉니다. 벽소령 산장에서 1박을 할 작정인데, 하루 일정이 가장 빡빡한 날이 될 거 같아, 걸음을 재촉했습니다. 하루 산행으로 가벼운 배낭을 많이 해 온 터라, 여러 날 일용할 양식을 넣은 배낭 무게가 어깨를 눌러 옵니다.

돼지평전-임걸령-삼도봉-화개재…… 동행은 묵묵히 잘 따라오고 있습니다. 익숙지 않은 걸음이라 꽤나 힘이 들 텐데도, 그는 원체 무던한 사람이라 힘든 내색을 잘 하지 않습니다. 오히려, 이렇게 흐린 것이 산행엔 퍽 도움이 됩니다. 맑고 무더운 날이라면, 얼마나 지치게 할 것인가요? 화개재를 지나면서 토끼봉으로 오르는 고갯길에 숨이 차오릅니다. 그러나 쉼 없이 걷고 또 걸었습니다. 한바탕 빗줄기가 금세라도 쏟아질 듯한 얼굴, 그리고 너머 편 저쪽에서 간헐적으로 우르릉거리는 천둥소리는 머잖아 이곳으로도 비가 올 것이라 충분히 예고를 하는 것이기에. 점심식사를 연하청 산장에서 하게 되면 그 시간만큼 비를 그을 수 있을 것이란 생각에서 재촉한 걸음입니다.

도중에 한두 방울 비를 맞긴 했지만, 과연 연하청 산장에서 라면을 끓일 무렵에 비가 쏟아졌답니다. 그러나, 산장은 그 많은 사람들이 비를 피할 만한 공간을 가지지 못했지요. 처마 밑이 고작인데, 우리 둘은 허드레 짐짝이 비 맞는 것을 막기 위해 쳐 놓은 천막 아래쪽에 간신히 비를 피해 끓인 라면 국물과 준비한 김밥을 달게 먹었습니다. 비를 잠시 피할 수 있다는 것만으로도 행복해하면서 말입니다.

오후 얼마간 비를 맞긴 했지만, 이내 첫날 목적지인 벽소령대피소에 이르렀습니다. 사위가 자욱한 비안개 속에 젖어 있었고, 연신 거센 바람이 몰려오는 대피소에 이른 것은 오후 4시가 채 안 된 시간이었습니다. 비에 젖은 산속의 밤은, 여러 대피객들로 북적거렸지만 이내 정돈되고 저마다 몰려든 피로에 전 사람들의 숨소리와 코 고는 소리 그 속에 까마득하게 몇 생각으로 돌릴 틈도 없이 나도 이내 잠이 들고 말았습니다.

아침. 맑은 날씨를 기대했는데…… 비가 내립니다. 이른 아침 길을 재촉해서 2박 3일의 일정을 1박 2일로 단축하려고 생각했는데, 아침부터 내리는 빗줄기에는 갑자기 맥이 탁 풀리는 느낌이었습니다. 최대한 출발을 늦춰보았답니다. 비가 그치리란 기대감 같은 것에서 말입니다. 북새통이 된 대피소 취사장에서 아침을 준비할 엄두가 나지 않아, 빗줄기가 가늘어지는 지점에서 짐을 꾸려 그대로 길을 나섰습니다. 1시간쯤 걸어가면 샘이 있는데 거기서 아침을 해결할 요량이었답니다.

다행히 길을 나서니 빗줄기는 긋고, 더 이상 비가 내릴 것 같진 않은 하늘 모습이 되었답니다. 여전히, 비안개 속에 가려진 지리산은 어떤 모습도 내보이지 않았습니다. 그저 묵묵히 걸으면서 온몸으로 그를 느껴볼 뿐이었습니다.

생각보다 산행을 자주 하지 않은 동료 이 선생은 뒤처지지도 않고 잘도 따라왔답니다. 해서, 나도 덩달아 속력을 내보았습니다.

천왕봉 도착과 하산 그리고 차 시간까지 계산을 해보니 모든 것이 빠듯한 듯해서 이왕이면 여유를 가질 시간을 확보하자는 속셈에 서였답니다.

세석을, 많은 사람들을 뒤로하고 쉼 없이 걷고 또 걸었습니다. 용케도 동료는 잘도 따라오고 있었습니다. 천왕봉 바위 자락에 앉았지만, 여전히 비안개 속입니다. 안개구름이 산골짜기에서 치달아 오르면서 꼭대기에서 솟구쳐 하늘로 부서져 흩어지곤. 그 동작의 연속이네요. 삼삼오오 올라서 환호하는 사람, 기념사진을 찍는 사람들, 무엇인가를 열심히 먹어대는 사람들 사이로 문득, 승복을 입은 스님 한 분이 하염없이 기도하는 모습도 비낀 풍경으로 보입니다.

생각보다 이른 시간에 천왕봉 등정을 마치고 막바지 장터목 산장에서 점심 해결을 하곤 내려서는데, 동행이 다리 통증을 호소합니다. 천왕봉 등정 때부터 걸음이 무뎌진 것을 보고 이상을 감지했는데, 무릎이 조금 시린 것 같았습니다. 내려서는 길은 아주 더디게 느리게 합니다.

그 이틀 동안, 비안개 속에 묻힌 풍경 속에서 나는 과연 무엇을 보았을까요. 쉼 없이 갈 길을 재촉하고 나면, 하산길 문득 다가서고 다시 세상으로 되돌아와 있는 몸을 볼 뿐이었습니다. 그럼에도 다시 나는 그를 꿈꿉니다. 어느 가을이거나 흰 눈이 사위를 감싸 안은 호젓한 겨울이거나 그를 찾아 나서는 꿈은 언제나 나를 설레게 하는 그리움이 되고 말았습니다.

번뜩 떠올리는 생각 하나 / **08**

- 덕유산 종주(북덕유~남덕유)

1월 1일, "전국적으로 큰 눈이 내리겠습니다."란 텔레비전 뉴스가 내내 마음이 걸렸습니다. 눈이 많이 내린다면 출입이 통제될 것이고 그렇다면, 첫 새해를 맞아 계획한 산행이 어그러질 것이 분명하기 때문이지요. 몇 번 잠을 깼답니다. 아침에 확인해보니, 눈은 약간 쌓였네요. 그러나 더 걱정스러운 것은 1일인 오늘 날씨입니다. 산속에서 눈보라와 마주친다면, 격정적이거나 드라마틱할진 몰라도 글쎄요…… 그것이 현실적인 상황일진대 선뜻 마음이 약해지기도 하니까요.

친구들 모임이 무주리조트에서 있다기에 나는 내심 '야, 참 좋은 기회구나' 하고 쾌재를 불렀지요. 더구나 31일에 거기 모여서 1일에는 모두들 각자 위치로 되돌아간다니, 도중에 나만 빠져나온다는 비난을 받지도 않을 것이고 덕유산 종주는 교통편이 문제였는데, 무주까지 다른 친구 차 편으로 이동하면 나중에 차를 되찾으러 가야 하는 불편함도 덜고 여하튼 다시없는 좋은 기회였는데, 하필이면 올겨울 들어 가장 날씨가 나쁘다네요.

하지만 나는 먼저 라면을 하나 끓여 먹고 주섬주섬 짐을 챙겨 나섰습니다. 다행히 더 이상 눈은 내리지 않았으니까요. 걱정스러워하는 친구는 나를 마치 전장의 사선(死線)에 나아가는 병사처럼 여기는 듯하였습니다. 부디 몸조심하라며, 손까지 흔들기도 하고…….

향적봉(북덕유)엔 온통 사진작가들 무리입니다. 그도 그럴 것이, 어젯밤에 더해진 눈에 이어진 설경이 정말 딴 세상을 이룬 데다가 휴일이기도 하니 그야말로 온통 카메라의 앵글로 산이 그득할 지경이었습니다. 거의, 중봉에 이를 무렵까지 그 행렬이 장사진을 이룬 것만으로도 덕유산 설경의 대단함을 웅변하고도 남음이 있습니다. 중봉 너머에서부터 신년 맞이 안내 산행을 온 사람들이 꼬리를 잇습니다. 안성지구(칠연폭포 쪽)에서 새벽같이 오른 분들이라는데, 사나운 바람에 거의 실신 일보 직전인 듯한 표정의 사람들이 있는가 하면 "새해 복 많이 받으십시오."란 덕담을 인사말로 던지는 웃는 낯빛 등 각양각색이었습니다.

남덕유쪽으로 발걸음을 하는 사람은 단 한 사람도 눈에 띄질 않습니다. 안내 산행에서 안내를 맡은 분으로 보이는 분의 말씀이 자꾸 맘에 걸리는 것을 어찌할 수 없습니다.

"무리하지 마십시오."

그렇습니다. 무리하진 않을 작정입니다. 1박 2일의 예정으로 덕유산 종주를 한다면 시간적으론 꽤 여유가 있을 테니 말입니다. 게다가, 이 덕유산 능선은 구간구간 내가 디녀보지 않은 코스는 한 군데도 없습니다. 다만, 맘에 걸리는 것은 많이 쌓인 눈과 자꾸만 심해지는 바람이었습니다. 악천후엔 어떤 돌발적인 상황이 사람을 의외의 위험으로 빠뜨리게 할 수도 있음을 익히 알기 때문입니다. 그야말로 눈과 바람의 세상입니다.

능선 능선 굽이굽이마다 눈으로 펼쳐져 있고, 나뭇가지 마다에도 눈꽃이 새 세상을 이루고 있습니다. 겨울에 이르러 덕유는 새로운 환생을 한 것이지요. 참 아름다운 세상입니다.

송계 삼거리를 지나, 동업령을 넘어서니 그제서부터 더 이상 사람의 자취를 찾아보기 어렵습니다. 동업령너머서부터는 능선길이 걱정스러웠는데(사람들 발길이 닿지 않으면 길은 눈 속에 파묻히게 되니까요), 다행히 길을 잃을 정도는 아니었답니다. 그러나 바람은 점점 심해지고 거친 바람이 아래쪽에서 능선으로 눈을 치밀어 올린 곳은 능선길이 묻혀 때론 무릎까지, 잘못 디딘 곳은 허리까지 빠져버리곤 합니다. 게다가 자꾸만 매서워지는 바람은 그야말로 살을 에는 듯합니다.

설핏 생각을 빗기면 느닷없는 두려움도 찾아듭니다. 길을 헛짚고 그만 알 수 없는 능선으로 빠져들어 허우적이다가 그 눈 속에서 헤어나기 위해 발버둥 치고 그러다가 힘에 부쳐 탈진해버리고, 마침내는 어둠이 밀려오고…… 하지만 그럴 정도로 능선길이 묻혀 있는 것은 아닙니다. 몇 번을 두고 쌓인 눈이었기에, 바람이 뒤덮었을지라도 자세히 보면, 길이었음이 표가 나니까요. 게다가, 덕유산 능선길은 몇 번이나 다녀본지라 두려울 이유가 없다며, 스스로에게 용기를 불어넣어 봅니다.

그러고 보면, 연약한 마음이 이따금 생산해내곤 하는 것이 '두려움'의 정체임을 알게 됩니다. 또한, 미화가 될까요? 생존을 위해서거나, 어찌할 수 없는 상황에서가 아니라, 이런 길을 택하여 걸을 수 있음이란, 영혼을 가진 인간만이 가질 수 있는 축복임을.

무룡산 너머 조금 일찍 도착 삿갓재 대피소엔 내복 차림의 관리인이 안으로 들라며 문을 열어주었습니다. 따뜻한 기운이 훅 온몸을 감쌉니다. 뉘엿뉘엿 저녁이 될 때까지 대피소를 찾은 사람은 서울에서 왔다는 남자 두 분과 함께 셋이 전부였습니다. 그분들과 함께 저녁 식사를 나눕니다. 가져온 술도 한 잔 곁들이면서, 바람 소리가 유난히 대피소 밖을 잉잉거리는 그 소리마저 한적하고 여유로움으로 넉넉히 받아들이는 겨울 산장의 밤이 깊어갑니다.

그런데 그 무렵에 한 분 산행객이 더 찾아들었습니다. 헤드랜턴을 하고, 늦은 시간 남덕유로 출발하여 이른 분인데, 참 대단한 열정이더군요. 어두운 눈길은 자칫 사람을 힘든 상황으로 몰아넣을 수도 있을 텐데…… 서울서 오신 두 분은 이내 잠들고, 뒤에 오신 분과 다시 술잔을 나누며 이런저런 얘기에 밤이 어떻게 깊어지는지도 몰랐습니다. 넓은 실내에 고작 네 사람이 깃든 산장. 더욱 거세어진 바람 소리가 휘이휘이 겨울산을 수놓고 있었습니다.

1월 2일. 일찍 잠들었던 서울에서 온 두 분이 아침 어스름 무렵부터 전등을 켜고 부산스레 준비를 합니다. 간밤엔 술이 좀 과했던 듯하네요. 전작도 있었는데, 뒤에 오신 분이 한 잔 나누자는 것을 차마 혼자 하도록 모른 척할 순 없었으니까요. 에구, 대단한 희생정신인가요? 자면서 물통에 담긴 물을 거듭 마시다 보니 한 통을 통째로 다 비우고 말았으니까요. 깨어서도 속이 조금 쓰려 걱정스러웠는데 식사 후엔 다시 아무렇지도 않았습니다. 나도 술에 조금 재주가 있으려나?

바람은 어제보다 더 거세어진 느낌입니다. 한 분은 우리와 반대편으로 갈 것이고, 서울 두 분은 영각사 쪽으로 내려선다 하네요. 산장에서 인사를 하고 먼저 나섰습니다. 능선길은 어제의 상황보다 훨씬 나빠졌습니다. 더러는 그야말로 허리춤까지 빠지기도 하고, 더 거칠어진 바람은 눈가루를 흩날리며 시야를 가로막습니다. 게다가 노출된 뺨을 마치 날카로운 쇠갈퀴로 할퀴는 듯한 매서운 바람은 순간, 모든 생각을 정지시키고 막막함으로 빠져들게도 합니다.

오래된 아이젠이 잘 벗겨지고 하는 바람에, 거둬 배낭에 넣었던 터라 삿갓봉 지나 남덕유산 오르막길을 오를 땐 꽤나 여러 번 미끄러지곤 했습니다. 아마, 짐작건대 오르는 내내 단 한 사람도 마주치지 않을 것 같습니다. 이른 시간도 그러려니와 보기 드물게 매서운 추위와 바람이 있는 악천후인 날씨 탓에 더욱 말입니다.

후후, 난 거기서 사뭇 비장한 생각으로 자신을 독려했습니다. 이 글을 적고 있는 지금 그때의 생각을 돌이키면 무슨 신파조인가 하고 겸연쩍기도 하지만 말입니다. 그 생각이란, 무슨 유명인의 익숙한 에세이 구절과도 같은 다소 통속적인 것이었습니다. 돌아서거나, 외면해버리는 것이 올바른 삶의 자세가 아니라고 말이지요. 네 앞의 어려움들을 부딪혀, 정면으로 부딪혀 극복해 내야 하는 것이라고 말이지요. 그리고, 거기에 무엇이 있어서가 아니라 산정이란 표지를 가지고 산행을 하듯, 표지를 가지고 살아나가는 것이 삶이라고 말입니다.

가끔은 그렇습니다. 정신이 혼미해질 무렵, 제 자리를 찾지 못한 생각들이 순서 없이 흔들릴 즈음이면 그를 담고 있는 육체도 그만 덩달아 힘을 잃고 맙니다. 이럴 즈음에 번뜩 떠올리는 생각 하나는 느닷없는 힘이 되고, 육체의 내연기관 피스톤을 '터보 인터쿨러'로 가속시키는 마력을 발휘하곤 합니다. 때로 그 생각의 속살을 들여다보면 너무도 범속하고, 전혀 새로울 것이 없는데도 말이지요.

가파른 오르막길에 몇 번이나 미끄러져 넘어졌는지 모릅니다. 산 정에 가까울수록 더욱 매서워지는 칼날 같은 바람에 또한 몇 번이 나 베였는지…… 바람이 흩뿌리는 눈가루로 사위를 제대로 볼 수 도 없는 남덕유산정에 올라 나는 좀처럼 않던 외침을 짐승처럼 크 게 터뜨려보았습니다.

09 / '사랑합니다'라고 얘길 하리라고
- 대덕산

"나는 나아~는 꽃을 든 남자~"

고랭지 채소를 가꾸는 한 무리의 아주머니들이 산길을 내려서며 한바탕 신명 나게 노래를 불러 젖힙니다. 나는 모자를 푹 눌러쓰고 아무렇지도 않은 척 길을 재촉합니다. 이런 상황에서 나올 법한 말을 충분히 예견하고도 남음이 있기 때문이지요. 아니나 다를까

"아이고, 우째야 되꼬?"

가까이 마주치자 나를 보고 저마다 한 마디씩 거듭니다.

"우짤라꼬, 큰 산을 혼자서 멩길라 카요?"
"우야꼬, 이슬 다 맞겠네."

나는 대답 대신 서둘러 무리들의 시선에서 벗어나야 했습니다. 가는 빗줄기가 듣는 오전이었고, 산길은 온통 촉촉이 젖어 있는데, 나이 지긋한 시골 아주머니들 눈엔 그야말로 상식 밖의 일을 벌이고 있는 한 남자가 몹시도 안타까워 보였나 봅니다. 하지만 압니다. 그네들 모두가 진심으로 나를 걱정하며 건네 온 말이란 것을.

그렇습니다. 들어서는 첫 산길에서부터 나를 기다리고 있는 것은 촉촉한 물기였습니다. 설핏 한줄기 비가 내리는가 했는데, 나뭇잎과 길섶 풀잎들은 온통 은 이슬을 머금은 채 팽팽해져 있었고, 나는 이내 그들과 한 몸이 되어야 했습니다. 비안개는 사위 몇 발

짝 이상의 시야를 허락하지 않았고, 대간 줄기를 알리는 형형색색의 리본들은 유난히 선명하게 눈에 들곤 합니다.

줄기차게 능선길을 거슬러 올라가면, 삼도봉을 거쳐 대덕산(1,290m)에 이르게 됩니다. 이곳으로 살러 오는 사람들은 산의 덕택을 입어 많은 재산을 모아 부자가 되었다고 해서 '대덕'으로 이름 붙였다고 하는 산인데, 특히 백두대간 종주를 하는 산악인들에게는 대간 길이라는 이유 하나만으로도 유명한 산이기도 합니다.

첫 봉우리를 오르기도 전에, 나뭇잎과 풀잎 머금은 기운에 몸은 온통 다 젖어 들었고 흘러내린 물기가 서서히 바짓가랑이를 타고 등산화 안쪽마저 시나브로 점령하고 있었습니다.

이슬 머금은 채 피어 있는 산나리꽃도 고혹적이었지만 싸리꽃의 보랏빛도, 또 이름을 알 수 없는 우아한 산꽃들이 모두 은빛 방울들과 더불어 나름의 얘기를 하는 모습들은 깊은숨을 들이쉬게 합니다. 게다가 간간 휘파람새의 여운 있는 노랫소리며 박두진이 '묘지송'에서 표현했던 멧새의 '삐이 삐 배 뱃종 뱃종' 노래들이 깊은 산속의 고요에 파문을 일으키곤 했습니다.

어차피 물기에 내 몸을 내맡겨도 좋다고 생각한 출발이어서 자꾸만 젖어 드는 차가운 기운이 새삼스럽지도 않았지만, 일어서는 몸의 열기가 간혹 쓰다듬어 내리는 물방울들의 기세에 눌려 오소소 몸 진저리를 치기도 했습니다.

그때였습니다. 사람들로 북적대는 산길을 너무도 싫어했는데, 아무도 마주칠 가망이 없어 뵈는 이 호젓한 산행길로 어이없게도 별안간 외롭다는 생각이 몰려오는 것이었습니다. '저 반대편으로부터

단 한 사람이라도 옷깃을 스칠 수 있으면 좋을 텐데…….' 그 사람이 누구든 마주치게 되면 '반갑습니다. 수고하십니다' 하는 일상적인 인사 대신에 '사랑합니다'라고 얘길 하리라고 맘까지 먹었지만 내려서는 길까지 내내, 산길에선 단 한 사람도 만나지 못하고 말았습니다. 내가 사랑하는 산을, 그 또한 사랑하여 그 품에 같이 안겨들어 있으니 어찌 그 사람마저 사랑한다고 하지 않을 수 있을까요.

하지만, 느닷없는 이 생각에는 스스로도 적이 당황해야 했습니다. 언제나 사람을 떨치고 나서는 길이, 호젓한 길이 가장 아름다운 길이라고 생각해 왔었으니 말입니다.

내려서는 길 초입에서 마주쳤던 한 무리의 아주머니들이 이번엔 상추밭에서 김을 매고 있었습니다. 간간, 노랫가락이 흘러나오기도 하였지만 이번엔 사뭇 떨어져 있는 거리 탓에 그들에게서 어떤 얘기도 건네 듣지 못했습니다. 바로 맞닥뜨렸다면, 무슨 소릴 들었을까요? 길섶에 탐스럽게 맺혀 있는 산딸기를 몇 개 따서 입에 가져가 봅니다.

10 / J형
- 속리산

J 형

이렇게 편지를 쓰자니, 쑥스러운 생각이 먼저 들기도 합니다. 형과 나는 어디 멀리 떠나 있는 것도 아니고, 그렇다고 느닷없이 편지를 주고받을 만한 사이도 아닌데 말입니다.

오늘 문득, 김천-상주 길을 내처 달려 상주 화북면 속리산 들머리에 닿은 것은 오전 11시가 넘는 시간이었습니다. 빨리 닿을 욕심에만 잔뜩 긴장해서 '성주'란 이정표를 '상주'로 잘못 보고 30여 분 시간을 흘러버렸습니다. 너무 서두르는 조바심이거나 지나친 욕심이 오히려 일을 그르치게 할 수 있음을 시간과 맞바꿔 다시 배운 셈입니다.

기억이란 얼마나 든든한 자산일까요? 굳이 기쁘고 아름다웠던 것만을 얘기하는 것은 아닙니다. 어느 소설 제목 '슬픔도 힘이 된다'처럼, 슬프고 아쉬웠던 더 나아가 아팠던 기억마저도 삶의 굽잇길에서는 속살의 자양분이 된다고 나는 믿고 있습니다. 그런 것들이 모여 한 판 삶의 풍경을 이루는 것이겠지요.

십여 년 전, 형의 그 고물 자동차로 속리산을 찾았던 기억을 되씹으며, 이번에는 반대편 길을 잡았습니다. 멋도 맛도 모르고 그냥 따라다니기만 했던 그 시절. 무던하고 굵직하기만 하던 형의 그 털털한 성격은 곧잘 고물 자동차의 고장으로 이어졌고, 그로 인해 돌이키기만 해도 한 편의 코미디가 되던 이야기들도 이제 아득한 시간의 저편에 묻혀 있기만 합니다.

화북면 들머리에서 성불사를 거처 문장대로 오르는 첫길은 두 대의 관광버스가 내려놓은 단체 산행객들이 점령하고 있었습니다.

나는 그 무리들을 벗어나기 위해 숨이 턱밑까지 차오르도록 쉼 없
이 걸어 올랐고 그 덕에 문장대 아래까지 1시간 정도에 이를 수 있
었습니다. 번잡한 사람들 무리를 벗어나고자 했지만, 문장대에 이
르는 산행길의 뭐랄까요. 사람들의 체취가 너무 많이 배인 산길이
너무도 싫었습니다. 산속에서는 온전히 산 내음에만 나를 묻고 싶
거든요.

문장대 바위를 앞에 두고 나는 다시 고개를 돌려 천황봉 쪽으로
서둘러 길을 잡았습니다. 바위를 칭칭 감고 있는 난간이며, 빼곡하
게 차 있는 사람들, 그리고 그 왼편에 기지국 같은 철탑이 너무 아
프게 동공에 찍혔나 봅니다.

속리산 주봉인 천황봉으로 이르는 능선길은 아주 한적했습니다.
덕유산에서 거슬러 올라가는 백두대간의 거대한 줄기는 삼도봉,
황악산, 추풍령을 지나 이곳 속리산으로 이어진다 하지요? 능선
바위에서 바라다보는 대간 줄기와 산과 산은 그야말로 산에 이르
는 무아경을 잘 표현해 주고 있습니다.

신선대, 입석대, 비로봉을 거쳐 천황봉에 이를 무렵에, 진주에서
오셨다는 쉰 중반의 한 사내와 만났습니다. 십 년 정도 연배로 보
이는 그분과 지나치면서 인사를 나누다가 오늘 산행 코스가 나와
꼭 같다는 것을 알게 되었지요. 천황봉에서 함께 늦은 점심을 나
누며, 이런저런 산 얘기를 참 많이도 나누었습니다. 대학에서 오랫
동안 강단에 계시다가 지금은 그림 그리는 작업을 하고 계신다는
그분은, 일주일에 한 번씩은 반드시 산을 찾는다고 합니다. 산에
오면 행복해진다면서……:

산정에는 서두른 가을 내음이 인사 나와 있습니다. 햇살은 더없이 여려져 있었고, 바람은 상큼하기 그지없습니다. 그리움이 물컹 묻어나는 그런 바람입니다.

하산은 '금단'의 길로 들어섰습니다. 되돌아 내려서는 길과 법주사 쪽 하산이 있었지만, 되돌아서는 길은 아쉬운 반추였고, 법주사 쪽은 보은에서 들머리 차를 찾으러 돌아와야 하는 부담이 기다리고 있었기에 말입니다. 그 계곡으로 내려서면서 세상 얘기도 많이 나누었답니다.

도가 없는 세상, 사람과 함께 하지 못한 도, 자연을 닮지 못한 세상……. 세심정에 닿으면 "道不遠人/ 人遠道 / 山非離俗/ 俗離山"이란 글귀가 있습니다. 최치원이 읊은 것으로 알려진 이 구절은 '도는 사람을 멀리하지 않는데 사람이 도를 멀리한다. 산은 세속을 떠나려 하지 않는데 세속이 산을 떠나려 한다' 정도로 해석됩니다.

인간의 세상과 도가 하나 되어 어울리고 사람도 자연의 일부처럼 그렇게 융화되는 세상은 언제쯤이나 올까요? 최치원이 탄식하던 그 시대에도, 나무젓가락으로도 못 쓸 만한 인간을 써까레 기둥감으로 올려놓고 말았다는 치자(治者)에 대한 탄식이 끊이지 않고 지속되는 지금도 그때는 아닌 듯싶습니다.

다섯 시가 조금 넘은 시간에 산행을 마무리하고 원래 주차를 한 곳으로 되돌아왔습니다. 동행했던 분과는 악수를 나누고 헤어졌는데…… 나는 다시, 지도를 펼쳐놓고 고민에 빠졌습니다. 문경 근처 대야산, 주흘산, 각호산…… 하지만, 과유불급(過猶不及). 무릎을 헤아려, 뒷날의 기약으로 남겨두고 다시 핸들을 꺾어 거창으로 내려섭니다. 해 질 무렵, 상주를 휘돌아 내려서는데 들녘을 수놓은 무디어진 햇살이 가을빛을 닮았습니다.

언제쯤 다시, 형과 그 옛날 멋도 맛도 모르고 무작정 따라만 다니던 산길을 헤집어 시간 여행을 할 수 있을까요? 설악산 서북 능선, 조계산에서 곡성 넘는 길, 월악산 되돌아오던 승용차…… 아스라이 시간 속에 새겨져 있습니다.

빛의 은유 / **11**
- 거망산

막바지 추수의 손길을 기다리는 들녘이며 영혼의 알갱이만 졸망졸망 남겨둔 과수원 사과나무 그리고 멀고 가까운 산 풍경들을 보며 달리는 아침이 오히려 낯설게만 느껴집니다.

무심하게 묻혀 지냈던 한 달가량의 시간이 내겐, 정지라도 되어 있었던 듯 산을 향해 달리는 순간, 다시 활동사진의 필름이 돌아가기 시작이라도 한 듯 길섶 코스모스며 감나무, 그리고 추수 후 길가에 나락을 말리는 풍경이 눈에 듭니다.

추수…… 이젠 잃어버린 풍경이 되고 말았네요. 작년까지는 다른 사람 손을 빌리긴 했지만 그래도 직접 농사를 지었는데, 올해부턴 모두 큰댁 사촌 형님께 온전히 다 내어주고 말았으니 언제 모내기를 했는지, 또 언제쯤 추수를 하는지도 남의 일이 되고야 말았습니다.

주말 하루, 어떨 땐 조금 성가시단 생각이 들 때도 있었지만, 막바지 나락 포대를 아랫방 창고에 들여다 놓을 즈음의 그 뿌듯한 내음과 욱신거리는 어깻죽지가 건네주던 풍성한 느낌 아련함도 이젠, 기억 속에 재워둬야만 하네요.

작년 시월 하순, 올랐던 산길의 기억을 되짚어 봅니다. 비가 오던 토요일 오후, 산죽 잎이 온통 내 몸을 차갑게 훑어내리던 오소소한 살갗. 하지만, 너무 곱고 아름다운 가을 잎이 어둑한 배경에 더욱 환한 아름다움의 꽃 등불로 전율케 하던 하루.

큰아이와 함께 합니다. 6학년인 녀석은 거친 숨소리를 내는가 했는데, 제법입니다. 쉴 새 없이 내처 오르는데도 그다지 힘든 내색 없이 잘도 따라 오릅니다. 다른 몇 사람을 추월해 올랐는데, 그럴 적마다 나이 지긋한 산행객들은 아이를 보고 장하단 수사(修辭) 한 마디 인사 덤으로 붙이곤 합니다.

자연보다 더 위대한 스승이 어디 있을까요? 나는 내 아이가 그 것을 그에게 스스로 깨닫게 되면 좋겠다는 생각을 해 보았습니다. 아직 그러기엔 너무 어린 나이일지도 모릅니다. 하지만, 어리다는 것이 그 교감을 이루는 장애일 수는 없습니다. 오히려 순진한 어린 영혼일수록 이미 아득한 다른 빛깔로 물든 어른들보다 이미 그 세 계에 한 발 더 가까이 있는 셈이니까요. 되도록 말을 줄이고, 아이 에게도 많이 생각하고 나뭇잎도 보고 하늘도 보고, 물소리에도 귀 를 기울여 보라고 말해 줍니다.

산 내음, 들머리로 접어들어 골짜기에 안기는 순간에 덜컥 와 안 기는 정겨운 자연의 체취에 잊었던 기억을 되찾듯 몸의 리듬이 파 닥여 옵니다.

가을은 온갖 빛의 은유로 파닥이는 나뭇잎입니다. 물든 나뭇잎 이며, 아직 채 계절에 몸을 적시지 않은 잎들도 맑고 서늘한 가을 햇살에 걸리면 미법에 걸린 물상들은 또 다른 세상의 존재들로 환 생을 합니다.

8부 능선 즈음을 오를 때에, S 여중에 근무하는 두 분 선생님을 만 났습니다. 아마추어 사진작가이신데, 이곳 거망산이 억새로 장관을 이룬다는 조선일보 기사를 읽고 촬영차 나선 것이라고 합니다.

나는 두 분에게 그렇지 않노라고 말씀을 드리고, 먼저 길을 재촉 했습니다. 행여라도 밀양의 사자평이거나, 창녕의 화왕산의 풍광을 머릿속에 담고 계신다면 너무도 초라하게 보일지 모르니 말입니다.

아이와 나는 먼저 산 능선에 올라 사진도 찍고, 가쁘게 오른 산행의 즐거움을 몰러드는 선선한 바람과 더불어 얘기 나누고 있었습니다. 그러자니 한 오 분여의 시간이 지난 뒤, 두 분이 올라오셨는데 실망하는 기색이 역력할 뿐만 아니라, 입으로도 거침없이 '대실망'이란 말을 내뱉으십니다. 아마도, 모 신문 기사가 너무 환상적으로 그려놓았거나, 그 기사에 얹혀 너무 거창한 모습을 상상하셨나 봅니다.

그런 것인가 봅니다. 사진이란 것은 현상적으로 드러난 것을 찍는 것이지요. 눈으로 보이는 것을 포착하는 것. 그러니 아무리 상상이 거창하고 감동이 큰 것이라도 렌즈가 담아내는 것은 있는 그대로일 수밖에 없겠지요. 하지만, 내게 오늘의 거망산 능선은 여느 해보다 아름답고 황홀한 억새 능선이었습니다. 더구나, 오늘처럼 청량한 햇살이 빚어내는 은유의 아름다움이란, 한낱 기계인 사진기가 담아낼 수 없는 것이겠지요.

세상에는 물리적으로 담을 수 없는 아름다움이 가치가 참 많다는 것을 다시 생각하게 됩니다. 당신에 대한 사랑도, 이 끝 모를 그리움도 계산되거나 이해되거나 고감각 렌즈로도 담아낼 수 없는 초이성적인 것. 그가 내게 무엇을 주어서가 아니라 내가 그를 사랑함 그 자체가 축복인 그런 삶……

태장골로 내려서서, 물이 흐르는 계곡에 이르러서야 점심 식사를 했습니다. 메뉴는 진수성찬인 라면과 식은 밥, 그리고 김치…… 아들 녀석은 '꿀맛'이랍니다.

마음의 결이 흐른 대로 / **12**
- 조계산, 달마산, 천관산

조계산(7. 20.)

　설악산, 지리산과 남도의 산을 놓고, 한참을 망설여 왔습니다. 중청대피소는 이미 보름 전에 이틀이나 예약을 해 둔 상태였고, 이웃 고등학교에선 지리산을 단체로 가는데 자리가 많이 비었다며 같이 가잡니다. 그러나 결국 방학 들머리에 남도의 산을 돌아보기로 맘을 굳혔는데, 뭐라고 그 까닭을 얘기해야 할까요? 마음의 결이 흐른 대로?

　여유롭고 느린 출발로 점심 식사까지 마치고, 송광사 쪽 조계산 들머리에 이른 것은 오후 1시경이 되어서였습니다. 첫날은 가볍게 몸풀기.

　아주 오래 전 선배 선생님 한 분과 맞은편 선암사에서 오른 적이 있었습니다. 낡은 포니 2 자동차를 몰고 왔었는데 그놈의 차가 돌아오는 호남고속도로상에서 멈춰 서는 바람에 두고두고 입에 되씹으며 한바탕 웃을 만한 많은 얘깃거리들을 만들게 되었지요.

　며칠 전 내린 비에 채 가시지 않은 습기와 장마 뒤 본격적인 여름 햇살 사이 뜨거움이 곁들여져 후줄근한 목덜미를 눌러오지만, 간간 불어오는 바람, 때를 맞춰 펼쳐지는 시원한 계곡물이 그를 잊게 해 줍니다.

　계곡을 지나고, 막바지 고갯길을 오를 무렵엔 참으로 숨이 턱턱 막혀왔습니다. 지난겨울, 지리산 노고단 근처에서 오랫동안 산을 탄 듯한, 얼굴이 새까맣게 그을린 사내를 만나 나눈 얘기가 떠올랐습니다.

대개 '수고하십니다. 반갑습니다.' 정도가 건네는 인사인데, 거기다가 덧붙여서 '힘들지 않습니까?'라고 동행이 물었지요. 그랬더니 중년의 그 사내는 씨익 흰 이를 드러내며 대답을 합니다. 한 번도 힘들지 않았던 적이 없었다고.

그러나, 여러 날 산을 거닐면서 내내 힘들다는 생각만 했을까요? 만약 온통 그 생각에만 배어 있다고 한다면 산행은 그야말로 고행이요, 고역스러운 노동일뿐일 테지요.

많은 노력을 투자하여 그에게 이르고자 하는 데는 팔 할 내지는 그 이상의 힘든 과정 사이에 혹은 그 너머에 드문드문 반짝여 오는 작은 순간들의 기쁨이 있기 때문이란 생각을 해 봅니다.

그 순간들은 말초적인 데에 탐닉하는 쾌락의 다른 이름을 말함이 아니라, 켜켜이 내부에 쌓여서 삶의 자양이 되는 영혼의 깨달음과도 같은 고아한 인간의 혼에 켜지는 등불과 같은 것을 이르는 것입니다.

과연 지속적으로 즐거움을 느끼며 매 순간 행복감에 도취되어 사는 삶은 과연 얼마나 될까요? 고속도로 휴게소 화장실에 박힌 문구가 떠오릅니다. '행복을 즐겨야 할 시간은 지금이고, 즐겨야 할 장소는 여기이다.'

이 구절이 주는 행복에 대한 각성의 중요성은 인정하지만, 거개 사람들의 삶은 이들의 연속 선상에 놓여있기만 한 것은 아니라고 봅니다. 그런 사람이 있다면 그야말로 현자(賢者)라 이름해도 좋을 테지요.

많은 시간들, 힘듦 속에서도 땀방울을 흘리며 묵묵히 걸음을 재

촉해 나갑니다. 그 속에서 선뜻 한 줄기 바람이 밀려오고, 고아하
게 핀 원추리꽃 미소와 부딪히며 그윽한 산 내음에 취하는 짧은
순간들이 있어, 젖은 땀방울로 홍건히 젖은 몸으로도 미소 지을
수 있습니다.

꿈결에서인 듯 한결같이 내 속에 거두어두고픈 그대가 있어 한
결 넉넉한 여름 조계산 시간과 더불어 다시 새겨두고픈 아름다운
기억이었습니다.

달마산과 미황사(7. 21.)

"한 점 해 보실라우?"

두 시간을 넘게 차를 몰아와 해남 미황사로 접어드는 막바지 삼
거리 길가에서 점심 식사를 하기 위해 찾아든 중화요릿집. 주인인
듯한 사내가 말 건네옵니다. 사양하는 기미도 보이지 않고, 나무젓
가락을 집어 들고 접시 앞에 쪼그리고 앉았더니

"편히 앉으시랑께요"

주방과 연결된 실내는 조리로 내뿜는 열기, 바깥 폭염과 한통속
이었습니다. 자장면 한 그릇 비우는 데에도 그 연합군 등쌀에 땀
깨나 흘려야 했습니다.

몇 년 전 학생들과 함께 답사 여행으로 미황사엘 들른 적이 있었지요. '땅끝으로 이어지는, 위도상 최남단의 절, 가장 아름다운……'이란 수식이 붙은 절. 그와의 첫 만남이 무척이나 인상적이어서 경탄을 내뿜었던 기억이 있습니다. 그러나 그것이란 절집의 고색창연함도 섬려한 아름다움 같은 내재적 요인만도 아니었습니다.

상투적이지만, 병풍처럼이란 비유가 가장 적절한 아름다운 달마산을 배경으로 한 까닭이었지요. 두고두고 맘에 새겨왔으나 그대가 너무 멀리 떨어져 있단 까닭으로 늘 아련한 그리움에만 사로잡혀 왔었는데.

첫길을 잡아드니, 길섶이 축축이 젖어 있습니다. 열두 시 너머까지 떨구지 못한 아침 이슬은 없을 테고…… 그렇담, 산기슭 위에선 한 줄기 스쳐 지났나 봅니다. 습기와 후줄근함에 덩달아 모기까지 달려드는 첫 능선길은 여름 산행이 주는 고단함 그 자체였습니다. 이내 송송 팔뚝으로 땀방울이 배어나고, 부족했던 잠 탓이었는지 유난히 무겁기만 한 다리……

하지만, 채 한 시간을 오르기도 전에 가장 높은 봉우리인 불썬봉이 나타납니다. 구름이 시샘해서 가둬둘 것만 같아 조바심이 일던 다도해 풍경도 이내 내놓고야 맙니다. 저기가 완도이고 오른쪽으로 이어지다가 멈춰 서는 자락이 땅끝이리라.

오밀조밀 기기묘묘한 바위들이 기교를 부리지 않으면서도 제 나름의 운치를 자아내는가 하면, 철에 맞춰 피워낸 원추리꽃이며 작은 들꽃, 그리고 바위를 나름대로 장식한 넝쿨 식물 거기에 더하여 저마다 고운 목청으로 음률을 빚어내는 새들이 향연을 벌이고 있다면, 주변의 바다와 끊어질 듯 끝없이 이어져 있는 구비의 만(灣)들은 모두 관객이라도 되는 법합니다.

하산 코스에 따라 더없이 짧은 산행이 될 수도 아주 멀고 거친 산행이 될 수도 있지만 대략 나는 작은 금샘을 지나 대숲 삼거리를 돌아 부도전으로 이어지는 세 시간여의 코스를 맘먹었습니다. 문 바위 고개까지는 그런대로 무난한 길이었으나, 그 너머부터는 사뭇 거칠기도 하거니와 비 온 뒤 미끄러운 바위와 오래 묵은 인적의 흔적인 듯 거미줄이 땀 머금은 얼굴을 덮쳐 성가시게도 하였습니다. 나지막한 해발에도 불구하고 바위 능선의 격정이 숨결을 가쁘게 합니다. 작은 물통에 하나 준비해 온 물은 오르는 길에 이미 다 비워버렸고, 이는 갈증에 더하여 바위 날에 부딪힌 정강이가 욱신거려오기도 하는 등.

능선길을 정신없이 휘돌아 오면서 문득, 내가 하고 있을 미간의 모양을 헤아려 보았습니다. 문고개 바위를 지나오면서부터는 생각해보니 계속하여 찌푸림의 상태를 벗어나지 못한 듯합니다. 한 번도 힘들지 않은 적이 없었다는 그 중년 사내의 입가엔 그러나 미소가 번지고 있었지요. 몸의 상태를 그리 말하였으나, 마음에 배인 고아한 산 정령들이 빚어내는 그런 미소.

언젠가 어느 절에서 만난 스님이 이리 말하였습니다. 구도의 길은 산행과 같은 것이라고. 사물의 본질은, 산의 본질은 겉으로 드러나는 것만은 아님에도 사람들은 겉모습에만 환호하고 그것으로만 판단하며 또한 세상의 것들을 그대로 옮겨와서 행하곤 합니다.

자신에 대한 돌아봄도 없이 그저 배설하고 향락하는 도구로써 산을 이용할 뿐이란 얘깁니다. 그러나 구도의 길은 겉으로 보이는 것 외에도 눈 귀로 헤아릴 수 없는 내밀한 것들을 좇는 것이랍니다. 오히려 잘 보려면 눈을 감아야 하고, 잘 들으려면 귀를 닫아야 하는데 눈으로 보고 귀로 듣는 것이 때로는 삶에서 얼마나 장애가 되기도 하는 것일까요? 이것은 비단 구도의 길에만 해당되는 것은 아니리라 싶습니다. 그가 갈파한 것은 응당 '마음'이려니와…… 그렇습니다. 내 속의 참 나.

4시에 못 미쳐 부도전을 거쳐 절집 앞마당에 들어서서 다시 한 번 미황사와 구름 이마를 짚고 선 달마산을 바라봅니다. 그렇게 한참 눈길을 주다가, 저녁 잠자리에 대한 방안들을 생각해 보았는데, 별다른 결론이 나질 않습니다. 그러다가 종무소 앞으로 가선, 몇 번 망설임을 접고 하룻밤 묵어갈 수 있는 방안을 물었더니 마침 '산사체험'이란 게 있답니다. 다행히 오늘은 신청자가 거의 없어 여유롭기까지 하답니다.

방을 배정받고 난 뒤, 여유롭게 설집 여기저기를 거닐어도 보다가 살포시 피로에 절어 잠이 들었다간 여섯 시 저녁 공양을 하고 일곱 시 예불…… 옆 사람이 하는 양을 곁눈질로 따라 하면 그만입니다. 산새들이 더불어 고운 목소리로 올리는 예불, 산속 적막이 가슴 높이로 쌓여오는 시간들.

예불과 참선이 끝나고 절집을 나서니, 서쪽 바다로 지는 햇살의 아름다움에 넋을 놓고 있다가 절집 앞마당에 제일 아래쪽 나무 의자에 앉아 구름 자락 휘감은 달마산과 산사가 어둠에 몸을 맡기는 순간들의 표정까지 놓치지 않고 읽을 참입니다. 잠시도 자리를 뜨지 않고 꼼짝 않고 앉아서 말입니다.

산과 바다의 오묘한 조화 - 미황사에서 천관산으로(7. 22.)

아주 혼곤한 잠을 잤나 봅니다. 어렴풋 목탁소리에 잠을 깼습니다. 새벽 4시 30분. 어젯밤 잠자리에 들 무렵만 해도 가까운 곳에서 적막을 가르며 끊임없는 절규인 듯 울어대는 소쩍새 소리에 선뜻 잠을 이룰 수 없을 것만 같았는데 오히려 그 소리가 편안한 자장가가 되었나 봅니다. 머릿속까지 맑아진 기분으로 대웅전으로 향했더니 새벽예불은 막 끝나고 참선에 잠긴 스님 등허리 윤곽만이 밝힌 촛불의 어스름 속에 고요히 드러납니다. '고즈넉함'이란 표현이 가장 어울리겠지요? 쉼 없이 절 마당에는 약수가 흘러내리고 아직은 어둠이 산자락 근처의 나무들조차 내어놓으려 하지 않는 시간.

나 말고 또 다른 두 분이 계셨는데, 그분들은 원불교 대학원생 그러니까 성직자의 길을 걷는 사람이랍니다. 어쩐지 요즘 젊은 아가씨들 같지 않게 지나치리만큼 단정히 빗어 묶은 머리가 예사롭지 않다고 생각했습니다.

대전으로 가는 길이라기에, 가는 길 해남버스터미널에 내려드릴 양으로 동승을 했습니다. 해남읍으로 가는 길에 어렵사리 고정희 생가를 찾아 들러보았습니다. 두 분께 양해를 구하고서…… 죽은 사람이 산 자에게서 기억된다는 것. 그것도 직접적으로 나의 삶과 관련됨 없는 분이 그러함은 참으로 신기한 일입니다. 스무 살 적에 그녀의 강한 시 말고 부드러운 몇 편을 두고두고 읊었던 기억이 있습니다. 그러던 그녀가 지리산에서 불의의 사고로 요절하게 되자 고정희를 떠올리게 되면 자연스레 지리산이 연상되곤 하는 시인으로 남게 되었답니다.

두 아가씨를 터미널에 내려드리고, 줄곧 달려선 장흥군 관산 천관산 들머리에 이르니 먼저 자리 잡은 폭염이 빈 주차장을 빼곡 메우고 있습니다. 오른쪽 금강굴과 환희대를 거쳐 오르는 능선길을 택해서 연대봉을 거쳐 양근암 정원석 코스로 휘돌아 내려올 참입니다.

주 능선에 이르기 전까지의 숨 막힘과 후줄근함은 목젖까지 차오르며 가쁜 숨을 몰아쉬게 합니다. 몇 분을 가다가 쉬곤, 널찍한 바위라도 나타나면 나도 몰래 엉거주춤 엉덩이가 먼저 쉬어가자며 주저앉고야 맙니다. 아 참, 얼마나 고마운지 모릅니다. 두 분 원불교 예비 성직자님께서 고맙다며 굳이 내려놓고 가신 수박자두를 얼마나 맛있게 먹었는지…… 안내서에 적힌 대로만 시간 계산을 하고 너무 가볍게 올랐는데, 이른 아침 공양 탓인지 이내 허기가 져서 지칠 뻔했는데 그 자두가 매우 요긴했답니다. 두 분을 생각하며 정말 고마운 맘으로 맛있게 먹었답니다. 속이 수박처럼 빨간 자두라 수박자두라네요.

그렇게 무겁고도 힘들게 1시간 30분여를 오르노라니 주 능선과 이름만으로도 짐작할 것 같은 '환희대'가 나타납니다. 기암괴석의 그야말로 기묘함이 보는 이를 환희에 빠뜨리게 하고야 만다는 뜻이지요. 과연 그러합니다. 그뿐일까요. 비록 선명하진 않지만 사위로 다도해의 정경이 펼쳐집니다. 가장 큰 멋스러움은 억새밭이었습니다. 억새꽃을 피워올리기엔 너무 이른 절기이지만, 거의 다 자란 억새 잎의 서걱대는 푸른 물결은 산 위에서 또 하나의 파도가 되어 일렁입니다. 눈부신 가을날 햇빛에 부시는 억새꽃 글썽이는 풍광을 보는 것도 좋지만, 이렇게 오늘처럼 오직 나 홀로 햇빛을 받아 반짝이며 물이랑을 이루는 억새 숲은 바라보는 것만으로도 새삼 가슴에 벅찬 감동의 물결 일렁여 옵니다.

따가운 칠월의 햇살도 무색하게 다도해에서 불어오는 시원한 바람은 이미 아래 세상의 것이 아닙니다. 연대봉 위에 서서 환희대 쪽으로 푸른 파도를 이루는 억새 숲과 그 너머 기암괴석, 그리고 왼쪽 켠으로 늘어서 펼쳐진 남해의 뭇 섬들을 아득히 바라보며, 나는 가장 여유롭게 행복한 사람이 되어 봅니다.

햇살 따가운 능선길을 내려서선, 한승원 님 생가를 찾으려 몇 번을 시도했으나 실패하고야 말았습니다. 주변 사람들을 붙잡고 물어보아도 모두 모른다는 것입니다. 심지어 근동 학생들에게 물어보았더니 '우리 반에 그런 애는 없는데요.'란 썰렁한 농만 들었을 뿐입니다. 정확한 지명을 사전에 알아오지 못한 내 잘못이지요.

대신, 관산 읍내에 들어서니 갯장어 축제를 알리는 현수막이 요란합니다. 장항도라나요. 늦어진 점심시간이지만 지방의 맛난 음식을 맛보는 것도 여행의 한 묘미일 듯해서 건강식으로 알려졌다는 갯장어를 맛보고 난 뒤, 뜨거운 여름 태양이 아스팔트를 녹일

듯 작열하는 도로를 달리고 달려 다시 거창으로 향합니다.

식구들을 위해 따로 식당에서 따로 장만한 스티로폼 박스 안 먹거리와 함께 말이지요. 남도의 산과 더불어 아름다운 시간들이었습니다.

조계산 계곡으로 흘러내리던 맑은 물과 속삭임, 미황사에서의 하룻밤, 그리고 달마산과 천관산과 어우러진 다도해 풍경, 억새 잎 반짝임.

| 조계산, 달마산, 천관산 |

13 / 한없는 기쁨을
안겨준다고 한다면
- 지리산(노고단~뱀사골)

한없는 기쁨을 안겨준다고 한다면

네 번째, 다섯 번째 만에 성삼재로 오르는 차를 얻어 탈 수 있었습니다. 수원에서 오셨다는 젊은 부부인데, 노고단을 오른 후 다시 단성 쪽 성철 스님 생가 근처로 가선 옻닭 맛을 보겠답니다. 대단한 미식가입니다. 차 얻어 탄 공으로 이것저것 지리산에 관한 정보와 단성 쪽에 이르는 가장 빠른 길에 대한 설명을 열심히 해 줬습니다.

아침 7시 30분경에 집에서 나섰는데 9시. 꽤 이른 시간이라 생각했건만 성삼재 주차장은 '만차'랍니다. 저만 먼저 내려서 어떡합니까. 인사를 했더니, 아 우린 걱정 마시고 빨리 산에 오르라고 합니다.

노고단 이르는 길의 그 북새통을 빨리 통과하고 싶었습니다. 첫 출발의 가쁜 숨결도 아랑곳 않고 단숨에 노고단 고개를 넘고, 주능선길에 들어서니 그제야 산엘 왔다는 구체적인 안온한 느낌에 젖습니다. 돼지평전에 이르러서 억새 너머로 보이는 왕시리봉과 산줄기들과 심호흡을 하며 눈인사 나누게 됩니다.

높은 산들은 이미 가을과 결별 인사를 끝내고, 새 계절 채비에 들어섰습니다. 단아하고 간결한 은빛 영혼의 속곳만 남기고…… 다가올 투명한, 군더더기 없고 가식 없는 계절은 사람들의 탄성을 쉽게 불러오진 못하지만, 진심 어린 눈빛들과 마주치게라도 되면, 공명을 일으키며 영혼의 깊이로 접어들게 할 수 있는 마력(魔力)을 지니고 있습니다.

세월의 빠름을 되뇌는 옛 선배들의 탄식에 쉽사리 공감할 수 없었던 적이 있었습니다. 그들의 타성 젖은 삶이, 허술한 현실 경영

이 불러오는 탄회일뿐이라고……. 이젠 그 선배들의 그 탄식을 물려받아야 할 즈음이라도 된 것일까요? 정말 어이없이 빠르기만 합니다. 엊그제 다녀온 듯한 이 능선과 하산할 뱀사골 계곡은 벌써 2년 전의 일입니다. 갓 잎들이 피어나는가 했는데, 능선 잎 진 찬란한 은빛 세계……. 그 속에 하릴없이 나이만 더하여 가는 이 무심한 시간들을 어찌해야 좋을까요.

임걸령에 이르니, 남쪽 능선 아래쪽 피아골로 물든 나뭇잎들의 화사한 색조가 눈에 듭니다. 같은 산자락이어도 북쪽인 달궁, 뱀사골 계곡은 서둘러 겨울 채비에 들어서 있는데, 남쪽인 피아골 계곡은 마지막 가을빛을 태우고 있는 셈입니다.

임걸령 샘에서 목을 축인 후, 노루목 오르막길을 오르는데, 길을 가로막은 중년의 부부와 마주쳤습니다. 아내에게 등산화 끈을 매 주는 참이었는데, 그 모습이 참 정겨워 보였습니다. 빙그레 웃음 지으며 서 있는 내 모습을 발견한 아주머니께서 미안하단 말씀을 건네 오십니다만, 아닙니다 괜찮습니다며 기다리는 일도 즐거웠습니다.

반야봉 아래 자락을 휘돌아 삼도봉 쪽으로 가는 길엔, 구상나무에서 비롯된 듯한 특유의 나무 향기가 매혹적으로 몸을 감싸 안습니다. 한참이나 킁킁이며 그 체취에 젖어보게 됩니다.

삼도봉은 기념 촬영하기에 여념이 없는 한 무리의 산행객들로 북적입니다. 삼도봉에서 내려서면 화개재까지 쉼 없는 내리막 계단이 이어지는데, 이 가파른 계단은 오르는 사람들에겐 영 죽을 맛인 듯, 다채로운 표정들의 전시장입니다. 반갑다며 건네는 인사엔 대답하기조차 힘이 든 듯 인상만 찡그리는 사람, 아예 묵묵부답인 사람, 그래도 되레 큰소리로 씩씩하게 인사 건네 오는 사람…….

뱀사골 산장에선 등산화 끈을 매주던 그 중년 부부와 다시 만나 식사를 함께했습니다. 그새 산장엔 취사장 건물이 하나 다시 들어섰고, 야외 식탁도 다른 자리로 옮겨져 있었습니다. 내려서는 길 중간중간에 새로운 다리가 들어섰는가 하면, 막바지 평탄하고 지겨운 2㎞ 길 대신 계곡 사잇길이 운치를 더해 줍니다.

화려한 가을 잎들을 볼 수 없는 아쉬움이 없는 것은 아니지만, 더없이 투명하게 여문 가을 계곡물을 보는 맘 또한 나쁘지 않습니다.

인용이란 글 쓰는 이의 의도에 순기능을 보태고자 하는 의식적 추가이지만, 오늘은 그런 인용을 하나 해 보려 합니다. 최근 한국을 찾은 프랑스인 베르나르 올리비에는 걷는 것은 존재를 찾는 일이며 자신에 대한 성찰, 인생을 설계할 수 있는 깨달음이라고 갈파합니다.

그는 또한, "목적의식 없이 걷는 것은 의미가 없다."라고 하며 "길을 나서기 전에 반드시 왜 걷는지 자신에게 물어보아야 한다."라고 강조합니다. 아울러, "혼자 걷는 게 중요하다."라고 하며 "혼자 길을 가야 자연스럽게 친구를 사귀게 되고, 자아와 타인에 대해서도 많은 생각을 하게 된다."라고도 얘기합니다.

아직 내게 무슨 목적의식이 있는지는 헤아리지 못하겠습니다. 하지만, 혼자 걸으며 자신과 주변을 돌아보는 일만은 분명 이뤄지고 있는 듯합니다. 그것이 온전한 의미에서 내 내적 자아에 대한 성찰로 이어지고 있는지 아울러 거창하게, 존재의 의미를 찾는 것인지 조차도 잘 헤아리지 못합니다. 다만 분명한 것은 그러한 걸음이 나의 일상을 덜 허무하게 만들어 주고, 삶의 활력과 알 수 없는 충만감으로 이어지게 한다는 것입니다.

욕구불만인 듯 무엇인가로 찌들어 있는 내게, 쉼 없는 산과의 대화는 어느새, 인간사에서 맛볼 수 없는 위로와 한없는 기쁨을 안겨준다고 한다면 혹자는 내게 과대망상에 사로잡힌 것은 아닌가 하고 고개를 가로젓지나 않을까요?

인월에 그 중년 부부를 태워드리고, 함양으로 내려서는 길에 잠깐 상림숲을 들러봅니다. 막바지 넘어가는 저녁 햇살에 무르익은 가을빛이 눈부시게 황홀했습니다.

늘 아름답게 깃들어 있는 / **14**
당신 모습

- 지리산(한신계곡~대성골~쌍계사)

터미널에서 차표를 끊고 출발을 기다리는 몇 분의 시간, 햇살이 낯설게 내리쬡니다. 그제야 밀려드는 정류장 특유의 약간은 비릿한 내음. 보름 대목장이라고 북적대는 손님을 기다렸다는데, 고작 2명이 탄 버스 안을 휘둘러보며 젊은 운전기사는 못내 아쉬운 입맛을 다십니다. 그러고 보니, 내일이 정월대보름이로군요. 버스가 지나는 큰 마을마다 달집태우기를 위해 쌓아놓은 솔가지며 그 위로 치장된 오색 천. 한적하기만 하던 버스 안으로도, 인월면에 이르자 제법 사람들로 북적이더니 삼 분의 일 가량의 승객들이 들어찹니다. 그래서인지 덩달아 운전기사의 너스레도 활기를 띠기 시작하고.

한신계곡입니다. 대학생이던 스무 살 초반 첫 하행 길이었던 곳. 그리고 몇 번의 만남. 가까이는 지난해 단풍빛이 조금 이르던 가을 토요일 늦은 시간에 부랴부랴 달려와 가내소 너머 오층폭포까지 소요하였던 곳. 눈길……. 아이젠을 준비했느냐는 매표소 직원의 말이 있었지만, 나는 아이젠이 빚는 둔탁한 금속성 감촉과 소리가 싫어 웬만하면 착용하지 않습니다. 겨울 산길 특유의 숨 막히게 투명한 정적(靜寂). 그 위에 사붓사붓 옅은 숨결을 더하는 눈 발자국 소리는 얼마나 황홀함 속으로 나를 빠뜨리는지요.

첫 나들이폭포를 지나고 역시 얼어붙은 가내소폭을 지나자 막바지 오층폭포에 이릅니다. 미끄럼 탓에 출입을 금지하며, 들어서면 벌금을 물릴 수 있다는 경고문이 험악하게 드리워져 있었지만, 지난가을을 떠올리며 얼어붙은 그 안쪽으로 살포시 걸음을 해 봅니다. 그리곤 잠시 배낭을 벗어놓고, 점심 대신 준비한 빵 몇 조각을 꺼내 듭니다. 시간은 이렇게 흐르는 것인가 봅니다. 그러나 이런 다양한 모습을 보이는 외양으로도 언제나 그대로인 자연의 속살은 거듭 외경스러운 것입니다. 영원한 자연, 그러나 찰나의 속성들에 일희일비하는 사람들 그 무리 속에 속 좁게만 살아왔던 빈약한 내 영혼……:

오층폭포를 벗어날 즈음부터 능선에서 내려오는 기세 사나운 바람 소리가 계곡을 메웁니다. 맑았던 하늘로 구름이 몰려드는가 했는데, 사위에 늘어놓았던 햇빛을 이내 거두어들이곤, 그 위세를 보여주기라도 하겠다는 듯이 사납게 눈가루를 흩뿌리곤 합니다.

바람은 높은 곳을 지나고 있습니다. 높은 나뭇가지를 뒤흔들기도 하고, 능선에 쌓인 눈을 흩뿌리기도 하고, 이따금 옷깃을 파고들려고도 하지만 바람이 막히는 바위틈에 잠시 배낭을 내려놓고 쉬면서 그들의 음성을 듣는 일만으로도 얼마나 서사적인 느낌에 젖어 드는지 모릅니다.

그들이 장난스럽게 길을 메우고, 미끄럼을 만들어 발을 헛디디게 하는 것도 싫지 않은 일입니다. 막바시 세석 고갯마루로 이르는 가파른 고빗길에서 몇 번의 미끄러짐에도 싫은 낯빛을 하지 않았습니다.

흔히, 행복의 척도 중 하나라고 말하는 사랑이란 것은 말이지요. 그들에게 입혀진 이름의 황홀한 아름다움 탓에 지나치게 과대평가된 면이 많은 것 같습니다. 물론 이 담화엔 신적이거나 보통 인간 이상의 온전한 의미를 지닌 것들은 예외로 젖혀두어야겠습니다.

평범한 의미에서의 일반적인 사랑이란 그 속에 일정 부분 '자기 욕심'을 담고 있다는 것이지요. 이성에 대한 사랑? 자식에 대한 사랑? 온전히 상대에 대한 헌신이기만 한 것이던가요? 아이들에 대한 것만 해도 그렇습니다. 사랑해서 그렇게 한다고 하는 것들 중엔 상당수 부모의 욕심이거나 대리 만족 같은 류의 자기애가 내재되어 있다는 것. 행복의 척도는 무엇에 이르는 것보다도 이르는 과정에서 느끼는 참으로 눈에 잘 보이지 않는 그 무엇을 보고 느끼는 것인지도 모릅니다.

눈길을 한없이 걸어 목적지에 다다르고 나면, 그것이 진정 이르고자 했던 행복만은 아닙니다. 그렇다고 한다면 어서 바삐 이 길을 걸어 그곳에 빨리 닿는 것만이 가장 큰 행복일 테니……. 오히려 그곳에선 어떤 알 수 없는 그늘이 기다리고 있음을 세월과 맞바꾼 시간들이 넌지시 알려줍니다.

고개를 숙이면 길이 보이고 고개를 들면 또 다른 것이 보입니다. 길을 내려다보며 함빡 자신을 응시하는 것에 내재된 현실에서 이따금씩 눈을 들어 주변 나뭇가지거나 하늘이거나 웅장하게 내려 뻗은 산줄기거나 스치는 바람결 같은 자연을 볼 양이면, 시간은 문득 정지되고 순간은 아름다운 삶의 축복에 황홀해지고야 맙니다. 진정한 행복의 척도는 어디에 이르느냐에 있는 것이 아니라, 이르는 과정에 얼마나 충일된 생명의 숨결을 불어 넣느냐 하는 것에 있는 것은 아닐까요?

주 능선길에 닿으니 예견했던 것보다 더 거칠고 험악한 바람이 몰아쳐서 몸을 가누기도 힘들거니와 그야말로 한 치 앞도 내다볼 수 없습니다. 엉거주춤 뒷걸음질로 세석산장을 찾아듭니다. 너무 이른 시간에 이르렀지만 할 수 없는 일입니다. 삼삼오오 산장에는 그야말로 악천후를 피하여 찾아든 사람들이 이른 시간으로 짐을 풀기 시작합니다.

이른 저녁을 마친 대피소의 밤은 이내 적막에 빠져버립니다. 지친 산행객 몇은 초저녁부터 잠을 재촉하는데, 그들의 잘잘 권리를 누구도 방해할 순 없습니다. 한참 정치권 얘기로 토론이 벌어진 한 무리가 있었는데 8시에도 미치지 못한 시간이었건만 피곤한 잠을 청하는 다른 일행으로부터 항의를 받고 이내 침묵하고야 말았지요.

나는 창밖 풍경을 한참이나 바라보았습니다. 발전기로 밝히는 산장 밖 외등이 거센 겨울바람이 몰아치는 풍경을 설핏설핏 비춰줍니다. 아득한 낯선 세계의 환몽 같은 풍경입니다. 여름밤 빼곡한 별 천지이던 이곳 대피소 바깥에서 늦은 시간까지 그들의 잔치에 함빡 젖어들 수 있었지만…… 다행히 깨어난 아침은 다소 바람이 잦아들었습니다. 하지만 약간 걱정스러운 것은 이렇게 바람이 심했던 다음 날은 능선길이 눈 속에 묻혀 잘 드러나지 않을 수도 있다는 것입니다. 약간의 두려움과 긴장. 어쩌면 이런 경외심이 없다면 겨울 산을 혼자서 찾는 일이란 얼마나 무모한 일인지 모릅니다.

음양샘은 추위에도 끄덕하지 않고 물을 흘러내리고 있습니다. 참으로 신기한 자연 현상입니다. 내려서는 길은 예견했던 대로 눈 속에 묻혀서 이따금씩 길이 묻혀있기도 했지만, 그럴 즈음이면 자세히 들여다보면 길이었던 흔적이 살아 있습니다. 나뭇가지도 그러하고, 높낮이도 그러합니다.

이제 여덟 시간 정도의 눈 쌓인 지리산 남부 능선과 내가 오롯이 마주하며 오랜 걸음을 같이 하게 됩니다. 오른쪽으로 대성골을 흘러내리고 왼쪽으로는 천왕봉을 위시한 주능선이 그야말로 병풍처럼 드리워서 호위하듯 있습니다. 내려서는 길로는 유난히 산죽들이 많습니다. 적막과 청정의 겨울 산에서 만나는 산죽 잎의 서걱거림과 푸른빛은 또 다른 얼굴의 당신을 만나는 느낌입니다.

나는 이제 삼신봉으로 이어져선, 불일폭포 쌍계사로 닿는 하염없는 능선길을 내려가며 어제의 그 생각을 펼쳐볼 작정입니다.

고개를 숙여 길을 바라보며 눈길에서 균형을 잡아 몸을 세울 일도 많아지겠지만, 이따금씩 자주자주 주변 산줄기와 겨울 나뭇가지와 지나는 바람 소릴 들을 일입니다. 그리하여 발걸음 옮기는 순간순간에 와 속삭이는 옅은 발자국소리 함께 나를 물을 일입니다. 발걸음이 끝이 이르러 빚어내는 무엇보다도, 더 아름다운 것은 한 걸음 한 걸음의 순간에 있단 것을 다시 세상 속의 내게도 가져갈 일입니다. 그 속에 늘 아름답게 깃들어 있는 당신의 모습 새기면서 말입니다.

걷는 것은 자신을 세계로 / **15**
열어놓는 것
- 한라산

수요일에서 목요일에 걸쳐 비가 올 거라던 주초의 일기예보와는 달리, 화요일 늦은 시간 시작된 저기압의 공세는 화요일 밤사이, 한라산 들머리인 성판악에 195㎜란 봄비치고는 기록적인 숫자를 새겨놓고 전선을 서둘러 철수시켰습니다. 비가 오더라도 한라산 등반은 강행할 것이라며 학생들에겐 여행 출발 전부터 비옷을 챙기라고 했는데 다행스럽게도 목요일, 한라산 오르는 날은 그야말로 쾌청하기 그지없는, 제주에선 참으로 보기 드문 맑은 날입니다.

어젯밤 산행을 위한 인솔 교사 모임에서 나는 어디에도 속하지 않았습니다. 말하자면 부상병이니 전력 외인 셈이었죠. 다른 선생님들은 혹 오르지 못할 학생이 있으면 함께 남아 그들을 책임지는 정도의 역할을 생각했을까요? 이 선생은 어떡할 거냐 물음엔 그저 빙그레 저도 간다고 대답했습니다. 설사 오르지 못하더라도, 그 자락 아래에 깃들어 숨 쉬다 오더라도 숙소에 남아 있을 생각은 추호도 없었습니다. 더 욕심을 내어, 진달래대피소(7.3㎞)까지 갔다가 되돌아 내려오더라도 말이지요.

무릎 수술을 한 지 이제 열 달 정도가 지났습니다. 보조기를 착용한 다리를 보완하기 위해, 티타늄 소재인 스틱을 두 개 구입했습니다. 녀석에게 힘을 실어 볼 참입니다. 성판악 입구에서 반별로 기념 촬영을 한 뒤 9시 즈음에 출발합니다.

얼마나 오랜만인지 내가 산길을 걷고 있다는 것 자체가 현실의 그것이 아닌 것처럼 낯설게 느껴질 지경입니다. 진달래대피소에 이르기까지의 길은 산책길같이 완만하기만 하여, 발에 건네오는 피로가 덜합니다. 이따금 보조기를 착용한 왼쪽 다리오금 쪽이 보조기에 쓸려 따끔거리는 느낌이 들긴 하지만, 걱정했던 것보다 훨씬 걸음이 가볍기만 합니다.

물에서 볼 수 있는 것들도 많지만, 이곳이 남녘이며 섬이란 느낌 확연한 주변 풍광이며 식물들, 그리고 무엇보다도 깊어질 대로 깊어진 계절의 내음에 그만 넋이라도 잃을 법하지만, 내 신경은 온통 나를 이끌어가고 있는 다리에 집중되어 있습니다. 게다가, 맨 뒤쪽 처지기 시작하는 우근이와 발목이 불편한 준형이……. 우근이는 그제 밤만 하더라도 무릎이 불편해서 등반을 못 할 것 같다고 했던 학생입니다. 그도 그럴 것이 키는 고만고만한데 스스로 견디기 어려울 만큼의 체중을 가지고 있습니다. 그러더니, 어젯밤엔 도전해 보겠단 의사를 보여왔습니다. 그리고 준형이는 발목이 많이 불편합니다. 더군다나 이곳 한라산 등산로 표면은 거개 돌로 덮여 있어 느끼는 피로와 걸음의 불편이 더 할 것이기에, 바라보는 애틋함이 더욱 커지기만 합니다. 그러나 단 한 번도 그 때문에 힘들다거나 싫은 내색 하나 하지 않았습니다. 꼬리 대열을 책임 맡은 정 선생님은 경험도 많으신 분이니 한결 마음이 놓입니다만…….

1학년 전체 학생 209명 중, 한라산 정상에 이르는 9.6㎞ 구간 동안 적어도 한두 명 정도의 낙오는 생기리라 미리 생각을 했습니다. 하지만, 진달래대피소에 이르는 동안 단 한 명의 낙오자도 없습니다. 다른 선생님들은 모두 내게 무리하지 말고 하산할 것을 종용했지만, 그럴 순 없는 일입니다. 인솔 교사와 사진사를 포함한 220명 모두에서 1명이 빠질 순 없는 일입니다. 게다가, 스틱에 의지한 다리는 묵직한 근육의 피로만 느껴질 뿐, 별다른 이상 징후는 느껴지지 않습니다. 2.3㎞에 이르는 정상. 그리고 더욱 가파르다는 관음사 쪽 하산 코스를 향해 미련 없이 발걸음을 들어 올립니다.

9부 능선 즈음에 이르니, 제주에선 좀처럼 찾아보기 힘들다는 맑은 사위 풍경이 파노라마처럼 펼쳐집니다. 그러나 풍경에도 잠시 몇 달 동안 무기력해졌던 다리 근육들의 앓는 소리에 힘겹게 막바지 고빗길을 오르고, 이어서 막바지 대열도 정상의 북적거림에 합세하게 됩니다.

하산. 내려서는 관음사 쪽 길 맞은편으론 제주 시내와 아득한 바다 모습, 화산섬 특유의 공룡 지느러미 같은 기묘한 능선의 아름다움이 눈길을 거두지 못하게 하는 곳입니다.

오르는 길보다 내려서는 길이 훨씬 힘겹습니다. 조심스럽게 다리를 거두게 하기 위해 스틱에 힘을 싣다 보니 양쪽 팔뚝 근육이 이내 얼얼해지고야 맙니다. 하지만, 녀석이 있어 얼마나 큰 도움이 되었는지 모릅니다. 그렇게 한 2㎞ 정도를 내려섰을까요? 기어이, 걱정했던 일이 생기고 말았습니다. 90㎏의 거구인 우근이가 땅바닥에 주저앉고 말았습니다. 다리를 움직일 수가 없다는 겁니다. 아직 6~7㎞를 더 내려가야 하는데, 정말 이대로 주저앉는다면 큰일이 아닐 수 없습니다. 꼬리 대열을 맡은 두 선생님의 체격이 듬직하다곤 하지만, 녀석을 업고 내려선다는 것은 불가능에 가까운 일입니다. 그렇다고, 구조 헬기 요청? 이 역시 난감한 일입니다. 정 선생님께서 녀석을 다그쳐선 다시 일으켜 세우고 몇 걸음을 걷게 하였더니, 다행히 걸음을 계속합니다. 그것도 잠시, 이번엔 왼쪽 다리가 아프다며 다시 주저앉습니다. 다리를 주무르고 다시 일으켜 세운 다음 가볍게 걷는 것을 재촉하고 한바탕 수선을 피웠더니 다시 걷기 시작합니다.

발목이 불편한 준형이, 오를 적부터 그를 도와주는 예쁜 녀석이 있었습니다. 나는 그 모습이 너무 아름다워 자꾸만 콧날이 시큰해지기도 하였지요. 조금도 떨어지지 않고, 때론 손목을 잡아주면서 한결같은 동행. 그 훈훈함은 마지막 출구까지 이어졌습니다.

내려서는 길은 오르는 길의 약간은 북적거림과 달리 한적하였습니다. 거개의 사람들은 성판악 들머리에서 다시 원점회귀를 택한답니다. 관음사 코스는 거리는 조금 더 짧아도 약간의 사나움이 깃든 탓에 시간이 더 많이 걸리는 것이 그 이유겠지요. 게다가, 조금씩 걸음이 뒤처지는 나는 대열의 맨 마지막을 이루고 있었으니……:

몸이 여유를 가지지 못하는 것에 마음도 덩달아 가파르게 치닫는가 봅니다. 모르는 사이, 온갖 신경 세포들은 몸을 지탱하는 데에만 쏠려 있어 목말랐던 내면세계의 열림은 빈약하기만 했습니다. 그러니까 걷지 못했을 때 아이러니하게 '걷기 예찬'이란 부르통의 갈파에 무릎을 쳤습니다.

> 걷는 것은 자신을 세계로 열어놓는 것이다. 발로, 다리로, 몸으로 걸으면서 인간은 자신의 실존에 대한 행복한 감정을 되찾는다. 발로 걸어가는 인간은 모든 감각기관의 모공을 활짝 열어주는 능동적 형식의 명상으로 빠져든다.
>
> - 부르통 『걷기 예찬』

걸음이란 외적인 조건의 성립이라는 기본 전제하에서 이뤄질 수 있다는 지극히 상식적인 깨달음에 진지해진 셈입니다. 일상적일 때에 소중함을 느끼지 못하던 가치들이 그렇지 않을 때 얼마나 절실해지는 것이 되는 것일까요.

이것이 어디 비단 육신과 정신에만 국한된 것인가요. 밥과 공기와 물과 주변 가까운 사람들 심지어 연필 한 자루까지도…… 그러나 더욱 중요한 것이란, 그 가치들은 시도하지 않는 자에겐 찾아들지 않는다는 것입니다. 몸이 무겁고 관절이 불편해서, 발목이 불편한 까닭에…… 이런저런 이유들로 오르는 것을 아예 시도조차 하지 않고 쉽게 포기해 버린다면, 세상에 얻을 수 있는 정말 중요한 것들을 내면에서 놓치기 십상이니까요. 그것은 단순히 20㎞ 정도를 걸었다. 한라산에 올랐다는 장식적인 가치와는 견줄 수 없는…….

220명 모두 예정된 길을 걸어 내려왔습니다.

가끔 지상의 시간들은 잊고, / **16**
잃어버리고
- 가야산

오늘 언제쯤 비가 온다는 소식을 들었는데, 몰려오는 그 기운 탓일까요? 아니면 이제 더위에 지친 여름이 시무룩해지는 사이, 발돋움하는 가을이 흘려보낸 내음 탓일까요? 오르는 첫길이 너무 삽상하기만 합니다. 여름 특유의 후줄근함 따위는 찾아볼 수 없는 시원한 공기가 정말이지 가을을 닮았습니다. 이 산길은 자주 찾는 곳이지만, 이 계절에 오르는 것은 처음인 듯합니다. 주로 겨울 눈꽃이 가슴 설레게 하얗게 내려앉아 있거나, 가을 형형색색의 잎들이 막바지 그렁그렁 빛의 잔치를 벌일 즈음에 왔었으니까요.

골짜기를 흘러내리는 물은 더없이 맑기만 하고, 옅은 바람에 무성한 잎새는 생명의 흥건한 시간을 나부끼고 있습니다. 어느 해보다 여름이 참 길고 지루하단 생각을 했었는데…… 가만 그들의 모습을 바라보며 걷노라니, 저들이 없는 긴긴 겨울 동안에 나는 또 얼마나 이 푸른 목숨들을 그리워했는지…… 그저, 내 육신으로 와닿는 뜨거움이 싫어서, 땀에 밴 후줄근함이 성가셔서 혹은, 까탈스러움이 어느새 심술을 부려서였나 봅니다.

오전, 이른 시간이어선지 아니면 비가 온다는 예보 탓인지, 국립공원 가야산 북쪽 산길에는 단 한 사람도 눈에 띄질 않습니다. 며칠 전엔, 공지영의 소설을 오랜만에 반갑게 만났습니다. 『우리들의 행복한 시간』이 아니었지요. 얼마 전에 읽은 것은 그의 종교적 성향을 새삼 확인하게 해 준 『수도원 기행』이 있었는데…… 그 이후로 말입니다. 외치는 목소리의 표면적인 것은 '사형제 폐지'였지만, 그리고 그 이면에 누구나 다 죄인이라는, 모든 사람은 따지고 보면 다 사형선고를 받고 살아간다는 다만, 그것을 깨닫지 못하고 살아갈 뿐이라는 종교적 메시지를 담고 있기도 합니다. 그런 표현론적 의도와 함께 내게 닿는 울림은 소박한 의미의 '행복' 그리고 '사랑의 힘'이었습니다.

거기에 삶의 외상(外傷)으로부터 한 인간 내면의 삶이 황폐해지기는 윤수도 유정이도 마찬가지였습니다. 소위, 부잣집 딸에 외국 유학을 다녀와서 아버지가 이사장으로 있는 대학에서 교수를 하고 있는 유정, 어머니에게서 버림받고 술주정뱅이었던 아버지의 학대 속에서 세상의 어두운 그늘에서 자라나 급기야 세기의 살인마 누명을 쓰고 사형집행 대기에 있는 윤수. 물질로도 명예로도, 어머니에게서 외면당한 상처는, 아버지 같은 오빠에게도 유정의 어릴 적 정신적 외상(外傷)을 몰랐다는 변명에서도 위로받을 수 없었습니다. 오히려, 같은 내면의 상처를 간직한 윤수에게서 유정은 자신과 같은 동류의식에 빠지게 됩니다. 서로의 내면을 마치 거울처럼 들여다보면서 위로가 되고 치유가 되는 놀라운 사랑의 힘과 행복한 목요일은…… 마침내 사형집행이라는 것으로 파국을 맞게 됩니다.

윤수에게 주어졌던, 마찬가지로 유정에게 주어졌던 그 목요일의 의미(목요일은 유정이가 수녀인 고모를 대신해서 '종교위원'으로 사형수에게 종교적 감화를 위해 만나는 외적 시간입니다)……. 그것은 섬뜩할 정도, 혹은 오싹할 정도의 강렬한, 딱히 이성적인 의미에서가 아닌 인간만이 지닌 사랑의 힘이었습니다.

어찌하여 오르는 길에, 그 소설이 끊임없이 내 생각으로 집요하게 스며들었는지 모를 일입니다. 걸어 오르는 순간순간이 너무 행복하다고 생각한 데서 비롯된 것일까요? 분명한 것은, 이 호젓한 산길과 나뭇잎들 파닥임, 흐르는 계곡물 소리 청아함…… 정녕, 나의 행복한 시간이 틀림없다는 것입니다.

8부 능선을 오를 즈음에는 나무와 산봉우리를 신령스러운 구름이 휘감습니다. 길섶으로는 갖가지 들꽃들이 앙증맞게 피어 함초롬 이슬을 머금고 예쁜 손짓을 합니다. 철계단을 오르고, 막바지 칠불봉에 이를 즈음엔 이슬비가 제법 부는 바람과 함께 차갑게 와 닿습니다. 이곳 천상의 시간은 어느새 다른 계절에 이르렀습니다. 200m 근처에 있는 상왕봉이 비구름에 가려 보이지 않습니다. 칠불봉에서 내려서려는 찰나, 참았던 격정이 한바탕 물줄기를 흘려놓습니다. 먼 뇌성이 울고……. 한바탕 소나기가 지나가려나 봅니다. 내려설 즈음까지 참았던 빗줄기가, 다시 백운동 매표소를 지날 무렵부터 세차게 쏟아집니다. 백운동 국민관광호텔을 지나 내려서 성주 방면으로 조금 내려서면, 언젠가의 혼자 산행에서 찾아보려던 '시실리(시간을 잃어버린 마을)'란 이름도 그리고 안팎의 풍광도 멋진 찻집이 하나 있습니다.

우리는 많은 것을 잃어버리고 살아갑니다. 아니, 어쩌면 잃어버릴 것은 적당히 잃고 혹은 잊어버리고서야 살아가는 것이 우리의 삶이기도 하겠지요. 세상의 시간…… 그 팍팍한 시곗바늘의 기계적 흐름은 잠시 젖혀두고 자연 속에서 시간의 흐름과 무관한, 시간을 잃고 헤매어보는 것은, 얼마나 가슴 황홀한 삶의 윤활유가 되는 것인지 모릅니다.

옛사람들 입에 자주 오르내리던 소동파의 '적벽부'를 보면, 적벽강에서 뱃놀이를 즐기다가 한 손님이 그 옛날 영웅적인 인물인 조맹덕과 주랑을 떠올리며 그들 또한 가고 나면 덧없는 삶인 것을 한낱 범부(凡夫)인 자신 삶의 허무함으로 유추하였습니다. 이에 소식이 이렇게 손을 위로합니다.

> "손도 저 물과 달을 아는가? 가는 것은 이와 같으되 일찍이 가지 않았으며, 차고 비는 것이 저와 같으되 마침내 줄고 늚이 없으니, 변하는 데서 보면 천지(天地)도 한 순간일 수밖에 없으며, 변하지 않는 데서 보면 사물과 내가 다 다함이 없으니 또 무엇을 부러워하리오? 또, 천지 사이에 사물에는 제각기 주인이 있어, 나의 소유가 아니면 한 터럭이라도 가지지 말 것이나, 강 위의 맑은 바람과 산간(山間)의 밝은 달은 귀로 들으면 소리가 되고 눈에 뜨이면 빛을 이루어서, 가져도 금할 이 없고 써도 다함이 없으니, 조물주(造物主)의 다함이 없는 갈무리로 나와 그대가 함께 누릴 바로다."
>
> – 소동파, 〈적벽부(赤壁賦)〉 중

그러자, 둘이 기뻐하여 한마음으로 밤새 술을 마시게 됩니다. 언제나 찾아가서 내 것으로 삼아도, 한껏 가슴에 들이켜도 다함이 없는 자연입니다. 그 속에서 자주자주 시간을 잃고, 나를 잃어버리며 살아가고 싶습니다.

17 / 비우고도 넉넉한 목숨들
- 남덕유산(황점~무룡산~병곡)

몇 구비 산길을 휘도니 '달빛 고운 월성'이란 마을 표지석에 눈에 드는가 했는데, 순간, 버스 안 라디오에선 앤 마가릿 특유의 허스키하면서도 감미로운 '문 리버(Moon river)'가 흘러나옵니다. '달별마을'과 '문 리버'라니…… 정말 절묘한 조화의 순간입니다.

내게 큰 누님은 어머니 같은 분입니다. 길쌈이며 갖은 농사일로 겨를 없는 어머니를 대신해서 열한 살이나 아래인 막내를 언제나 살뜰히 챙겨주곤 하였으니 말입니다다. 그런 누님이 중학교 2학년 무렵에 시집을 갔습니다. 시집간 누나를 그리워하는 산골 소년의 '메아리'란 소설이 정말 내 얘기같이 어쩌면 그렇게 서럽고도 슬펐던지 모릅니다.

초등학교 교사인 자형의 근무지가 바로 이 월성초등학교였답니다. 방학이거나 틈바구니 시간으로 차멀미를 간신히 참아가며, 이곳에 이르러선 시간을 곧잘 보내곤 하였는데…… 그 학교며 사택은 벌써 오래전에 폐교되어 전혀 다른 시설로 얼굴을 바꿔버렸습니다. 벌써, 40년에 가까운 세월입니다.

월성마을을 휘돈 버스는 이내 남덕유산 들머리인 황점에 닿습니다. 들머리에서 올려다본 눈 산봉우리가 아련하고도 눈부시게 밀려오네요. 15일까지 입산금지였던 덕유산이 며칠 앞서 입산 금지 해제가 된 것은 충분한 적설량으로 산불위험이 사라졌기 때문이라고 합니다. 이곳을 향해 올 적, 먼 곳에서 바라본 덕유의 주 능선 자락은 그야말로 황홀경 그 자체였습니다. 유독 하얗게 펼쳐진 능선의, 뭐라 말해야 할까 정리되진 않았지만, 장엄함과 그윽함 같은 류 말입니다. 뉴질랜드 남섬 여행에서, 초원 너머 '만년설'을 보았을 때의 느낌과 비슷한 것이라 말할까요?

들머리로부터 30~40분을 걸어 오르니 다소 몸이 누그러집니다. 껴입었던 두꺼운 재킷은 벗어 배낭에 넣고, 물을 들이켜곤 다시 한 통을 채워 넣은 뒤, 본격적인 능선 등반에 나섭니다. 쉼 없이 오르니 이윽고 삿갓재대피소가 나타납니다. 일행인 듯한 서넛이 점심 식사를 하고 있었습니다. 아마도, 삿갓봉을 경유해 남덕유로 가는 길인가 봅니다.

반대편 북덕유 쪽 능선을 바라보니, 적설량이 제법 많습니다. 스패츠를 꺼내 착용한 뒤, 출발을 서두릅니다. 기둥에 달려 있는 온도계가 영하 11도를 가리킵니다. 바람이 아직 심하지 않으니, 겨울 산행치고는 그다지 혹한의 날씨라고 보긴 어렵습니다.

눈이 내리자마자 제일 먼저 떠올린 얼굴이 바로 덕유산이었습니다. 사람도 아닌 산을 떠올리다니, 참으로 이상한 일이지요. 눈과 같이 가슴 저층에 묻혀 있는 그리움을 불러일으키는 매개체를 통해 길어 올린 얼굴이 덕유산? 이쯤 되면 내가 막내에게 했던 말이 그저 실없이 내뱉은 농담만도 아닌 듯합니다.

"아빠 왜 성당 안 가?"
"음…… 나는 산에 가. 산이 내 종교야."

겨울나무들. 다 비워버리고도 오히려 넉넉한 목숨들입니다. 비워버림과 정결함이 빚어내는 이 나무들의 가르침이 정녕 눈부시기만 합니다. 비울수록 충만해지는 자연의 이법을 거듭 산을 통해 배우건만, 세상에 이르면 나는 다시 부질없는 것들에 대한 욕망으로

부풀어져 스스로를 거듭 누추하게 만들어버리곤 하는 것일까요.

순백의 동화에 취해 정신없이 셔터를 누르다가, 고갯마루를 향해 힘겨운 발걸음을 거듭합니다. 발목에서 무릎을 넘나드는 쌓인 눈이 쉬운 걸음을 허락하지 않는 까닭입니다. 무룡산을 넘어, 동업령에 이르는 동안 단 한 사람도 만나지 못했습니다. 미끄러지기도 하고, 착지 지점을 잘못 고른 발바닥이 허방을 짚기도 했지만, 4시 30분 산수에서 내려가는 버스 시간엔 맞춰 간신히 닿을 순 있을 거 같습니다. 그러고 보면, 평소보다 많이 늦어진 시간입니다. 발목을 잡는 눈들의 장난스러움 탓이겠지요.

아랫녘 황토 찻집 뜨끈한 구들목에 몸을 지지며, 따뜻한 차 한 잔을 마시는 즐거운 상상은 훗날로 미뤄야 하겠습니다. 가쁜 숨을 몰아쉬며, 10분 전에 큰길로 내려왔으나, 오히려 정시에서 10분이 넘게 지나도록, 버스가 오질 않습니다.

두 가지 경우를 상상해 봅니다. 차 시간이 변경되었거나, 고개 너머 길이 미끄러워 운행이 중단되었거나…… 하지만, 후자의 가능성은 없어 보입니다. 조금 전, 지프 한 대가 고갯마루로 넘어갔으므로. 하는 수 없이 터벅터벅 마을까지 내려섰더니 마을 어귀에 정자 공사를 마친 트럭 한 대가 내려설 준비를 하고 있었습니다.

18 겨울, 비움으로 충만해지는
/-신불산, 간월산, 주왕산

겨울, 비움으로 충만해지는

떠올리는 그리움

숨차게 달려서 도착한 시간은 예상했던 것보다 10여 분 이른 시간. 홍류폭포 이정표가 잘 붙어 있단 글을 여기저기서 읽은 듯하나, 바깥 풍경에 몹시 무심해진 마음탓이었을까요? 등억리에 이르고도, 그 들머리를 찾지 못해 두어 사람에게 길을 물은 다음에야 겨우 이르게 됩니다. '간월산장'은 그저 허름한 무허가 판자 같은, 등산객을 겨냥한 식당 겸 구멍가게 같은 곳이었습니다. 산행기 곳곳에 등장하는 그 이름 탓에 고즈넉한 '산장'을 그려왔던 머릿속 그림으로 그려왔건만.

차량 서넛이 정박되어 있는 주차장을 가로질러 홍류폭포를 향합니다. 서쪽의 산들은 무릎을 넘보는 눈들을 안고 있을 테지만, 이곳 동쪽의 산에는 눈은커녕 흙먼지 뽀오얀 능선길이 오히려 낯선 겨울. 바람 끝이 매운 날입니다. 이내 얼얼해진 코끝을 녹이고자 걸음을 데우러 바삐 걸었건만 채 열기가 오르기도 전에, 얼어붙은 홍류폭포가 나타납니다.

홍류폭포를 아래로 하고 오르는 길은 가파름에 숨이 턱에 닿는 길입니다. 하지만, 나무 사이 툭툭 투명한 햇살이 떨어지기도 하고, 시린 하늘이 선뜩 눈에 들기도 합니다. 차갑지만 간결한 이 겨울 산이 좋습니다. 언젠가 이 산자락과 이어져 있는 석남사 가지산을 오를 때는 휴일이었습니다. 조금 과장을 하면, 사람들에게 떠밀려 올라가는 그런 길이었는데…… 하지만, 지금은 적막감을 덜어주려는 듯 가지 끝에 매달리는 바람의 유희만이 단조로운 음률에 변주를 거듭하고 있습니다.

가파르게 이어지는 고갯길을 오르니, 신불공룡암릉이 나타납니다. 왼쪽으로는 영취산에 이르는 능선이 오른쪽으로는 간월, 가지산으로 이어지는 웅장한 영남알프스 산줄기들이 눈앞에 펼쳐지네요. 그러나 고백하자면, 첫 들머리에 이르는 순간부터 덕유산과 지리산 생각이 맘 한편에 길게 이어지는 메아리처럼 닿았습니다. 멀리 있어, 맘에 두고 만날 날을 손꼽아 기다렸던 산이었음에도 나는 왜 정작 그녀를 만나는 순간에 다른 그리움을 떠올리고야 말게 된 것일까요.

말 그대로 공룡 등지느러미같이 미끄러져 산정으로 향하는 공룡암릉의 산세와 좌우로 거느린 부드러운 능선의 조화를 보고도, 무엇인가로 빠져버린 듯한 지울 수 없는 허전함을 갖게 되는 것의 정체는 도대체 무엇이란 말인가요? 내 속에 있는 것이라지만, 생각으로 다 헤아릴 수 없는 정감이란 것이 있습니다. 비논리적이게도 무작정 좋은 사람이 있는가 하면, 까닭 알 수 없이 맘으로 가까워지지 않는 사람이 있는 것처럼 말입니다.

신불산을 좌우로 거느린 억새 평원에 줄지어 환호하는 사람 물결들이 문득 머릿속에 그려집니다. 그리고 뒤를 돌아보면 언양에서 울산으로 이어지는 도시의 모습이 띠를 이루듯 이어져 있습니다.

이것이었을까요. 북한산, 관악산에 올랐을 때처럼 그들의 호방한 산세에도 불구하고 거듭 그들이 그리운 가슴으로 내게 남지 않은 까닭이란, 그들이 도심의 한가운데 야윈 모습으로 새겨져 있는 것처럼 말입니다.

신불산정에 이르자, 반대편에서 몰려오르는 바람의 기세는 더욱 등등해집니다. 영취산으로 이어지는 왼쪽 능선과 간월, 가지산으로 이어지는 오른쪽 능선 그리고 맞은편 천황 제약산으로 안겨 있는 사자평까지 시원스러운 조망을 한껏 허락합니다.

이제 간월재를 거쳐 간월산을 향합니다. 간월재 임도에 허름한 포장마차 같은 것이 하나 눈에 들었습니다. 따끈한 국물 한 그릇을 들이켤 수 있을까 하는 기대로 이르렀지만 굳게 잠긴 자물쇠가 차가운 금속성 빛을 발할 뿐이었습니다. 반대편 억새 틈새에서 간단히 허기를 때우고 간월산을 향해 오르는데 바람의 기세는 더욱 등등해집니다. 간월산은 평원이 있는 신성한 산이란 뜻이라고 하니, 영취에서 사자평으로 이어지는 억새평원의 의미를 담고 있으리라 생각됩니다.

바람의 성화에 더는 못 견디고 서둘러 하산을 재촉합니다. 오르는 길에 하산길을 가늠해 보았으나, 간월재 아랫녘의 구불구불한 임도가 맘에 걸렸답니다. 그러던 찰나에 내려서는 길 왼 켠으로 리본 무리를 발견했습니다. 아, 여기가 바로 간월공룡능선이구나. 아래쪽으로 가파르게 내려가는 바위 능선이 한눈에도 아슬하게 닿습니다. 첫길부터 수직으로 로프가 달려 있었지요. 오른쪽 아래로 보이는 임도에다가 비하겠습니까.

밧줄을 타고, 바위 능선을 엉거주춤 기어서 내려가는 긴장과 재미에 골몰하다 보니 어느새 첫 홍류폭포 갈림길에 들어서게 되었습니다. 대체적으로 6시간 남짓 소요된다 했는데, 그보단 1시간이 덜 소요되었습니다.

울산, 경주, 포항은 30분 내외로 인접한 도시인 줄로만 알았는데 막상 대학시절 같은 방을 쓰며 절친했던 친구를 만나러 가는 포항까지의 길은 1시간 30분에 이릅니다. 포항에 있는 고교 교사이기도 한 친구는 아직 방학 전이었습니다. 퇴근 전인 그의 학교도 들러보고 같은 과 후배인 그의 부인과 더불어 맛난 저녁과 함께 정담을 나누면서 아련했던 시간들을 반추해 보았습니다.

겨울 나무들

친구에겐 미안한 일이지만, 어젯밤 나는 집으로 돌아간다는 얘기로 헤어진 다음 근동 24시 찜질방에서 하룻밤을 묵었답니다. 능선길의 풀썩이는 먼지와 거센 바람을 씻어내고 따뜻한 물에 몸을 녹이면서, 편안하진 않지만 그럭저럭 하룻밤을 묵을 수 있는 곳. 박지성의 축구 중계를 보는가 하다가, 가물가물 잠이 들었나 봅니다.

뒤척이며 몇 번을 자다 깨다가를 반복했을까요? 일찍 깨어나 주섬주섬 주변을 정리한 다음, 바깥 어둠이 걷히기를 기다렸다가 다시 청송으로 길을 접어들었습니다. 나서는 첫길은, 신경림 시인의 시구처럼 '춥고 서먹한 겨울'이었습니다. 이 추운 겨울 아침에 무엇을 하려고 새벽같이 길을 나서는 것일까?

포항에서 청송으로 넘어가는 고갯마루에서 동해를 박차고 오르는 아침 해를 봅니다. 아기자기한 겉옷들을 벗어버리고 울근불근한 근육질의 형상을 한 산줄기에서 맞는 겨울 아침 햇살이 낯설고도 아련하게 가슴을 파고듭니다. 잠시 고갯마루에 차를 세워두고는 산줄기 너머로 펼쳐진 동해에 가없는 눈길을 던져주다간 다시 길을 재촉했습니다.

아침부터 매섭게 불어오는 찬 바람 탓일까요. 국립공원 주왕산 들머리는 한산함을 넘어서 을씨년스러운 느낌까지 들었습니다. 일찍 출근한 매표소 직원이 안쪽에 있으면서도 발을 동동거리며 건네는 입장권을 받아들고 대전사 앞에 이른 것은 아침, 8시 30분경이었습니다.

대전사 뒤편 갈림길에서 제1 폭포로 오르는 넓은 길을 버리고, 오른쪽 능선으로 난 길을 택해 오릅니다. 능선길을 휘돌아 오르면서 드문드문 기암(旗岩)과 그를 에워싼 주왕산의 여러 암봉들의 운치를 뒤돌아보며 어제의 피로로 무거운 다리를 잠시 쉬게 하곤 하였습니다.

1시간도 채 오르지 않은 것 같은데, 이내 주왕산(721m) 주봉이 나타납니다. 능선길을 오를 때 귓불이 얼얼하게 몰려오는 바람이 이상하게도 주봉에 이르자 잠잠해지네요. 특별히 바람이 막히는 곳도 아닌데 말입니다.

사진을 한 컷 찍고 나서, 부산에서 왔다는 세 명의 일행을 첨으로 만납니다. 그분들이 건네는 밀감과 간식거리를 먹고 나니, 입맛이 없어 제대로 들지 않았던 아침 육개장의 허전한 뱃속이 어느 정도 채워지는 모양새가 되었습니다.

주봉을 휘돌아 내려서니, 얼어붙은 계곡입니다. 단풍나무와 수북이 쌓인 나뭇잎들이 지난 가을의 풍광을 그려보게 만들었습니다.

계곡길을 휘돌아 한참을 내려가니 제3 폭포로 이르는 넓은 길.

꽁꽁 얼어붙은 제3 폭포를 돌아서 또, 200m 안쪽에 숨겨진 제2 폭포를 보고 다시 넓고도 호젓한 길을 내려서는가 했는데, 맞은편으로 보이는 제1 폭포 주변 풍광. 얼마쯤은 이태 전에 가보았던 '장가계'인 듯도 하고, 또 약간은 '계림'의 봉우리들을 축소해 놓은 듯한 양이기도 합니다.

제1 폭포 주변의 아기자기한 모습과 그 아래쪽 시루봉, 학소대들을 완상하면서 다시 대전사로 닿는 큰길 대신 왼쪽으로 난 주왕암쪽 산길로 들어섭니다.

이름에서도 짐작할 수 있듯이 주왕산은 당나라로 거슬러 올라가, 진나라 영화의 복권을 도모하던 주도라는 사람이 스스로를 '후주천왕'이라 칭하여 군사를 일으켰으나 대패하여 이곳까지 쫓겨 숨어들었다는 전설이 있는 곳입니다. 전설에는 그럴싸한 증거물을 제시하는 법. 산책로를 따라 이른 주왕암은 마지막까지 추격한 마 장군에 의해 피살당한 주왕의 명복을 빌기 위해 아들 대전이 지었다고 전해진답니다. 그 위에 있는 주왕굴은 주왕이 은거하며 지내다가 마 장군의 화살을 맞고 죽었다는 곳입니다.

다시, 대전사를 향해 돌아내려서는 길. 겨울 햇살에 비친 나무들이 눈부시게 눈에 듭니다. 눈이거나 이슬이 맺혀서도 아니다. 벗은 나뭇가지들이 저렇게 반짝이는 것이란, 빛을 통해서만 여과되는 내밀한 영혼의 속삭임이 있는 탓이라고 의미부여를 해 봅니다.

그 예전, 누가 가을 겨울을 조락과 죽음의 계절이라고 속단하여 말하였던가요? 저들의 반짝임. 에는 듯한 바람과 꽁꽁 얼어붙은 계곡 사이에서도 견고하고도 단아하게 담금질한 영혼들의 저 견고한 속살.

여름, 푸른 잎들이 넘치는 에너지와 깊은 숨결로 흥건해지는 목숨이라면, 겨울 저 모두 비워버린 듯, 그러나 내밀하게 채워진 새 절기에의 희망으로 충만한 나무들의 은빛은 삶의 깨달음과도 같습니다.

비울수록 더욱 채워지는 오랜 관습에서 벗어날 수 있을 때에 더욱 새로워지는 삶. 간결하지만, 진리에 가까운 삶의 비법 같은 것 말입니다.

19 / **지리산** 사흘

18일 - 백무동 힘겨운 고갯길, 쏟아져 내리는 별빛

요 며칠, 우울했습니다. 느닷없는 우울 타령이냐고요? 그러나 어쩌다 한 번씩 찾아드는 이놈 앞에선 무력해지기만 합니다. 정도의 차이일지언정, 세상을 살아가는 사람 치고 그 어느 누군들 저마다의 고뇌와 공허함을 가지고 있지 않겠습니까.

사람을 바라본다는 것에는 얼마나 객관적이라는 관점이 적용될 수 있을까요. 그러한 관점이 허락된다면, 내가 느끼고 있는 이 느닷없는 공허는 사치스러운 감상에 불과한 것이랄 수 있습니다. 세상살이에 찌든 것도, 그렇다고 주변의 사람들과 상황에 지쳐 맥빠진 일도 없는데 말입니다. 어쩌면, 나만의 특이한 내면이란 방전된 기기 같아서 새로움의 충전이 필요한 까닭이었는지 모릅니다.

기실, 열심히 살아가고 있는 아내나 가족들에게 이런 속내를 드러내기란 참으로 미안한 일입니다. 누구에겐 뭐 고만고만한 공허가 없을 텐가. 항공권을 구하지 못해 불발이 되고 말았지만, 베트남 현지 공장에 나가 있는 친구에게 가자는 약속 때문에 방학 중 수업은 최대한 앞으로 당겨 16일에 마감을 했습니다. 17일엔 반 편성고사가 있어 이런저런 관련 업무를 서둘러 마무리하고, 1주일 전부터 가늠해 왔던 지리산을 향합니다.

점심을 서둘러 챙겨 먹고 백무동 들머리를 향합니다. 저녁 무렵에나 장터목산장에 닿아, 발걸음을 마음 닿는 데로 옮겨 갈 양으로 나선 늦은 출발.

이대로 봄이라도 온 것처럼, 백무동 들머리는 녹아 흘러내리는 물소리로 경쾌합니다. 그러나, 따스한 햇살에 그렁그렁했던 골짜기는 하동바위를 지나면서 다시 눈 속에 굳은 표정으로 바뀝니다.

참샘에 이르러, 물 한 통을 들이키고, 가져간 빈 물통에도 그득 일용할 물을 채우곤 단단히 마음을 그러쥐고 돌계단을 오릅니다. 기껏 한 끼 정도의 먹을 것만 지고 가던 때와는 어깨로 건네오는 배낭의 무게의 질감이 다릅니다. 오늘따라, 배낭이 어찌도 그리 무겁게 어깻죽지를 누르는 것일까요? 가파른 돌길을 한 걸음 한 걸음 걸어 오르면서, 내가 감당해야 할 무게만큼 누릴 수 있는 것이 삶이라는 신파(新派) 같은 구절 하나 떠올리기도 해봅니다.

먹을 음식도 제대로 챙기지 않고, 악천후에 대비한 여분의 옷도 준비하지 않은 채 온몸에서 끓어오르는 열정과 약간의 무지로 정면 돌파하는 스무 살 청년이 이미 아닌 바에는, 이것저것 챙기고 헤아리는 것이 자꾸만 늘어나는 나이가 되었나 봅니다. 그래서, 배낭은 어느새 배가 불룩해지곤 합니다. 무게를 가볍게 가볍게 한다곤 하지만, 그래 이것도 챙기자. 더하는 것은 조금의 무게지만, 만약의 경우엔 목숨도 살릴 수 있고, 다른 사람에게 도움을 줄 수도 있지 않을까? 가볍게 하루 산행의 행장으로 나선 길이 아님을 알면서도, 거듭 그때의 상태와 견주어 간혹 스스로에게 던지는 책망 내지는 넋두리는 거친 숨결과 한통속이 됩니다.

장터목산장은 그다지 정감이 가지 않는 곳입니다. 이름 자체도 장터처럼 시끌벅적한 데다가, 노고단에서 고단하게 이른 산꾼들 몇, 그리고 거개는 중산리 쪽에서 천왕봉 일출을 보기 위해 머무르는 사람들로 평일에도 북적대는 곳인 까닭입니다. 역시나, 평일임에도 제법 많은 사람들이 들이닥쳐 있습니다. 잠자리 배정을 받아 배낭을 올려두고, 서둘러 제석봉으로 향합니다. 5시 30분이 해지는 시간이라니, 천왕봉까진 이미 어렵고 서두른다면 제석봉 고사목 너머로 해지는 장관을 볼 수 있을 듯하니 말입니다. 카메라만 챙겨 들고 미끄러운 고빗길을 나는 듯이(배낭을 벗으니 날아갈 듯하여) 달려 제석봉 고사목 군락지에 이르니, 해가 서서히 기울고 있었습니다. 마지막 해가 기울어져 자취를 감출 때까지, 서서히 어둠이 장막을 내리는 풍경을 홀로 내려다보았습니다.

배정받은 잠자리는 온풍기 바로 옆입니다. 녀석이 으르렁대는 소리에 몇 번이나 잠을 자다 깨다 할지 모를 일입니다. 삼삼오오 모두 끼리끼리 산에 온 것 같습니다. 혼자서 먹는 사람이 있을라치면 불쑥 용기가 잘도 생겨 "같이 밥 묵읍시데이"라며 먼저 말을 걸곤 하는데…….

식사를 마친 후, 내일 아침 식사를 위해 필요한 물을 길어 샘터에 내려섭니다. 그런데, 얼어붙어 버렸다네요. 100여 미터 아래쪽 계곡까지 내려가야 한답니다. 아이젠도 하지 않고 나섰더니 길이 몹시도 미끄러워 어둠 속에서 엉덩방아도 여러 차례. 아, 그러다 하늘을 바라보니 별 밭입니다. 노랫말에서나 나오는 '별이 쏟아져 내리는' 그런 하늘! 정말 씻은 듯이 맑은 별들의 초롱초롱 착한 눈망울들이 금세라도 눈물로 흘러내릴 것만 같습니다.

19일 - 무거운 다리, 구름 위를 거니는 마음

5시, 6시? 여하튼 침실이 소란스러워진 것을 보면, 천왕봉 일출을 보러 가기 위해 나서는 사람들의 부석거림이 시작된 것입니다. 사람들의 그 수런거림에 덩달아 나도 동요가 되고 말았습니다. 어젯밤 맑은 별빛 하늘로 봐선 일출을 볼 가능성도 많을 듯한데, 천재일우가 될지도 모를 기회를 누려보나 어쩌나 하는 생각에서입니다. 그러나, 이내 모포를 머리 위로 덧씌우고 말았습니다. 천왕봉 일출은 두어 번 본 적이 있으니까요.

6시 30분경, 취사실에 들러 인스턴트지만, 육개장 국물에 김치 몇 조각을 넣어서 얼큰한 국물에 햇반 한 그릇을 비우고 나만 홀로 반대편 길을 잡습니다. 어슴푸레한 여명에 하얀 눈이 밝혀주는 길은 어둡지 않습니다. 오히려, 헤드랜턴 불빛이 거추장스럽게 느껴지니까요.

계속 세석을 향해 걸어가면서도 내심으론 천왕봉 쪽 일출이 자꾸만 맘에 걸렸습니다. 연하봉이었나요? 일출 시간에 맞춰서 배낭을 내려놓고 여기서라도 일출을 보고 가려고 기다렸지만, 나오는 듯하던 해가 잠시 후엔 더 깊은 구름 속으로 숨어버리고 말았습니다. 새벽잠을 설쳐가면서 어둠 속을 올라 천왕봉에 올랐던 사람들이 가졌을 실망감들이 그려지는 것까진 그렇다손 치더라도, 은근히 반대편 길을 걷는 내가 안도하는 것은? 어찌하였건, 천왕의 일출은 스스로 뜻하였든 아니었든 간에 내면화된 무엇인가 봅니다.

어제 오르는 길만 하더라도 속된 표현으로 '죽을 맛'이었는데, 부드러운 눈길을 살포시 밟아나가다 보니 절로 마음도 배낭의 무게도 가벼워집니다. 간혹, 장터목을 향하는 사람들에게 진심 어린 마음으로 웃음과 인사를 건네면서 길을 재촉합니다.

촛대봉에 이르니, 산자락을 타고 넘는 운무가 장관을 연출합니다. 산과 골짜기와 능선과 구름이 일시에 벌이는 마술 같은 한바탕 잔치라니! 연신 카메라 셔터를 누르다가, 바위 벼랑 꼭대기에 앉아서 웅장한 지리산의 산줄기 줄기들을 가없는 눈길로 바라봅니다.

어제부터였지만 2박 3일 내내, 나는 한없는 묵언 수행에 잠겨듭니다. 묵언수행(?)을 하면서, 도대체 무엇을 생각하였을까요? 수도 없이 명멸하는 생각, 사람, 모든 것들…… 세석을 지나고, 잇닿는 봉우리들을 오르내리면서 왜 지리산을 깨달음의 산이라고 하였는지를 어렴풋이 알 것도 같았습니다. 어느덧, 배낭 무게는 한없이 가벼워지고, 무더졌던 발걸음은 더욱 씩씩해져 단걸음에 벽소령을 지나고, 명선봉을 넘어 토끼봉을 향합니다.

7시부터 출발해서, 목적지로 삼은 뱀사골산장까진 16㎞ 8시간여의 거리. 벽소령에서 점심을 먹고, 연하청에서 커피 한 잔을 마신 다음 여유를 부리며 걸어도 4시쯤이면 도착을 하게 됩니다.

연하봉을 넘어서니, 쌓인 눈이 더욱 많습니다. 그리고, 날씨가 점점 흐려지는 까닭인지 이윽고는 눈길 위로 구름안개가 밀려듭니다. 사위는 자욱한 구름안개에 묻히고, 유난히 하얀 눈길 위를 거니는 기분이란…… 이따금씩 장터목 쪽을 향하는 사람이 간간 지나치긴 하지만, 반대편으로 걷는 사람을 아직 한 사람도 만나지 못했습니다. 그 호젓함.

명선봉을 넘어서면서 다시 다리는 무거워지고 무릎은 팍팍해져 왔지만, 마음만은 이미 구름 위였습니다. 게다가 토끼봉에 이를 무렵으로 옅은 실눈이 살포시 떨어질 때는 거의 혼자 즐거워 환호성이라도 지를 뻔했습니다. 열심히 나무 둥치를 쪼던 딱따구리가 화들짝 놀랄지도 모르게 말입니다.

4시 5분경 뱀사골산장2)에 도착했습니다. 아랫녘 반선까지 내려설 수도 있는 시간이지만, 무릎도 혹사를 많이 시켰고, 밤사이 펼쳐질 기상 변화도 기대가 되고 해서 여장을 풉니다.

산장지기 아저씨는 울상입니다. 명부를 보여주면서 80명 정도 수용할 수 있는 산장에, 많아야 고작 예닐곱 명 정도 사람이 드는 정도라며 푸념입니다. 지나온 연하청이나 이곳 뱀사골 그리고 피아골, 치밭목 등은 개인이 운영하는 산장이니 응당 손익이 문제가 되겠지요. 기실, 다섯 시 가까이 산장에 든 사람은 부부 한 쌍과 나, 세 명밖에 되지 않았으니 안타까운 맘도 들었습니다. 이런 상태라면, 비록 냄새나는 난로라지만 그것조차도 기름값도 안 나오는데 피워달라기 미안할 지경입니다. 그런데 불과 20~30분 사이에 사람들 몰려와선 거의 열댓 명에 이르게 되니 울상이던 산장지기 얼굴도 어느새 희색이 만연해 보입니다.

---

2) 뱀사골산장은 2007년 5월에 폐쇄됨

20일 - 더디게 흘러가는 시간들

연통도 없는, 지금은 사라져 찾아볼 수도 없을 법한 기름 냄새 자욱한 난로지만 그래도 대형 대피소의 윙윙거리는 온풍기의 기계적인 난방보단 정감이 더합니다. 주변 사람들과도 정겹게 오른 곳과 오를 곳, 그리고 산에 대한 얘기를 스스럼없이 주고받다가 아홉 시. 잠자리에 듭니다. 가져간 옷을 여러 겹으로 껴입었지만, 소르르 돋는 차가움이 설핏 창밖 처마 끝으로 달린 고드름 같습니다.

밤이 참 길기도 합니다. 여러 번 깼다가 또 살포시 잠이 들었다가를 반복합니다. 도중엔, 누군가의 휴대폰이 몇 번이고 울려서 깨곤, 또 드나드는 사람 부스럭거리는 소리에…… 하지만, 워낙 긴 밤인 까닭에 잠 깬 시간을 제하고도 수면 시간은 넉넉하기만 합니다.

사르륵, 상상 속에 눈 소리를 들었는가 했는데…… 초저녁 몇 송이 흩날리던 눈으로 그치곤, 밤사이 고대하던 눈은 오지 않았습니다. 다만, 지나는 구름안개가 얼어붙은 소위 '상고대'가 또 다른 풍경을 만들어 놓았습니다.

능선이 또 다른 풍경으로 눈길을 사로잡을 지리산 자락이 그려졌지만, 잠시 눈길을 준 뒤, 상고대를 뒤로하고 뱀사골계곡 고요한 아침 길을 따라 내려섭니다.

이젠 꽤나 익숙한 간장소, 제승대, 병풍소, 병소 등을 뒤로하고 하염없이 내려서 반선지구에 이르니 10시경입니다. 터미널 쪽으로 내려서니 호남고속 버스 한 대가 출발 준비를 하고 있네요. 산내면에 내려서 백무동행 버스 시간을 알기 위해 가게에 들렀더니 노인

두 분이 담배와 함께 담소를 나누고 계십니다.

"쫌 있으면 올 거라요."

시골 어른들의 시간표입니다. 몇 시 몇 분이 아니라, 어림잡는 시간…… 그러나 이곳 산골의 시간은 아주 더디게 흘러가기라도 하는 것일까요? 그 '쫌'의 시간이 30분을 넘어설 즈음에 이번엔, 인월을 거쳐온 함양버스가 굼실굼실 굽잇길로 나타납니다.

마천장날인 모양입니다. 마천면 소재지는 모처럼의 활기로 북적대고, 이윽고 버스 안으로 비녀를 꽂은 할머니 몇 분. 몸 가누기도 불편해 보이는 할아버지 몇 분은 탁주라도 한 사발 들이키신 것일까요? 불콰한 얼굴에 흡족한 웃음을 지으며 오르십니다.

먼 곳의 그리움 / **20**

- 칠갑산, 용봉산, 모악산

아침, 나설 무렵만 하더라도 빗방울이 들었습니다. 막상 먼 길을 나서려는데 비가 내리면 왠지 서글퍼지곤 하지요. 선뜻 내키지 않는 마음 한 자락이란 따뜻한 이불 속 나른함이 이끄는 유혹…… 어쩌면 게으름과도 한통속 같습니다. 하지만, 비가 오니까 더 좋다는 생각으로 마음을 전환시키면 정말 기분이 좋아집니다. 놀라운 마음의 기적입니다. 늘 생각하는 것이지만, 기적이란 앉은뱅이가 벌떡 자릴 박차고 일어난다든지 내공을 닦은 강호인이 공중부양을 한다든지 하는 물리적 영역 그 너머의 것입니다. 마음을 바꿈으로써 문득 새로워지는 세상…….

먼 길을 휘돌아 청양 칠갑산 장곡사 들머리에 이르렀습니다. 생각이 많은 오전은 빗줄기를 내면으로 삼켜버린 대신 사위를 구름으로 드리운 채 은일(隱逸)의 도승 표정을 짓습니다.

유서 깊은 장곡사 앞에 이르니, 산과 구름 안개 품에 안긴 절집의 선시(禪詩)풍과 오전의 고요가 삽시간 마음을 더없이 편안히 내려앉게 합니다. 그 풍경을 뒤로하고 산길을 오르는데, 법고와 함께 은은하게 뒤를 따르는 염불 소리…… 그 인공의 소리조차 전혀 거슬리지 않는 그대로 자연의 소리를 이루며 풍경이 됩니다.

고작 561m의 높이밖에 되지 않지만, 수많은 찬사와 주변 사람들의 사랑을 한 몸에 받고 있는 이 산의 매력은 무엇일까요? 벚꽃과 진달래꽃 능선이 특히 볼거리라는데…… 그 계절은 아니지만 산세의 유려함도, 낮은 높이에도 불구하고 깊고 수려한 계곡을 끼고 있다는 그 어떤 수사도 확인할 수 없게 하는 구름안개가 드리워져 있습니다.

그리 급한 경사 없는 널찍한 길을 산보하듯 올라 465봉에 이르니 건너편 한치고개에서 오른 듯한 산행객들의 하산 행렬과 길을 맞바꾸게 됩니다.

운무에 싸여 사위를 조금도 조망할 수 없는 아쉬움은 미리 예견한 것이지만, 막상 칠갑산 정상에 이르니 먼 길을 달려온 수고에 스스로 허망해지는 느낌 한 자락 지울 수 없는 마음은 무슨 까닭일까요. 산 품에 깃든 시간 내내 구름안개 속에 깃들어 있어도, 오히려 그윽한 느낌과 깊은 사랑을 확인하게 되는 지리산과는 얼마나 다른 모습인지 모릅니다.

사랑이란 것이 바로 이와 같은 것일까요? 눈으로 볼 수 없어도 귀로 들을 수 없어도 온전히 느끼게 되고 빠져드는 그 신비한 우주…….

반대편 한치고개 쪽으로 내려가기 위해 휴식을 취하고 있는 일행에게 교통편을 물어보았더니, 선한 표정을 한 중년의 남자가 선뜻 자신이 거기까지 태워주겠답니다.

내려가는 길은 얼마간 얼어붙은 길 탓에, 엉거주춤했습니다만, 이내 산책로 같은 넉넉한 길이 펼쳐집니다. 충남 쪽 산과 들을 일러 비산비야(非山非野)라 하였던가요? 산세는 곧 그 지방 사람들의 심성을 형성하는 듯합니다. 그리고 보면 이곳 사람들의 원만함은 이러한 산도 아닌 그렇다고 들도 아닌 완만한 자연과 더불어 살아온 그야말로 자연스러운 심성의 발로라는 생각이 듭니다. 딱 잘라 단정 지어 말하긴 식견이 부족합니다만, 백제 문화의 근간을 이루는 심성도 이러한 것의 반영은 아니었을까요?

내려서면서 비슷한 나와 시대를, 그러나 보다 더 치열하게 살아온, 그 남자의 인생 역정을 들어보면서 새삼스레 삶이란 어떻게 만들고 가꾸어야 하는 것인가 하는 것을 다시 새겨보게 되었습니다.

홍성을 오르면서 덕숭산과 용봉산을 놓고 마지막까지 마음의 결정을 내리기 쉽지 않았습니다. 이곳은 내가 사는 곳에서는 사뭇 먼 거리에 있어 좀처럼 이르기 어려운 곳이기에 말입니다. 이미 오후도 깊어진 시간인 탓에 한곳을 선택해야만 합니다.

수덕사, 수덕여관 같은 유서 깊은 명소들을 거느리고 있는 덕숭산은 훗날로 기약하고, 충남의 금강이라는 수사가 따르는 용봉산을 택하는 것은 그래서 쉬운 결정만은 아니었습니다.

들머리로 찾은 용봉초등학교 주변에 이르러 꽤 늦은 점심을 이웃한 한 식당에서 들게 되었는데, 시켜 먹은 보리밥이 여간 맛깔스러운 것이 아니었습니다.

용봉초등학교 맞은편 공터에 주차를 한 뒤, 초등학교 옆길을 따라 용봉산으로 접어듭니다. 10여 분을 이르니 암자가 하나 나타나는데, 식당 아주머니가 '용봉사는 여기서 10분 정도만 걸어가면 나온다'고 잘못 알았던 곳인 듯합니다. 아무리 산행지도를 들춰봐도 이곳 용봉초등학교와 건너편 용봉사의 거리는 사뭇 떨어져 있는데 말입니다.

암자 옆에 서 있는 무척이나 둔중하게 느껴지는, 턱의 곽진 용모가 인상적인 미륵불은 세워져 있는데, 자연석을 그대로 이용하여 다듬은 듯합니다. 그러기에, 신체 균형이란 것은 생각할 수도 없고 불심이란 것을 내면화하지 않고 바라보는 모습이란 한 마디로 '불편한 불균형' 그 자체입니다.

어느 책에선가 읽은 한 구절이 떠오릅니다. 한 도승이 수행 승려와 산길을 가다가 바위를 깎아 새긴 마애불을 보게 되었는데, 수행 승려가 합장을 하며 그 깊은 불심을 예찬해 마지않았답니다. 그러나 도승은 "어떤 미친놈이 멀쩡한 바위 하나 또 버려놓았군." 이라며, 불편한 심기로 그곳을 벗어나더라는 겁니다. 오히려 그대로의 온전한 자연의 모습에서 진정한 불심을 찾아볼 수 있다는 그 도승의 드러내지 않는 마음속의 말을 일러 무엇하겠습니까. 현상에 얽매어서 진실로 속에 들어 있는 본질적인 것을 놓쳐버리는 것이야말로 얼마나 우매한 일이 되겠습니까.

흐린 오전과는 달리, 오후는 맑은 하늘을 펼쳐 주셨습니다. 하루에 두 명산을 찾는 것과 함께 하루에 두 가지 서로 다른 하늘 표정을 볼 수 있게 해 주는 것도 내게 덤으로 주어지는 귀한 자연의 선물입니다.

첫 봉우리에 오르니, 왜 이 얕은 야산을 입이 닳도록 칭찬했는지를 알 수 있을 것 같았습니다. 고개를 뒤로하면, 안온하게 펼쳐지는 홍성 읍내 그리고 맞은편으로 펼쳐지는 노적봉, 악귀봉 등의 아름다운 기암괴석이 가히 금강산이나 설악산을 떠올리며 얘기할 만합니다. 주 능선뿐 아니라 주능선에서 뻗어 나간 줄기로도 온갖 기기묘묘한 바위들이 그야말로 조물주의 조각 전시장을 방불케 합니다.

어느 산행객은 마치 거대한 수석이 수반 위에 얹혀 있는 것 같다고 표현했는데, 그 말이 정말 실감이 납니다. 능선을 걸어 오르내리며 조금도 지겨울 틈 없는 풍광과 포근한 겨울 군더더기 없는 날씨, 그리고 그에 더해진 소나무 숲길의 정다움이 순간순간을 최상의 행복감으로 끌어올려 줍니다. 마애불을 거쳐 병풍바위 배경이 멋들어진 용봉사를 거쳐 하산을 마무리합니다.

이제 다시 작은 길을 휘돌아 20여 분 걸어서 차를 세워둔 용봉초등학교 들머리로 되돌아가는 일만 남았습니다. 아랫녘으로 내려와선 산이 용과 봉황의 머리를 닮았다는 데에서 이름 붙은 용봉산의 전체적인 형세를 조망하며 돌아서 걷는 것도 매력적인 일입니다.

다만, 서편 하늘을 물들이며 서서히 사위 조망을 거두어가는 풍광의 아련함은 더없이 좋았지만, 시간 남짓 이르게 일정을 소화하지 못한 탓에 천수만으로 지는 해를 다가서서 바라보지 못한 아쉬움은 남습니다.

이미 어둠은 사위에 내려섰지만 서해를 한번 만나보고 싶었습니다. 서쪽으로 서쪽으로 길 안내 도구의 도움을 받아, 바다를 향해 길을 재촉해 봅니다. 아슴푸레 바깥이 밝아오자마자 길을 재촉해 나섭니다.

먼 길을 나선 나름이라 하루 욕심을 더 내어서 전북 김제와 완주에 걸쳐 터를 잡곤 호남평야를 호령하듯 드리워져 있는 모악산엘 다녀오기 위해서입니다.

일전에 모악산을 여러 번 생각했었는데, 마지막에 그를 향한 발길을 거두고 만 것은 산정에 흉물처럼 드리운 송신탑 때문이었습니다. 오래 마음에 두었다가 막상 그리워져선 그를 찾았는데 그 다운 그 대신에 볼썽사나운 철탑이 나타났을 때의 그 허망함은 이루 말로 할 수 없는 것이었습니다. 정말이지, 자연은 산은 아무런 죄가 없습니다. 대책 없이 우선의 편리만을 헤아린 짧은 인간의 생각이 빚은 아이러니이지요.

서해안고속도로를 타고 내려서면서 들머리를 어디로 잡을까 고민을 많이 했습니다. 여러 곳이 있으니까요. 하지만, 모악이란 이름처럼 어머니가 자식을 껴안듯 둘러쳐진 산이라면 금산사는 그 가슴팍 정도에 해당되는 지형일 테지요. 생각이 여기에 미치자, 금산사 쪽 들머리는 자연스러운 결정이 되었습니다.

고속도로 휴게소에서 아침을 간단히 해결한 다음, 요금을 치르고 금산사 들머리에 이르니 아홉 시. 몇 시간을 달려왔건만, 아직도 이른 오전 시간입니다. 금산사의 유서 깊음이야 말할 나위 없지만, 모악산에 대해선 친절하지 않습니다. 도립공원이 무색하게 이르는 산행로도 이정표도 찾기가 힘들 지경입니다. 개략적인 정보야 사전에 수집을 해보지만, 도립공원 정도에 이르는 산은 거개 그 지나치게 친절한 이정표가 오히려 눈에 거슬리기라도 할 법도 한데…… 입장권 뒤에 나와 있는 간략한 등산지도를 참고삼아, 금산사 옆길로 모악정을 거쳐 정상에 오르는 직선 길을 겨우 더듬어 찾게 됩니다.

모악정에 이르는 직선 길은 그야말로 짜증스러운 시멘트 포장길입니다. 게다가, 언젯적 홍수인지 모르겠지만 수마가 할퀸 상처가 곳곳 패인 길로 떠내려와 거칠게 쓰러져 있는 나무들로 아수라장을 이루고 있습니다. 모악정이라는 정자가 숫제 해체되어 떠내려온 듯한 단청 기둥들도 드문드문 볼썽사납게 드러누워 있습니다.

그리고 그 길을 따라 모악정에 이르니 정자는 간데없고, 케이블카 기지가 육중한 시멘트 기둥을 이루며 서 있습니다. 모악산에 대한 불쾌에 가까운 찌푸린 인상은 이윽고 나타난 가파른 오르막을 숨 가쁘게 오르면서 조금은 잦아들었습니다. 그러나 1시간여를 오르고 서서히 드러나기 시작한 정상 부근의 육중한 통신 기기탑은 역시 예상했던 감정의 파장과 주파수가 거의 일치됩니다.

반대편 완주 쪽에서 오르는 산행객들도 마찬가지, 정상은 통신탑에 내주고 옹색하게 아래쪽 철조망 한 귀퉁이에서 사위 조망을 합니다. 맞은편으로는 김제평야가 광활하게 펼쳐져 있고, 반대쪽으로는 마이산을 위시한 전북의 산들이 내려 깔린 구름을 배경 삼아 또렷이 저마다의 형세를 자랑하고 있습니다.

미끄러운 정상 부근 길을 뒤로하고 이번에는 오른쪽 능선길을 하산 코스로 잡았습니다. 역시, 공원 입장료 뒤에 옹색하게 표시된 산행안내도에 따른 것이지요.

만약, 금산사 왼쪽 줄기를 따르는 이 능선길을 따라 하산하지 않았다면, 모악산은 내 산행 중 가장 나쁜 인상의 산으로 기억될 산이었을 겁니다. 하지만, 정상에서 오른쪽으로 휘도는 이 능선길을 걸어내려오면서 사물의 어느 한 단면만을 보고 모든 것을 다 헤아린 듯 재단하는 성급한 판단이야말로 얼마나 많은 중요한 것들을 그르칠 수 있는 것인가를 다시 한번 확인하게 되었습니다.

완만하고 부드러운 능선은 발길을 더욱 포근하게 감싸 안을 수 있도록 수북한 솔잎이 그리고 넉넉한 소나무 내음 깊은 향취가 오를 때와 너무 다른 느낌을 건네주는 것입니다.

아, 가히 어머니 품처럼 끌어안고 있다는 '모악'이란 말이 그제야 실감이 나는 것입니다. 앞서 얘기한 것처럼, 흉물스러운 송신탑이 그리고 그악스러운 케이블카며 시멘트 포장길이 인간의 잘못이듯, 그를 현상적으로만 보고 짧게 판단해버리는 것 역시 짧은 생각을 지닌 인간의 어리석음입니다. 어쩌면 그렇게도 오르는 길의 느낌과 내려서는 길의 느낌이 180도 다르게 전해져 올 수도 있는 것일까요?

금산사를 지나쳐 내려서는 길인 탓에 금산사를 거쳐 내려서기 위해 금산사 위쪽인 왼쪽으로 치고 도는 길을 택했다가 한동안 길을 찾지 못해 헤맸습니다. 그런데 그 헤매는 동안 본 놀라운 사실은, 인간의 손길에 의해 훼손되지 않은 그쪽 계곡은 처음 오르던 계곡과 달리, 어떤 수해의 흔적도 찾아볼 수 없는 그야말로 아름다운 모습 그대로의 풍경을 고스란히 간직하고 있다는 것이었습니다.

> 미륵신앙의 본고장이라는 금산사
> 미륵전 앞 보리수나무 아래에서
> 늦은 겨울 한낮,
> 햇살이 간간 나부끼는 바람에 섞여
> 내 속으로 젖어 드는 아련한 풍경소리에 취해 한동안
> 넋을 반쯤 빼버리고 앉아
> 무심의 시간을 즐기고 있노라니
> 영겁의 시간 너머에서
> 들려오는
> 영혼의 속살거림 한 줄기……

21 / 마음으로 거두는 일
- 수도산, 양각산

두엄 내음이 참 구수합니다. 관리기 시동을 걸어놓고 두엄을 내는 할아버지. 이크, 그런데 옷차림이 예사롭지 않습니다. 양복 정장 차림이네요. 정장을 입고 일을 하시는 게 아니라, 작업복이 우연히 양복 정장일 따름인 것일 테지요?

심방 마을에 차를 세워두고, 찻길을 따라 수재 마을을 지나는 길입니다. 수도산을 거쳐 능선을 따라 양각산을 한 바퀴 휘돌아 내려오자면, 조금 밋밋한 이 찻길을 지나야 합니다. 하지만, 하나도 지겨울 틈이 없네요. 푸릇푸릇 돋아 오르는 봄기운에 밭마다 듬뿍 뿌려진 두엄이 절대로 코를 심심하게 내버려 두지 않으니까요.

여름 수해가 나면 이 골짜기가 단골로 수해를 입는데, 혹시 마을 이름이 '수재'인 까닭은 아닐까? 하지만, 마을 앞에 세워진 표지석이 이내 수재(水災)가 아닌 수재(秀才) 마을이라고 생각 정정을 요구합니다.

마을 앞길 대신 논둑길을 휘돌아 가는데, 에그머니나 밭일 보러 나오신 할머니께서 자연 화장실에다가 천연덕스럽게 쉬를 하십니다. 그러나 정작 화들짝 눈길을 먼저 거둔 것은 저랍니다. 할머닌 아무렇지도 않게 마감 처리까지 그야말로 마치 아무 일도 없었던 것처럼 너무도 자연스러운 동작이시네요.

이렇게 수재 마을도 지나면 임도가 시작됩니다. 임도 들머리에 낡은 초소 같은 것이 하나 있습니다. 몇 년 전이나 다름없이 그 자릴 지키고 있는데, 그의 임무를 신고하는 글이 그의 가슴팍에 새겨져 있습니다. 그야말로 입말 그대로이죠. '개곡 갈리소'

몇 번의 수재로 복구공사를 거듭한 계곡은 슬픈 모양으로 환생을 했습니다. 급류를 방지하는 댐인 모양인데, 두 곳이나 흉물스러운 콘크리트 장벽이 드리워져 있고, 덕지덕지 쌓은 돌들이 참 낯설고도 슬프게 느껴지기도 합니다.

하지만, 걷는다는 것은 얼마나 멋진 일인가요? 더구나 오늘처럼 봄기운 솟아오르는 날로 대여섯 시간 산길을 걸을 수 있는 이 '어메이징 그레이스.' 놀라운 생명입니다. 가꾸지 않아도, 돌보지 않아도 때를 맞춰 솟아오르는 이 자연의 기운들. 대여섯 시간 정도 그와 함께 하자면, 결국 그와 친구가 되지 않고선 견딜 수 없게 됩니다.

화들짝 놀란 눈으로 고개를 갸웃거리는 다람쥐가 나타나면 나는 가장 반가운 목소리로 '안녕~' 인사를 합니다. 내 반가움이 부담스러운지 이내 줄행랑을 치는 녀석이 야속하기도 하지만 말입니다.

오늘 가장 주된 친구는 바람입니다. 산길 들머리에서부터 줄곧 온갖 빛깔로 얘길 들려주는 바람. 음, 뭐랄까요? 겨울 마법에 걸려 잠든 산을 깨우는 주술 같은 소리? 예, 이리 생각하고 보니 맞는 얘기로군요. 능선 바위에 앉아 길게 뻗은 골짜기를 내려다보면서 들어보는 소리는 영락없는 그 소리가 맞습니다. 겨울 마법을 깨우는 주술…….

수도산을 지나고, 양각산으로 이르는 능선길은 초행입니다. 수도산에서 단지봉까지는 두어 번 왕복을 해봤지만, 쇠뿔처럼 생겨서 명명되었다는 양각산은 오랜 생각으로만 품어왔던 산이었습니다.

참, 호젓하고 아름다운 능선입니다. 능선길은 더없이 부드럽기만 합니다. 그렇다고 단조로움만 있단 얘기는 아니랍니다. 아기자기한 바위 봉우리도 있고, 너그럽고 안온한 능선길도 있답니다. 여유 없이 가파르기만 하다거나, 감정도 없어 보이는 밋밋한 능선길로만 이어져 있는 그런 식상한 길이 아니란 얘기죠. 게다가, 어디로 눈길을 주어도 시원스러운 조망을 허락해 주기도 한답니다.

뒤쪽으로는 단지봉과 가야산, 그리고 왼쪽으로는 장군봉, 비게산, 오도산…… 맞은편으로는 보해산 금귀봉…… 그리고 그 산과 산자락 아래 엎디어 사는 사람들의 집과 들과 밭과 길. 심방 첫 들머리에서 출발한 지 세 시간 삼십여 분에 이르자, 양각산정에 이르렀습니다. 햇살은 알맞게 무르익었고, 바람은 여전한 곡조로 배경음악을 뿌려줍니다.

오후 1시. 김밥 집에서 사 온 두 줄 김밥은 참말로 천상의 음식이 됩니다. 바위에 걸터앉아 봄 햇살을 다사로이 받으며 유장하게 내리뻗은 산줄기를 바라보며 먹는 김밥 맛을 지상의 사람들은 알기나 할까요?

능선 뒷자락으론 아직까지 잔설이 남아 있습니다. 아랫녘으로는 개나리가 꽃망울을 터뜨리고, 목련이 삐죽 꽃잎을 내밀고, 산수유 티진 꽃 웃음은 수습하기조차 어려울 봄 무도회 전야제가 열리고 있는데도 말입니다. 아직도, 온전한 봄을 틔워내기에 바람 친구가 해야 할 일이 너무 많이 남은 듯합니다.

그러나, 서두르지 않고 너무 바쁜 기색으로 티 내지 않으면서 제 몫을 다하는 이 친구 덕에, 당분간 즐거운 미소 가득 마음에 머금을 수 있어 고마울 따름입니다.

좋은 생각, 좋은 일……은 느끼는 일, 그것을 마음으로 거두는 일은 아닐까요?

22 / 결국 우리에게 필요한 것은
- 오대산

낙숫물 소리. 그것도 규칙적으로 칸칸 기와지붕을 타고 흐르는 이 빗소리를 들어본 기억이 얼마 만인가요? 시골집도 기와지붕의 한옥이었지만 일찌감치 추녀 끝으로 떨어지는 빗방울을 한 곳으로 모아 떨어지게 하는 물받이를 휘둘러 놓았었습니다. 비단, 우리 집 한 집만의 방식이 아니었으니 한옥에서도 추녀 끝으로 뚝뚝 떨어지는 빗방울 소리를 들은 것은 실로, 아득한 어린 시절 너머의 일입니다.

오대산 상원사. 방사에 누워 지붕을 타고 흐르다 떨어지는 빗방울을 바라보며 덤으로 그 소리까지 듣는 기분은 그래서 시간 여행을 떠나오기라도 한 듯 아득한 기분에 젖어 들게 합니다.

낙숫물 소리에 귀를 열어봅니다. 그리고 방사 창문 너머로 유영하는 빗줄기들의 사선(斜線)…… 비가 오는 오전 시간을 이렇게 느릿하게 혹은, 하염없이 보내는 것도 좋은 시간입니다.

빗줄기가 가늘어집니다. 주섬주섬 산 오를 채비를 해서 나서니, 점심 공양은 어떡할 거냐는 종무소 보살님 말씀이 어깨를 잡습니다. 준비했으니 걱정하지 마시리며 잠시 뒤돌아보곤 다시 걸음을 재촉합니다. 옅은 빗줄기 더불어 구름이 감싸 안은 오대산은 신령스러운 분위기 연출 만점입니다. 무더위가 기승을 부리는 날보다, 이런 날 산에 오를 수 있다는 것은 얼마나 멋진 배경인가요? 단, 언제든 비가 오면 그에게 몸 맡길 맘의 준비는 필수.

몇 년 전 들렀던 사자암은 여기저기 공사로 어수선한 분위기였는데, 나름 계단식 건물 형태로 이젠 형태를 거의 다 갖춘 모양새를 갖췄습니다. 여기 사자암과 곧 오르게 될, 불교 성지라고 할 수 있는, 적멸보궁 가는 길까지는 궂은 날씨에도 불구하고 그 유명세 탓일까 오르내리는 사람들로 제법 북적입니다.

사자암 우물에서 물 한 모금을 들이켜고 적멸보궁을 향해 오르니, 스님 한 분이 물을 긷고 있습니다. 전번 템플스테이에서 배운 대로 합장을 했습니다. 그 손 모음의 마음탓인지 스님은 물드실 거냐며 한 바가지 먼저 내게 권하십니다. 아닙니다. 요 아래 사자암에서 많이 마셨습니다. 했더니, 이 샘물이 용안수(龍眼水)랍니다. 용의 눈 부근에서 솟아나는 샘이라는 친절한 안내까지 곁들이면서……. 나무곽으로 우물 모양을 만들어 씌운 것이 참 정갈해 보입니다.

적멸보궁을 둘러보고 비로봉 가는 길을 재촉했습니다. 지금까지의 길과는 달리 아주 드문 인적입니다. 가파른 오르막길을 가쁘게 오르노라니, 친구 하며 툭툭 어깻깃을 치는 빗방울들. 그러고 보니 나뭇가지들도 껴안을 듯 팔을 펼치며 반가운 인사네요. 그뿐만 아니라, 이슬 머금은 들꽃들 또한 연신 방글거리며 길섶으로 도열해 있는 것이 아닌가요? 게다가 시원한 물줄기까지 흩뿌려주니 여름 산행치고는 그야말로 금상첨화가 됩니다.

비로봉에 올라, 준비해 뒀던 간식거리를 먹는데 다람쥐 녀석이 할끔거리며 '뭐 나 좀 줄 거 없소?'란 눈망울을 합니다. 흠, 이건 별론데. 자연식이 아니어서 성인병이 걸릴지도 몰라. '거참, 상관 말고 좀 주쇼.' 그래 배가 고픈가 보네. 휴게소에서 샀던 연양갱 한 조각을 던져주자 두 손으로 쥐고 오물오물 열심히도 잘 먹어댑니다. 불과 두어 발치 곁에서…….

비로봉에서 상왕봉으로 휘둘러 오르내리는 길에는 등산객을 찾아볼 수가 없습니다. 유명세를 치르는 국립공원 오대산에서 낮 시간에 이렇게 혼자 거닐 수 있는 이 과분함이라니! 빗줄기는 더욱 요란스러워지고, 길은 미끄럽고, 무릎을 건드리는 풀숲은 어김없이 물기를 뿌려대는 좁은 산길입니다. 작은 봉우리가 나타날 때마다 뿌연 안개비 속에 갖은 들꽃들이 축하사절단처럼 나타납니다.

황순원의 소나기에서 소년이 소녀에게 자랑처럼 풀떡거리는 누렁 송아지 등에 타고 소녀를 바라보며 "소녀의 흰 얼굴이, 분홍 스웨터가, 남색 스커트가, 안고 있는 꽃과 함께 범벅이 된다. 모두가 하 나의 큰 꽃묶음 같다."라고 표현한 것처럼 비안개 속에 나타나는 들꽃 무리는 모두가 커다란 하나의 꽃묶음처럼 눈에 들기도 합니다. 아름답습니다. 그렇게 상왕봉을 지나, 휘둘러 내려서는 하산 길입니다.

비바람이 몰아치는 삽상함 탓이기도 하겠지만, 이른 가을 풍광처럼 느껴집니다. 올해처럼 가을이 성급하게 그리워지는 절기가 또 있었을까요. 무던히도 끈적거리는, 추근대는 더위 탓이라. 그리고 보면, 무더운 여름은 빛나는 가을을 위해선 더없이 훌륭한 조연인 모양입니다.

부는 바람에 우수수 잎들이 흩날리는가 하면, 서둔 몇 잎은 벌써 몸 빛깔을 바꾼 녀석들도 눈에 띕니다. 북대사 쪽으로 내려가면 5㎞ 남짓의 임도가 나타나는데, 은은하게 내리는 빗줄기 속에 제 몸 흔드는 숲의 율동을 바라보며 망연한 생각에 젖어 드는 시간이 참 좋았습니다.

이윽고, 상원사 1㎞ 오후 3시. 20분 후쯤이면 도착입니다. 샤워를 하고 옷을 갈아입고 저녁 공양 때까진 청량다원의 큼직한 창 너머로 너울대는 빗줄기와 나뭇잎들의 군무를 느긋하게 바라보며 가져간 책을 읽기도 해 보리라. 걸음을 서두릅니다.

상원사에 머물기로 한 것은 꿩 대신 닭이었습니다. 그러나, 꿩 대신 닭이 아니라 꿩 대신 봉황이라고 해야 옳을까요? 애당초엔 월정사 '산사에서의 하루'란 템플스테이에 별도의 프로그램 없이 예불에만 참여하는 방식에 신청을 했었답니다. 그리고 보충 수업 너머의 시간 계획을 손질하고 있는데, 느닷없이 월정사 쪽에서 전화가 왔습니다. 수해 탓 때문인지 뭔가 잘 모르겠는데, 여하튼 단체 손님이 많아서 방사가 부족해 곤란하니 다음 기회를 기약하면 안 되겠느냐. 그리고는 전화 말미에 혹시 상원사로 문의를 해 보라는 것이었습니다.

월정사에 머물러 보지 않았으면서 어떻게 그곳이 나은지 이곳이 더 나은지를 말할 수 있단 말인가요. 경험한 만큼 알 수 있고, 그 경험도 어떤 시간 어떤 환경 어떤 변수와 어우러지느냐에 따라 천차만별인 것이 세상살이라고 한다면 '꿩 대신~'이란 말은 가당찮은 표현임이 분명합니다. 그러나 세상 모든 것을 경험의 우위로만 재단할 수 있는 것은 아닙니다. 사람에겐 선험적인 감각이란 것이 때로는 경험보다 앞서는 경우가 있지요.

추녀 끝으로 떨어지는 빗방울을 무심히 바라다볼 수 있다는 것만으로도 '바다향'이란 방사에 덩그러니 나 혼자 머물 수 있다는 사실만으로도 사람이 있는 듯 없는 듯 고요한 공양간이며 이마 위

닿을 듯 산의 곡선을 감출 듯 보여줄 듯 아슴푸레 피어오르는 비구름들을 바라보는 것만으로도 마음 저절로 한가로워집니다. 합장, 반배, 삼배 정도나 알 뿐 불교 의식에 대해 저장된 기억은 없습니다. 여전히 눈 흘김으로 따라 하는 정도이지요.

산을 찾는 것도 그러하고, 절집에 머무는 것도 사소하지만 필요한 '용기'의 영역이라고 말한다면, 침소봉대, 구절의 지나친 확대 해석일까요? 일상의 옹색한 틈바구니에서 때로는 긍정적인 의미의 '일탈'이라든지, '도발' 같은 것들이 가져다주는 정신적인 풍성함. 그것이 내 영혼을 전율케 합니다.

하루 종일 이리저리 리모컨을 돌려대거나 의미 없이 세상에 대해 험담이나 늘어놓는 술집에서의 시간들이거나, 맥을 놓고 프로야구 중계에 빠져 함빡 넋을 놓아버리는 저녁 시간 같은 것에서는 결코 건져 올릴 수 없을 것 같은 영혼의 명징한 상태.

앞부분만 흐릿하게 알고 있는 반야심경 송독에 이어 금강경 독송이 이어집니다. 목탁 소리 운율에 맞춰 밤 깊은 절집 더불어 박자를 곁들이는 밤 빗소리에 나는 점점 아련한 기운에 빠져듭니다.

23 / 마음, 그 요긴함과 절실함
- 삼악산, 오봉산

지난 7월 이후 그러니까, 6월 중순 이후로는 산을 찾지 못했습니다. 테니스 경기를 하다가 그만 무릎을 조금 다친 탓이었답니다. 의사인 외사촌의 권유를 적극 받아들여, 7주 정도의 '운동 금지'를 하였답니다. 물론 연수와 수업의 틈바구니 속이었지만 그래도 비교적 여유 있는 여름 방학의 날들이 질식할 듯한 숨 막힘으로 종종걸음 한 것은 이번이 처음이었습니다. 그 숙려의 기간이 해제되는 시점은 이제 개학을 불과 사나흘 앞둔 날.

두 가지 기준으로 조심스레 오를 산을 가늠해 봤습니다. 첫째, 서너 시간 정도로 오를 수 있는 산. 둘째, 그래도 시간이 여유로우니만큼 평소에는 가 보지 못한 먼 곳에 있는 산. 경기 북부와 춘천 근교의 산이 자주 물망에 올랐고, 낙점은 춘천이었습니다.

삼악산과 오봉산. 첫날 삼악산을 오르고, 무릎 상태를 봐가면서 이튿날 오봉산은 바라보면 될 일이니까요. 그리고, 군에 있는 친구를 면회하기 위해 가로지르던 오랜 기억밖에 없는 춘천이란 도시도 꼭 한번 여유롭게 둘러보고픈 곳이었습니다.

춘천을 향한 4시간여의 지루한 운전도, 그것이 온전히 나를 위해 몰아가는 길이 될 즈음에는 내 속에 젖어 들어 더 이상 지겨울 틈이 없습니다. 지난번 서울에 갔을 때 지하철 속 풍경이 생각납니다. 앉아서 혹은 서서 길을 가는 사람들은 거개 무엇인가를 하고 있었습니다. 간혹 책을 보는 사람들도 있었지만, 젊은 사람 대부분은 휴대폰은 만지작만지작거리고 있었는데, 물끄러미 기웃거려보니까 휴대폰을 통한 게임이 가장 많아 보였습니다. 스스로 외로워할 틈을 두지 않으려는 듯, 사람들은 스스로를 그냥 내버려 두지 않으

러 마치 안간힘이라도 쓰는 모습처럼 보였습니다. 바쁜 시간을 쪼
개서 쓰는, 좋은 모습으로 보이기보단 왠지 나에겐 그것이 여유 없
는 낯선 풍경으로 보였습니다.

사랑은 결과가 아닌 과정 - 첫날, 삼악산

오후 1시 넘은 시간에 삼악산 등선폭포 들머리에 근처 한 식당
에 이르렀습니다. 저녁 무렵에나 내일 즈음에 춘천 닭갈비며 막국
수를 맛볼 요량을 하고, 우선은 순두부 백반을 시켜서 먹고 물통
에 물을 채우곤, 식당 아줌마한테 등산로를 물어봤습니다. 그랬더
니, 지도에도 없는 등산로를 얘기해 줍니다. 그러잖아도 의암댐 상
원사 쪽 등산로에서 등선폭포로 하산을 하면 나중에 주차된 곳으
로 되돌아오는 교통 문제 때문에 고심을 거듭하고 있었던 찰나였
는데…… 아주머니 말씀으론 식당 위쪽 길 능선을 따라 올라가서
산정에서 다시 등선폭포 쪽으로 하산할 수 있다는 것이었습니다.

'죽림정사'란 절을 휘돌아 오르는 산길이었습니다. 짧게 입은 바
지 사이로 모기에게 헌혈을 하기도 하였고, 바람 한 점 없는 오후
는 이내 등줄기로 땀 고랑을 만들어 냈지만, 의암호에서 방류된 누
런 황톳물이 나뭇가지 사이로 보이는 두 달여 만의 산행은 서둘러
가빠지는 숨결만큼이나 차오르는 설렘이었습니다.

갈림길에서 곧장 오른쪽 능선으로 길을 잡아야 했다는 것을, 왼
쪽 길로 빠져선 등선폭포 들머리에서 오른 길과 만난 계곡에 이르

렀을 때에야 비로소 알게 되었답니다. 그리고 지금 지나온 길이 기실은 폐쇄된 등산로였음도 그 갈림길에서 빠져나온 쪽에 세워진 표지판을 통해 알게 된 사실이었습니다. 하지만, 능선 쪽 산행의 후줄근함에서 잠시 벗어나 물과 어우러진 시원한 계곡의 바람을 만나게 되는 일이란 여름 산행 중의 즐거움 중 하나이니, 오히려 잘 된 일이었습니다.

잠시 물가에 앉아 땀을 삭인 다음 홍국사 너머 가파른 길을 재촉했습니다. 그 가파름의 숨결과 등줄기를 수놓는 땀방울, 그리고 내리막길 가해지는 체중 무게로 인한 무릎의 부담이 걱정이었지만, 오랜만에 산을 찾아 그와 함께하는 즐거움과 견줄 만한 것은 아니었습니다.

사랑이란 무엇일까요? 과정이 더 중요한 것이냐 결과가 더 중요한 것인가를 두고 하나만 생각한다면, 결과는 아닌 성싶습니다. 사랑을 해서 어떤 결실을 이루다? 그것은 무형의 어떤 정신적인 것을, 바라볼 수 없는 인간의 유한성이 빚어낸 신기루 같은 환상은 아닐지. 결혼, 아이……? 세상에서 결과라고 말하는 이런 것들조차 실은 새로운 시작이고, 과정일 뿐이니까요.

산을 찾는 것도 마찬가지가 아닐까요. 다녀왔다는 것? 표지석 안고 찍은 사진 하나? 산행기? 결과가 아니라 역시 과정입니다. 순간순간의 내딛는 발자국 들에 기쁨이 새겨지지 않고, 의미가, 행복이 가늠되지 않는다면 그 어디에도 산행의 진정한 의미는 없다고 봅니다.

훗날 함께 걸었던 산길을 떠올리며 행복한 회상에 잠겨 드는 것이 있다면 그것은 어디까지나 덤입니다. 그 순간순간의 발걸음에 충실했던 산행의 과정에 대한 작은 상급이라고 할 수 있는.

삼악산에 오르니 저 멀리 호수와 어우러진 춘천시가 눈에 듭니다. 겁 없는 다람쥐 녀석이 행여 무슨 음식이나 떨궈주는 것은 아닌가 하는 기대로 눈망울을 굴리며 주변을 맴돌기도 합니다.

이제 내려서는 길입니다. 양쪽 스틱에 최대한 무릎의 하중을 지탱하면서 오를 때보다 조심스레 길을 되짚습니다. 그리곤, 온 길을 되짚어서 홍국사 앞에서 목을 축이고, 다시 갈림길을 지나 등선폭포 계곡 쪽을 들어서니 그제야 고개가 끄덕여집니다. 그 유명세에 값할 만한 풍모로는 무엇인가가 모자라거나 결핍되어 있다는 생각을 오르내리는 내내 했었는데, 아랫녘 바위 협곡 사이 빚어진 아기자기한 폭포가 그 의아심에 답을 해 줍니다.

그렇습니다. 흘러내리는 물이 그리했거나 다른 기묘한 자연의 현상들이 그랬거나. 오랜 세월을 두고 아슬한, 족히 수십 미터가 될 만한 협곡을 만들고 그 사이사이 폭포를 그려 놓았습니다.

춘천호 낙조(落照)를 이곳 춘천의 아름다움으로 묘사한 글을 읽은 적이 있습니다. 아직 해는 한 발 정도 남아 있습니다. 다시 들머리를 빠져나와 점심 식사를 한 식당으로 가서 차를 타고 춘천 시내로 향했습니다.

여섯 시에 조금 못 미친 시간입니다. 춘천시청 관광과에 전화를 해서 자전거 대여를 해서 강변을 휘돌만한 곳을 물었더니 '강촌' 부근과 '공지천'을 추천합니다. 공지천 쪽으로 향했습니다. 춘천 호반 둑길로는 자전찻길이 만들어져 있었고, 춘천호 저 너머로는 태양이 이제 막 산 능선에 닿고 있습니다. 강 건너편 어느 한 곳에선 무엇을 태우는 것일까요? 마치 무대 효과를 위해 안개를 흘려놓는 듯 그 연기가 수면으로 저녁 안개처럼 내리깔렸습니다. 자전거를 빌려 타고 호반을 가로지르는 동안 이 낯선 도시의 편안한 풍경에 빠져들고 말았습니다. 이윽고, 노을이 수면 위로도 금 물빛을 일렁이게 하였습니다.

저녁은 음식점 간판 열 집 중 아홉 집이 같은 메뉴인 그 유명한 '춘천 닭갈비'. 너무 맛있게 배부른 줄도 모르고 먹어대다가 배꼽이 튀어나오는 줄 알았습니다.

마음, 그 요긴함과 절실함······ - 이튿날, 오봉산

자는 둥 마는 둥 뒤채던 밤을 지새우고 잠깐만 잠깐만 미루던 기상이 여덟 시를 넘기고야 말았습니다. 어제 3시간 30분 정도의 걸음······ 걱정을 했었습니다만, 다리가 조금 뻐근한 것은 일반적으로 있는 근육의 '기분 좋은 피로' 정도였습니다. 두 번째 '오봉산'은 무릎 상태를 봐가며 최종 결정을 하려 했는데, 이대로라면 거뜬할 거 같습니다. 아주 기분이 좋습니다. 해는 진작에 솟아 있을 테지만, 춘천호는 더 게으르게 안갯속에 기상을 늦추고 있습니다.

오봉산 들머리가 되는 청평사 근처로 이르는 방법은 두 가지랍니다. 어제저녁 닭갈비 먹던 이웃 춘천 분들에게 여쭤봤더니 아주 친절하게 말씀해 주시더군요. 하나는 선착장에 가서 배를 타고 들어

가는 방법. 또 다른 하나는 차를 몰고 가는 방법. 두 방법 다 장단점이 있답니다. 배를 통해 청평호를 가로지르는 것이 쉬운 방법이긴 하지만, 선착장까지 가는 번거로움이 있고 차를 통해 가게 되면 간단하지만, 배후령이란 아주 꼬불꼬불한 고개를 넘어 먼 길을 돌아가야 하는 단점이 있다는 것입니다. 춘천 토박이인 당신이라면 어떤 방법을 선택하시겠습니까? 후자랍니다. 반면, 오래전에 다녀오신 듯한 주인아주머니는 펄쩍 뜁니다. 아이고, 그 길이 얼마나 험한지 몰라요. 배를 타야 한다고 합니다.

차를 몰고 청평사 들머리에 이르는 길은 그러니까 저 너머 호수 건너편입니다. 거의 한 시간 가까이 운전을 해 온 셈이네요. 차를 세워놓고 주차장 맞은편에 있는 식당에 아침을 시켰습니다. 더덕구이 정식이라는데…… 사실, 음식은 형편없었습니다. 관광지 식당에서 식도락 운운할 형국은 아니지만.

그런데 거기서 또 새로운 정보를 알아냈습니다. 인터넷 등산 정보에도 나와 있지 않은 산길을 말해 주는 것이었습니다. 마침, 커피를 마시러 온, 주차요금을 징수하는 사내도 그 길을 얘기해 줍니다. 9시 45분 정도의 출발이라면 1시 30분 이내에 충분히 하산할 수 있을 거란 계산이 섭니다. 그래서 늦은 아침을 들었으니 따로 점심을 준비하지도 않은 채 길을 재촉합니다. 들머리에서 산행안내도를 다시 참조해 보았습니다. 인터넷에서 채록한 지도에는 없는 길이 분명 표시되어 있습니다.

산길의 한적함이 더없이 즐겁습니다. 게다가 어제와는 달리 청평호를 배회한 바람이 능선을 타고 올라와 간간 땀 흐른 이마를 씻어주니 더없이 상쾌하기까지 합니다. 아래로 펼쳐진 청평호를 바라보면서 다시 찬찬히 산에 관한 정보를 읽어보니, 지금 오르는 코스가 가장 가파르고 거친 능선 쪽이랍니다. 그래서 겨울이거나 산행 초보자에겐 권하지 않는 길이라고도 합니다. 그도 그럴 것이 바윗길로 군데군데 이어져 있는데, 아슬한 쇠사슬에 의지해서 사뭇 위태롭게 뒤뚱이며 올라야 합니다. 아예 가져간 스틱이 오히려 장애가 되어, 접어서 배낭에 넣었습니다.

그리곤 손으로 쇠줄과 바위 모서리를 잡고 조심조심 오릅니다. 눈대중으로 맞은편에 보이는 산이 주봉인 '오봉'일 듯하여 힘을 내어 올라보면, 또 그 너머 봉우리 다시 봉우리…… 쉽사리 오봉은 모습을 보여주지 않습니다. 그리고 또다시 가파른 벼랑길로 이어지곤 합니다. 가져온 물은 이미 산정에 이르기도 전에 다 마셔버렸습니다. 낯선 산을 찾으면서도 오만하고도 무례하게 그리고 가볍게 상대를 생각했구나 하는 반성이 이내 후회처럼 나를 따라옵니다.

두 시간 삼십여 분이 지나서야, 오봉은 비로소 모습을 드러냅니다. 능선 저 너머로 4봉 3봉 2봉 1봉이 이어지고 병풍처럼 둘러쳐진 그 자락 아래엔 청평사가 안겨 있습니다.

또 한 번의 실수를 범하고 말았습니다. 이정표가 잘 되어 있겠거니 하고, 눈대중으로 대충대충 보고 올랐던 하산길을 제대로 찾지 못한 것입니다. 기실, 지도상에서 봤던 하산길은 왔던 길을 조금 되돌아 내려서서 골짜기 쪽으로 내려서야 하는 것이었는데, 오봉을 지나서 하산길이 있는 것으로 착각했던 것입니다.

지금쯤 길이 나올 때쯤 되었는데, 지금쯤인데…… 하던 것이 1시간 넘게 이어지자 그제야 확실히 길을 잘못 잡은 것임을 알게 되었습니다. 이대로라면 배후령이란 고갯길로 가로질러 넘어가게 될 것이 확실해 보입니다. 1봉을 거처 하산하는 점선으로 표시된 등산로가 지도상에는 있지만, 찾기가 어려웠습니다.

결국엔, 배후령으로 내려섰습니다. 청평사 시원한 계곡을 보지 못한 것은 아쉬웠지만 그러나 오봉산 자락 전체를 종주한 셈이니 산을 찾는 것으로만 보면 훨씬 잘 된 셈입니다. 문제는 이제 다시 차가 세워져 있는 주차장으로 돌아가는 차편입니다.

배후령 고갯마루에 이르니, 등산객을 상대로 음료를 파는 맘씨 좋아보이는 사내가 있습니다. 칡즙 한 잔을 사 마시면서 돌아갈 길을 물었더니, 교통편이 따로 없다고 합니다. 양구 쪽에서 오는 시외버스가 곧 오는데, 차라리 춘천으로 되돌아가서 배를 타고 건너오는 편이 대중교통을 이용하는 가장 좋은 방법이랍니다. 그러자면 적어도 서너 시간은 족히 더 걸릴 일입니다. 그리고 택시는 지나다니는 것이 거의 없고, 춘천에서 콜택시를 부르면 요금이 만만찮다고 합니다.

다른 한 방법은 양구 쪽으로 지나가는 차를 얻어 탄 다음, 갈림에 내려서 다시 청평사 쪽을 향하는 차를 얻어 타는 것이 있다는 것입니다.

마침, 음료를 사 마시러 왔던 영감님 한 분이 고갯마루를 넘어선 답니다. 그래서 그 영감님께 일단 부탁을 드려 청평사 갈림길까지 이르러선 다시 배티고개를 넘어 청평사로 향하는 차를 기다렸습니다. 때늦은 팔월의 땡볕이 따가웠지만, 기다림의 오후 시간은 전혀 초조하거나 지겹지가 않았습니다. 길가, 민가 담 근처에 열매를 맺고 있는 대추나무 아래서 지나가는 차를 한참이나 기다리면서 오히려 즐거운 시간을 보내고 있던 찰나. 자가용 한 대가 손을 든 내 앞에 멈춰 섭니다.

이제, 산행은 마무리되고 춘천 마지막 코스는 아주 늦어진 점심 '막국수'입니다. 다시 차를 몰아 배후령을 넘어섭니다. 소양댐을 둘러볼 양으로 소양호로 이정표를 따라 길을 갔더니 그 길섶으로도, 열에 아홉 집은 '닭갈비, 막국수'메뉴의 식당들이 있습니다. '농가'란 구수한 상호를 한 식당에 들러 막국수를 시켜 먹습니다. 정말 맛있었습니다. 간간, 다른 지역에서도 맛본 것이었지만 '비교 불가'입니다. 넉넉한 면에다가 큼직한 그릇에 가득 부은 시원한 국물까지 거의 다 들이켰으니…… 다시 또, 배가 산처럼 솟아오릅니다.

이제 돌아오는 다섯 시간가량의 긴 여정이 남았습니다. 어제오늘의, 멀리 있어 좀처럼 만날 수 없었던 그. 그러나, 그를 만나는 데에 정작 필요한 것은 여건이 아니라 그 먼 길을 거슬러 오르는 '마음'임을 다시 한번 새겨 보았습니다. 삶의 장면에서 가지게 되는 마음이란 것의 그 요긴함과 절실함과 중요함을 거듭거듭 끄덕이면서 밤길을 달리고 또 달려 내려섭니다.

24 / 상무주암 그리고 실상사 일박

- 삼정산

실상사 저녁 예불. 저는 스님들과 신도들 사이에서 그들이 하는 동작을 따라 합니다. 큰절을 할 땐, 두 무릎과 두 팔꿈치를 이마를 바닥에 대고, 마지막으론 손을 뒤집어서 받들어 올리는 자세로 상대를 공경하는 예를 표하는 것이라지요. 마치 엎드려 공경하는 이를 두 손으로 떠받들 듯 말입니다. 참 이상합니다. 몇 번을 그렇게 했더니, 무슨 까닭인지 콧등이 시큰해져선 눈물이라도 한 움큼 뚝 떨어질 것만 같거든요.

티베트의 조캉사원이나 포탈라궁 같이 웅장하고 위압적인 분위기의 사찰에선 뭐랄까요? 윤회니 해탈이니 하는 조금은 초월적인 것들이 먼저 떠오르곤 했답니다. 그래서인지 거기선 함부로 인간사를 드러내는 것이 좀 머쓱할 것 같다는 느낌이 들었습니다. 하지만, 우리나라 절에선 인간미가 흠씬 묻어난답니다. 고만고만한 인간사 내지는 세상사를 조곤조곤 얘길 해도 부처님이 너그러이 다 귀담아 들어주실 것 같은 그런 분위기 말입니다.

내게도 시큰한 그 무엇이 전해져 왔다면 그것은 어떤 형이상학적인 것이 아니라, 내 속에 깊숙이 깃들어 있던 인간적 무엇이 나도 모르는 사이 앙금처럼 내려앉은 것이 아니었을까. 따지고 보면 이런 느낌이야말로, 우리에게 익숙해진 보편적 정서라고 말할 수도 있는 것이겠네요.

게송을 욀 적엔 난 하나도 아는 게 없으니, 두 손을 마주하여 합장을 하는 것처럼, 마음도 더불어 합장하듯 모아 봅니다. 상무주암을 거쳐 삼정산 그리고 눈 쌓인 능선길을 4시간 정도 걸어서 실상사에 닿은 시간은 오후 4시 무렵이었습니다. 애당초 실상사 앞마당에 자가용을 세워두고 큰길로 나서선, 지나는 택시를 타고 양정 마을 들머리로 향했던 터라, 하산을 마친 시간으로 곧장 차를 몰아가면 저녁 식사 시간 이전에 집에 닿을 수도 있었습니다. 그러나 오늘은 여기 절집에서 하루를 머무르고 싶었답니다. 그것을 생각하고 삼정산 능선길을 내려선 것이지요.

선승으로 이름 높은 현기 스님께 길을 여쭙는 핑계로 상무주암에 들러 사람을 만난 것 이외엔, 오르내리는 길에 단 한 사람도 만날 수 없었습니다. 상무주암으로 오르는 길은 지리산 천왕산 자락이 어깨를 감싸 안 듯 드리워져 있고, 입춘 맞이한 햇살은 더없이 따사로웠답니다. 간간 녹은 눈이 미끄러움을 보이기도 할 정도였지요. 그러나 삼정산 너머로는 응달이 많아서 녹지 않은 눈과 미끄러운 빙판길이 군데군데 있었답니다.

그리고 실상사. 터져 오를 듯한 범종의 함성도 듣고, 절 밥도 먹고, 지리산 그늘로 저녁별과 달이 돋는 것도 보고, 무엇보다도 오롯이 홀로인 객방에서 주섬주섬 온갖 사념들 한데 불러 모아 놓고 하룻밤을 보내고 싶었답니다. 사실, 어젯밤엔 많이 뒤척이다가 제대로 깊은 잠을 이루지 못했습니다.

사념이란 것이 그렇더군요. 불러오지 않은, 초대하지 않은 자들이 불쑥불쑥 찾아들면, 의식의 마디마디마다 구멍이 생길 것 같은 고통으로 찾아들기도 하는 밤을 만들기도 곧잘 하는. 그러나 산길에서나 낯선 곳에서의 하룻밤에 그들을 불러 모으는 것은 차라리 무슨 한바탕 축제와도 같은 것이라고 할까요.

아, 낯선 세계로 온몸과 마음 내달렸는데 그저 혼곤히 잠에 곯

아떨어지기만 했다? 그건 어찌 생각하면 일상의 연속이지, 여행이 주는 일탈의 멋과는 조금 거리가 있는 건 아닐까 하는 생각이 듭니다.

온갖 사념들이 모여들어 제각각의 떠들썩한 소리로 한바탕 수선을 피우고 나면, 카타르시스랄까 그런 작용이 생겨선 가끔 마음 한쪽이 청량해지기도 하니까요. 그래서 기어이 영혼은 정결해지고, 다시 세속의 삶으로 돌아가서도 그와 맞서 살아갈 에너지원을 충전하는 것이지요. 따지고 보면 산행은 그저 육신의 안녕을 구가하기 위한 도구로만 쓰이는 것이 아님을 알겠습니다. 지난번 말처럼 '동적 명상'인 것이지요.

아 참! 그렇더군요. 생각이 헝클어져 있거나 부산스러울 때 평소에도 요가를 다녀오고 나면 어느새 맑아지는 내면을 느끼곤 한답니다. '내적 관조', 즉 명상이 밝혀주는 마음의 촛불과 같은 의미를 말입니다.

물병에 물도 채울 겸, 절집 마당으로 나섰습니다. 조금 늦은 가을 같은, 겨울로 치자면 오히려 포근한 밤입니다. 하늘엔 별이 총총 떠 있고, 그 별빛 무더지지 않을 만큼만 적당히 자라 오른 반달이 중천에서 닿아 가로등 불빛과 더불어 밤 풍경을 지키고 있습니다. 한참을 서성거려 봅니다. 그래도 제 깐에는 아직도 겨울이랍시고, 찬 기운이 옷섶을 파고들며 추우니 어서 들어가라고 재촉을 할 때까지 하염없이 하염없이……

방에 들었더니, 이웃한 방에서 나누는 이야깃 소리가 여과 없이 들려옵니다. 누군가 가늘게 코를 고는 소리도 들리고요. 할 수만 있다면, 조금 더 적막하게 더 고독하게 있는 것이 좋은데…… 얇은 창호지로 건네오는 소리가 야속하였습니다.

염치없는 일이지만, 1,100m의 능선에서 홀로, 고독이 좋다는 이 상하게 좋다는 현기 스님이 있는 상무주암 같은 곳에서 하룻밤을 지새운다면 얼마나 좋을까요? 상무주암의 그 현기증 나는 툭 트인 전망, 심원의 지리산……. 밤, 별빛은 얼마나 가까울 것이며 뼈 마디마디를 더욱 하얗게 풍화시킬 심원의 고독은 또 얼마나 다디달 것일까요?

그러나 차마 외람된 이야기지요. 노스님을 만났을 땐, 그런 말 한마디도 꺼낼 수가 없었습니다. 감히 청할 수도 없는 일이지요. 보통의 수행 암자는 견고하게 외부인의 발걸음조차 들이지 않는데…… 최근 언론에 상무주암이 알려지면서 혹은 등산로 주변이어서, 수행자의 고독에 습기가 차지나 않을까 오히려 송구스러웠으니까요. 상무주암에 사진을 찍지 말아 달라고 쓴 글귀를 이해할 수 있을 거 같습니다. 툭하면, 지나는 사람들이 사진을 찍어 블로그나 카페에 올려서 깊디깊은 산중의 정적과 고독을 깨치곤 하는 것을……. 스님께 그저 합장으로 인사를 하고, 떠나왔지요.

이제 밤이 깊습니다. 여러 번 왔던 곳. 비록, 상무주암같이 고적한 천하제일의 암자는 아니지만, 이곳 실상사에서나마 하룻밤 머물고 싶었습니다. 뒤척이다 살포시 잠이 들었나 싶었는데 어느덧 새벽 예불 시간인가 봅니다. 목탁을 두드리며 절집을 다니는 스님의 경소리는 기상나팔 같은 것이로군요. 이윽고 운판이 자지러지는 소리를 내고, 이어 지리산 자락까지 파고들 듯 장엄하게 울리는 범종소리……

외투를 챙겨 입고 밖 나아가 보니, 달이 자리를 비낀 하늘에선 새벽 지리산 찬 기운에 씻긴 별들이 더욱 초롱한 눈망울을 반짝이며 날 내려다봅니다.

> 내가 방 안에서 잠들어 있거나, 세상 속에 있거나
> 언제나 한결같이 묵묵히 반짝이는 저 별과 같은 존재
> 그런 사람, 그런 존재여야 하는데……
> 나는 너무 쉬이 감정의 풍화를 겪으며 세상 속에 어지러이 갈팡질팡하곤 합니다.

생이 어둑하고 막막할수록 언제나 그 자리를 지키며 그들의 운행을 결코 멈추는 법이 없는 별과 같은 존재가 되어서, 순간 명멸하는, 그저 화려하기만 하고 이내 사라지는 불꽃 같은 생이 아니기를 마음으로 염원해 봅니다.

법당에선 새벽 예불이 시작되고 있습니다. 높고 낮은 제각각의 톤으로 게송이 하모니를 이루며 절마당을 채웁니다.

25 / 묵은 마음의 자리를……
- 내변산

진달래, 벚꽃이 물러난 자리에는 아카시아꽃이 하나 둘 속살 드러내 보이고 길섶이며 산과 들…… 어느새 이렇게 계절이 깊어져선 천지사방 푸른 불을 놓았네요. 몸살을 앓던 삼사월 너머 계절은 이렇게 깊어져, 불타오르는데……. 봄 앓이에 늘어진 난, 근간엔 숫제 산을 찾지도 않았습니다.

다시 오월. 오월에 이곳을 찾았던 적이 있었지요. 정확히 삼 년 전이었습니다. 관음봉을 서둘러 휘돌아 내려서는데, 내소사에서 전화가 왔더랬지요.

"많이 늦어지시나요?"

이번엔 건너편 남여치에서 쌍선봉을 오르고 직소와 관음을 거쳐 내소사에 이를 참입니다. 들머리에 이르는 대중교통 편은 없답니다. 차를 몰아가선 들머리에 세워두고 내소사로 내려서면, 다시 그 들머리를 향해 택시를 이용하는 것이지요.

햇빛도 바람도 참 알맞게 어우러진 쌍선봉으로 오르는 첫길. 어린 결에서 팔 할쯤 자란 잎들이 나부끼는 손짓 따라 혼자 오릅니다. 사위는 지절대는 산새 몇 있을 뿐, 고요하기만 한데…… 어쩌자고 이 먼 길을 나 혼자 왔을까요? 그렇게도 익숙하게 혼자 길을 재촉하고 하던 나였는데…… 이런 생각이라니……. 문득 이런 생각이야말로 세상 사람들이 하는 말처럼 나이를 먹어가는 징표나 되는 것은 아닐까……. 언제 적부터 부쩍 외로움 타령을 하게 되고, 급기야는 은근슬쩍 혼자 산행이 두려워지기까지 하는 것 말입니다. 쌍선봉 너머 청련암 이르기까지, 사람 없는 모처럼의 산길이 참으로 외로웠습니다. 그러나 그 외로움의 얼굴과 마주해 보니, 오랜만에 다시 만나는 내 옛사랑처럼 보여 반갑기도 한 역설이라니…….

부안 읍내를 지나올 때 김밥 집에 들러, 세 줄이나 김밥을 사 넣었는데……. 청련암을 지나서 바위에 걸터앉아 먹는 늦은 점심에도 밥알은 목 언저리에서 깔깔하게 맴돌기만 합니다. 한 줄을 채 먹었을까. 걸음을 재촉해 내려가니, 내변산공원에서 평탄한 길로 직소폭포에 이르는 길과 만나게 됩니다. 거기에 이르니 또한 사람들은 저마다 함께 정겹습니다. 사진 찍기에 여념 없는 연인들, 아이들 손을 잡고 거니는 식구들, 친구끼리 삼삼오오…….

물빛에 비친 산 그림자마저 푸르름 짙고 이윽고 나타난, 이름처럼 수직으로 거침없이 낙하하는 직소폭포의 물줄기 또한 삼 년 전 모습 그대로입니다. 남여치부터 쌍선봉, 자연보호헌장탑 구간은 첫길이었으나, 이 아랫녘은 3년 전의 길을 되짚는 것입니다. 3년이란 세월이 무색하리만큼 구간구간의 산길이 너무 생생하기만 합니다. 정말 훌떡 3년을 지내버린 것이 사실일까? 내가 잠시 꿈을 꾸고 있었던 것은 아니었을까?

이제 저 고갯마루를 넘어서면 관음봉이 나타나고, 거기를 휘돌아 내려서면 절집 내소사가 나옵니다. 3년 전, 헐레벌떡 내려서서 몸에 밴 땀을 닦아내지도 못한 채 절에서 주는 옷을 갈아입고 지대방에 들어섰었지요. 진호스님이 사찰습의를 진행하고 있었습니다. 아…… 저 관음봉을 넘어서면 다시 그 시간으로 돌아갈 수 있

을 것 같은데…… 그러나 세월은 결코 기다려주지도 대물림할 수
도 없는 것이지요.

생의 장면에서 상대의 본질이 어떠하든, 때로 그것이 그리 중요
하게도 생각되지 않는 경우가 허다합니다. 물론, 우리는 어리석은
까닭에 대상의 본질이란 측면을 바로 바라볼 수 있는 눈을 가지지
도 못하였습니다. 문제는 그 상대가 내게 어떤 의미로 다가오느냐
에 따라 대상의 본질은 아무러나, 내겐 부처가 되기도 하고 아귀
가 되기도 하는 것 아닐까요. 일테면, 객관적으로는 도무지 이해할
수 없을 것 같은 사람들의 관계란 것도, 두 사람에게는 세상 무엇
으로도 바꿀 수 없는 소중한 것이 되곤 하니까요. 그것이 전설을
거듭 갱신하는 사랑의 원천석으로 종종 쓰이곤 하는 것처럼.

삼 년 전 내게 내소사와의 만남 또한 그런 특별한 의미였습니다.
나는 아직도 불교의 본질도 모르거니와 종교적으로 불교를 만나
지도 못하였습니다. 하지만, 절집에 이르면 연원을 모를 편안함과
끌림에 사로잡히곤 하는데, 내소사에서의 일박은 그런 고리 역할
을 해 주었답니다.

관음봉을 넘어서 다시 내소사로 내려서면 그래서, 잃어버렸던 시
간의 줄기를 다시 찾을 것만 같은 어떤 망연한 생각들이 촉수를 뻗
어냅니다. 그러나 이성은 말합니다. 부질없는 미망이라고…… 인간
의 삶은 물릴 수도 없으며, 결코 돌이킬 수 없는 시간의 흐름 앞에
유한할 뿐이라고……. 이런 생각을 하며 관음봉 고갯길을 오르는데,
흘러내리는 것이 땀방울인지 무엇인지 분간할 수가 없었습니다.

"기억하실는지요? 삼 년 전 오월에 스님과 함께 시간을
나누었더랬습니다."

대웅전 옆, 스님이 기거하시는 방에 초대되었습니다. 자상하고
착한 눈빛의 스님 얼굴은 여전하였지만, 삼 년이란 성상이 빚어놓
은 주름살 몇…… 기실 그 숱한 인연들을 어찌 다 추스르겠습니까
마는, 스님은 저를 아는 인연으로 새겨 정성으로 차를 다려 대접
하십니다. 삼배를 드리려 하였건만, 서로 일 배만 하자며 몸을 함
께 낮추십니다.

하심(下心). 낮추는 것입니다. 아아, 처음 나는 부처의 형상 앞에
절을 하는 절집의 예법을 기독교인들이 말하는 우상숭배로 생각
하여 더불어 코웃음 쳤더랬지요. 그러나 그것은 잘못 독해한 것입
니다. 더러 속이 텅 빈 부처상을 흠모하여 숭배하는 이도 있겠지
만……. 실은 자신을 한없이 낮추는 것입니다. 내려놓는 것이지요.
이성의 눈으로 보면 정녕 지나친 소모요 자기 학대처럼 보이는 티
베트 오체투지의 행렬…… 이 또한, 교만한 인간을 바닥의 깊이로
내려놓는 믿음의 현재화처럼 가슴 찡하게 다가오곤 했던 것처럼.
평범한, 그러나 강렬한 한 마디 건네옵니다.

"마음을 내려놓으세요."

그렇게 스님 방에서 나와 청련암을 향해 나 있는 해 질 무렵의
숲길을 걸어 오르는데 거짓말처럼 참으로 마음이 편안했습니다.

관음봉을 오를 때엔 온갖 번뇌가 내 등짝을 찍어 눌렀더랬는데, 어느덧 나는 참 행복한 사람이 되어 있는 것이 아닌가요? 내자개소생 내자개소생. 새로운 생명을 받아, 소생하는 것은 기실 묵은 마음 내려놓는 일임을 알겠습니다.

소쩍새, 산새들의 울음소리에 잠이 들다 깨다를 여러 번 반복하다가 아예 3시경에는 일어나 불을 켜고 그들 소리를 받아들여 봅니다. 4시 새벽 예불을 위해 대웅전에 듭니다. 예불의 격식은 아직도 잘 모릅니다. 오늘은 그냥 무릎이 아플 때까지 나를 낮추는 절을 하고팠습니다. 백팔배는 훨씬 넘어선 것 같고, 이마에 땀이 송글송글거리고 무릎이 시큰거릴 때까지…… 내가 태어난 후, 가장 많은 절을 한 날입니다.

예불이 끝나고, 대웅보전 앞 돌계단에 한참을 서 보았습니다. 손수 만든 연등이 밤을 새워, 자신을 태우며 내 발원을 지펴주던 그 오롯한 새벽 시간이 이내 재생됩니다. 그리곤 어둠으로 재워져 있는 사천문 아래 전나무 숲길을 걸어봅니다. 멀리 일주문 근처에 낯선 불빛 하나 어른일 뿐, 아직은 깊고 짙은 어둠 속을 천천히 천천히 음미하듯 걸어봅니다.

　

　후두둑 새벽을 깨우는 새소리 간간 들려오고……
　전나무들의 묵언 너머로 서서히 서서히 새빛이 저며듭
　니다.
　아침이 오는 것은
　어둠이 허리를 굽혀 기꺼이 자신을 낮추는 까닭입니다.

한없이 내려놓은 그 결 위에
사붓이 내려앉는 새 빛
그리하여 아침은 새로이 소생하고 있습니다.

아아, 알겠습니다.
내자개소생의 비밀은
묵은 마음의 자리를 한없이 내려놓고 비워내는 일……

낡은 흑백 사진 / **26**

- 덕유산(송계사~동업령~병곡)

설핏 흐려 있던 날은 이내 맑은 하늘로 낯빛을 바꿉니다. 남녘에
선 비구름 몰려온다지요. 버스를 기다립니다. 거개 두어 사람 정
도 타고 있던 완행버스였지만, 오늘은 제법 여러 사람이 타고 있습
니다. 얼마 만의 산행인지요. 지난 오월에 변산을 찾은 적이 있긴
하지만, 내소사에 일박이 주된 걸음이었던 터라…… 그렇게 헤아
려보니, 설핏 지난겨울 이후 오늘처럼 마음먹고 나선 산행은 처음
인 듯싶습니다. 아련하고 아득하기까지 한 이 느낌.

모내기철은 이미 훌쩍 넘어섰네요. 시골집에 농사일을 놓아버리
고 난 뒤로는 언제 모내기를 하는지 벼 베기를 하는지, 농사일은
어언 바깥 풍경이 되어 버렸습니다. 모내기를 거들고, 경운기를 몰
고 수확한 벼 포대를 창고로 들이고 하던 일이 사뭇 옛날 일이 되
고야 말았습니다.

제법 땅 기운을 받은 벼 포기들은 진록 빛으로 실해지고, 그 무
논 사이 백로 몇 마리 늘씬한 각선미를 세우고 아침 식사 준비를
하나 봅니다. 유월도 어언 끝자락, 밤꽃도 이제 해쓱한 낯빛입니
다. 지천인 푸름이 성성한 녹음. 그리고 보니 버스 안 풍경이 낯익
습니다. "♡ 승기, 사랑해서 미안하다" 등의 낙서가 새겨져 있
는……. 그리고 보니, 지난겨울 덕유산 설경을 만나러 가던 때의
그 버스로군요. 예전 텔레비전 드라마 제목이기도 했던 거 같은
데……. 뭐랬더라? '미안하다 사랑한다(?)' 그 드라마를 보지는 못
했지만, 사랑이란 것이 그 대상에게 미안한 일이 되기도 하는 것이
로구나 생각을 했었습니다. 그런 것이 어쩌면 비껴간 사랑의 비애
쯤 되는 것인 걸까요? 창밖에 눈을 묻고, 차창으로 몰려드는 푸른

유월의 바람에 얼굴을 맡기고 있노라니, 어언 버스 안에는 나 혼자만 남아 있습니다.

몰려올 거라는 비 예보 탓일까요. 아니면, 무거운 더위를 예감한 탓일까요. 덕유산 송계사 오르는 길엔 사람 흔적 하나 찾아볼 수 없습니다. 마치 5~6년 전의 그 호젓한 산길 같습니다. 느릿한 걸음…… 오늘은 하루 내내 이 산속에서 머물리라 마음먹고 나선 길입니다.

한결같이 그 맑은 빛과 소리로 시원(始原)을 노래하는 계곡과 햇빛을 머리에 이고 그렁그렁 일렁이는 키 큰 나무들, 그리고 골짜기를 쓸어내리는 깊고 긴 여운의 휘파람새. 내 발걸음은 더디고 느려지기만 합니다. 간간, 그런 나를 타박하기라도 하는 듯 달려들어 눈가를 어지럽히던 하루살이떼도 이윽고 능선길에 올라서니 물러서고, 깊고 넓은 산 품에서만 맛볼 수 있는 그윽하고 은근한 산 내음이 밀려와 나는 온몸까지 내어줍니다.

횡경재를 넘어서면서는 원추리꽃이며 형형색색의 야생화가 지천으로 피어 있습니다. 그리고 무엇보다도 가파른 고갯길을 넘어서선 완만하고도 여유롭게 이어지는 숲길이 한결 시간을 여유롭게 품어볼 수 있도록 합니다. 키 큰 나무 사잇길, 간간 비춰드는 햇살의 길…… 무엇보다도 넉넉한 것은 이 길에 북적대는 사람들이 없다는 것입니다. 두어 명을 지나친 적은 있네요. 이 길로 가면 백두대간 길이 맞느냐 사람.

그러나 송계 삼거리에 이르러 덕유산 주 능선과 마주하면 지금껏 호젓함은 별안간 사라지고야 맙니다. 장쾌하게 뻗은 산줄기들의 조망이 더없이 시원하게 펼쳐지건만, 앞서거니 뒤서거니 그리고 가로지르는 사람들로 갑자기 정신은 혼미해지고야 맙니다. 되도록 그 길을 빠르게 지나쳐와선, 동업령에서 하산길을 잡은 다음에야 산란했던 마음은 다시 평온을 되찾게 됩니다. 다시 휘파람새의 목소리에 귀를 주고, 나뭇잎 그늘에 몸을 내어줍니다. 내리막길이어도 걸음은 최대한 억제를 하고 아주 더디게 느리게 걸어 내려갑니다.

무심결…… 그랬습니다. 정말 오랜만의 무심결, 어쩌면 무아지경이 되어서 그렇게 걸었답니다. 그렇게 걸어 내려갔더니 물소리가 들려옵니다. 계곡이 가까워진 것이지요. 한둘을 만났던 오름길과는 달리 내리막길에서는 단 한 사람도 만나지 못하였습니다. 골이 깊으면 물도 깊다던가요. 대하골에서 쏟아져 내리는 물소리는 귀를 먹먹하게 할 정도로 웅장합니다. 물까마귀 새끼인 듯한 녀석이 반석 위에 자리 잡은 나와 눈이 마주쳤지만, 날아갈 생각도 않고 제 할 일을 계속하고 있네요.

윗도리를 벗고, 계곡 속에 발과 무릎, 허벅지까지 나를 담궈 봅니다. 그러나 오래 깃들진 못하겠습니다. 시린 계곡물이 더 이상의 인내를 허락지 않습니다.

반석 위에 누워봅니다. 까무룩 잠이 들었는가 했는데…… 이내 오소소 한기를 느껴 잠에서 깼습니다. 행여 비가 올지도 몰라 넣어둔 재킷을 꺼내 입습니다. 그러나 그것으로도 서늘함을 다 뿌리칠 순 없습니다.

1시간 남짓 계곡에서 그렇게 머물러 있었습니다. 그리곤 산마을에서 내려서는 5시 30분 버스를 타기 위해 마지막 길을 내려섭니다. 버스를 기다리는 곳에 송어횟집이 하나 있고, 그 앞마당에 너른 나무 평상을 느티나무 아래 걸어 두었습니다. 거기 앉아 버스를 기다리노라니, 식당에서 나온 연세 지긋한 어르신 한 분이 제게 말을 거십니다. 산에 갔다가 오는 거냐고, 어느 코스를 다녀오는 거냐고. 대답했더니, 다짜고짜 참말로 부럽다는 말을 탄식처럼 쏟아내십니다. 한때는 나도 저 능선을 걸었던 적이 있었다나요. 그렇습니다. 소녀가 어미 되고, 동자들 아비 되는 것이 세월이지요.

지난주, 시골집에 내려갔을 때 아버지께서 사진 액자를 하나 보여주시더군요. 10㎝ 남짓 세월에 빛바랜 구겨진 흑백 사진 한 장을 사진관에 가져가서 10만 원을 들여서 확대했다는 겁니다. 확대한 사진이라야 겨우 국판(옛날 교과서 크기) 정도 되지 않는 것이었습니다. 촌로(村老)인 당신께 10만 원은 거금이셨을 텐데, 그 돈 아깝다 여기지 않고 인화한 그 사진은 그만한 혹은 그보다 더한 무엇이 있는 것일 테지요. 나는 물끄러미 그 사진 액자를 들여다보았습니다. 할머니 진갑 때 큰댁, 작은댁 식구들과 기념으로 함께 찍은 가족사진이랍니다. 지금 여든아홉의 당신은 갓 서른이나 넘겼을까요. 역시나 여든이 넘은 어머니는 푸릇한 새댁의 모습으로 그 장면에 새겨져 있었습니다.

막내인 나는 태어나기도 전이었습니다. 내가 거기 있는 것도 아닌데, 그 사진을 들여다보면서 왜 그렇게 갑자기 가슴이 먹먹하고 서러워졌는지 모릅니다. 그 낡은 흑백사진을 들여다보면서 아려왔던 명치끝……. 그것이 바로 세월이 우리에게 주는 근원적인 통증 아니었을까요.

산모롱이로 완행버스가 나타납니다. 버스를 타기 위해 길을 내려서는 내 뒤통수를 향해 던지는, 그 어르신의 말은 기어이 내 가슴까지 아릿한 통증으로 젖어듭니다.

"젊은 양반, 어쨌든지 한 날이라도 나이 더 먹기 전에 하고 시픈 거 마이 하고 사소……."

낡은 흑백 사진

가을, 귀소의 시간 / **27**

- 남덕유산

(육십령~서봉~남덕유산~황점)

설렘일까요? 내일 산엘 가야지……. 이 맘을 품고 잠자리에 들면, 잠을 설치는 경우가 많습니다. 어젯밤에도 세타파(렘수면 시 나온다는 뇌의 파장)를 타고 아마도 산행 장소를 물색하고 다녔던가 봅니다. 졸린 눈으로 집을 나섰습니다.

터미널 근처에 주차를 해 놓고, 8시 45분발 전주행 직행버스에 오릅니다. 손님이 제법 많습니다. 안의면과 서상을 거쳐 육십령을 넘어서 장계를 경유하는 버스. 작년 가을 깃대봉에서 백운산으로 종주를 할 때에도 이 시각에 버스를 탔던 기억이 있습니다.

관광객으로 보이는 중년의 부부가 장계에 대해 승객들에게 물어봅니다. 그랬더니 그 뒷자리에 앉은 영감님이 신이 나셨습니다. 육십령의 유례를 설명하시는 것은 물론이거니와 궁핍했던 시절에 비해 너무 살기 좋은 요즘이라며, 몇 사례들을 들어서 거푸 목소리를 높입니다.

안의면에서 서상면으로 이르는 길섶엔 코스모스가 제대로 피었습니다. 꽃망울이란 망울은 모두 한껏 펼쳐내고 일렁이는 바람에 춤을 춥니다. 춤추는 뒷 무대는 벌써 금빛인 들녘이로군요. 요즘 금값이 그야말로 천정부지라는데…… 금빛 배경으로 하늘거리는 코스모스라니……. 시쳇말로 있어 보입니다. 코스모스가 춤을 춘다는 표현은 몇 해 전까지만 해도 진부한 표현 축에 속해선, 상투적인 표현의 으뜸으로 쓰였었는데…… 요즘은 그런 상투적인 표현이나마 쓰이지 않으니, 상투적으로 노래하던 그 시절마저 그립습니다.

'볼이 터질 듯 부푼 빨간 사과' 같은 표현도 마찬가지입니다. 그러고 보니, 벌써 구월은 가을빛 경연을 벌이고 있었던 겁니다. 게다가 오늘 아침은 구름 한 점 없이 맑고 가없이 파란 하늘빛까지 드리워 놓았네요.

육십령 고갯마루에 날 떨궈준 버스 운전사에게 고맙단 인사를 꾸뻑하고, 총총 들머리로 들어서니 반갑다며 가을 공기가 온몸을 껴안아 줍니다. 능선길을 걷노라면, 나무 그늘 아래로 계속 걸음을 재촉해야 하는데……. 긴 팔을 입고도 제법 오소소한 느낌까지 듭니다.

간간이 나무숲 그늘을 벗어나 햇빛 쨍쨍한 양지에 나와도 더위는 물론이거니와 따가운 느낌조차 들지 않습니다. 어제 테니스장에서 맞던 햇빛은 따갑기만 하였는데, 오늘 이 덕유산 능선에서의 햇빛은 오히려 따뜻한 느낌으로 안겨드는 듯합니다. 정녕, 지상에서와는 다른 시곗바늘을 가진 다른 세상이로군요.

소나무, 굴참나무 숲길을 연하여 걷다가 멀리 남덕유산과 서봉이 서로 겨루듯 하늘로 치솟아 올라 있는 모습에 눈길을 주기도 합니다. 그러다, 할미봉 뒷쪽으로 흘러두고 온 산줄기와 봉우리들과 옅은 자락으로 몸을 뒤틀며 부는 바람에 리듬을 맞추는 나뭇잎들의 시원스러운 물결에 눈을 띄워보기도 합니다.

새소리……. 그리고 가만가만 들려오는 내 숨결 소리…… 사람 없는 이 능선길은 이렇게 나를 무아지경으로 데려다 놓습니다. 첫 출발의 졸린 눈은 일찌감치 자취를 감추고, 두어 시간 걸음 너머로는 숫제 머릿속까지 맑은 가을 공기로 그득 채워지는 기분입니다.

오늘은 무슨 생각이 차오르든 웰컴입니다. 다 받아 줄 양입니다.

생각, 마음의 상태…… 규칙적 불규칙적인 내 숨소리, 심장의 박동까지 모두 바라보고 껴안고 싶습니다.

지상에서 봄과 여름 두 계절을 도둑맞았단 억울한 생각을 하고 있었거든요. 느닷없이 몰려드는 가을바람이 그리하여 원망스럽기도 하였지요. 외부의 것들에게 탓을 돌리곤 하지만, 실은 그 어떤 것이든 내 탓이 아닌 것이 없습니다. 그런 어리석은 자신을 변호하느라 다른 희생양을 찾아서 죄를 묻곤 하는 것이 또한 우리의 죄이지요.

능선 아랫녘으론 아직 푸름 성성한 여름빛이었다면, 산정 부근은 역력한 가을빛입니다. 느리고 더디게 걸어 오르다 보니 일전에 걸었던 시간보다 30여 분이나 더 걸려선…… 산정에 이르지도 못한 채, 점심을 먹었답니다. 그리곤 곧장 나무 그늘 아래를 벗어나 오르막길을 숨 가쁘게 올랐더니 물씬 가을 풍경이 펼쳐졌습니다.

영각사에서 몸을 부린 단체 산행객들이 남덕유산 정상에서 월성재로 이르는 길로 이어져 있습니다. 그들의 이야깃 소리 부대낌을 가까이하지 않으려고 잰걸음으로 하산을 서둘렀습니다. 4시 20분으로 알고 있었던 황점발 시내버스 출발 시간도 마음을 재촉했었지요.

황점에 내려서니, 예상했던 대로 예닐곱 대의 관광버스가 내려서는 단체 산행객들을 마중하고 있었습니다. 마을 느티나무 아래엔, 맥주며 막걸리에 돼지고기 안주로 걸쭉하게 차린 마치 잔치 마당 같은…….

내려가는 시내버스엔 승객이라곤 나 한 명뿐이네요. 직행버스보다 이 시내버스가 나는 훨씬 좋습니다. 직행버스 차창이 14인치 텔레비전이라고 한다면, 완행버스 차창은 한눈으로도 다 가늠하여 볼 수 없는 대형 스크린 같습니다. 그 넉넉하게 받아들이는 바깥 풍경이 무진 좋습니다.

때마침 저녁 햇살이 닿네요. 예의 그 금빛 들녘으로 닿아 부서지는 저녁 햇살은 곱고도 눈부십니다. 그 눈부심은 또한 무슨 절절한 설움 같기도 한 것이지요.

가을이 그런 것이겠지요? 아름다운, 거기에 더하여 저마다 저며 나온 쓸쓸함이, 따뜻한 집과 사랑하는 사람들에게로 가 안기고픈 마음 절절한 귀소(歸巢)의 시간······.

28 / 첫사랑 같은 산
– 덕유산 종주(남덕유~북덕유)

육십령에 나를 내려놓은 버스 운전기사의 그 미소가 산길을 오르는 내 뇌리에서 한동안 머물렀습니다. 그 한량 없는 넉넉한 미소와 더불어, "다음에 언젠가 꼭 만날 것 같습니다. 얼굴을 많이 봐 뒀으니, 만나게 되면 제가 반갑게 인사할게요."라는 마지막 인사까지.

틈바구니 시간이면 언제나 산을 찾는다는 그 남자의 얼굴에선 좀처럼 미소가 사라지는 일이 없었답니다. 손님이 타고 내릴 즈음이나, 전화가 걸려올 적이거나……

버스터미널에서 나를 첨 보고선 깜짝 놀랐다나요. 자신이 가진 배낭과 같은 종류인데다가, 자신처럼 살집이 적은 사내 한 명이 터덜터덜 중등산화를 신고 나타난 것에.

생은, 홀로 산길을 걷는 것처럼 육십령 들머리에서 할미봉을 거쳐 남덕유산과 마주해 있는 서봉으로 오르는 길은, 가없는 오르막의 연속입니다. 이번 산행은 육십령 들머리에서 할미봉 남덕유를 거쳐 북덕유 향적봉에 이르는 23km 덕유산 능선 전체를 가로지르는 일정입니다.

엊그제 내린 비와 간밤 머금은 이슬 사이, 아직 산길은 깨어나지 않았습니다. 구절초며 쑥부쟁이가 간간 맑은 얼굴로 인사하기도 하고, 습기에 고무된 버섯들이 그 우산을 펼쳐 들기도 합니다. 햇빛도, 구름도, 바람도, 떠도는 공기 입자들도 참 알맞게 버무려진 날입니다.

아직은 푸른빛 성성한 상수리나무, 졸참나무, 더러 굴참나무. 나뭇잎 사이 어리고 맑은 가을빛이 부시게 터져 들기도 하고 하늘 뚫린 틈으로 맑은 파아란 하늘, 간간 구름 몇 조각. 한참 더 위로는 남덕유산과 서봉이 하늘에 닿을 듯 휘장을 드리우고 있습니다.

오늘은 김밥 준비를 못 해 왔네요. 버스 시간을 너무 촉박하게 계산한 것도 그랬지만, 잠깐 정차를 하고 '아줌마, 김밥 두 줄요~' 말 건네면, 단 몇 초 만에 어슷어슷 김밥을 썰어 넣어주던 그 단골 집은 연휴 휴업중이었습니다.

그렇다면, 그저 비상용으로 한 통 사 넣은 초코파이 두어 개로 허기를 달랠 수밖에 없네요. 마른 빵으로 허기를 달래고 나니, 밥 생각이 더욱 간절해집니다. 약간 매운 된장찌개에 잘 익은 김치 몇 점으로 쓱쓱 비우는 밥…… 꿀꺽…….

지리산에서부터 7일째 대간 종주를 하고 있다는 한 사나이를 지나칩니다. 그을린 얼굴에 면도하지 않아 마구 자란 콧수염이 낯선 얼굴. 어디, 인도네시아 원주민처럼 보였다고 빗대면 그림이 그려질 라나요? 힘겹게 고갯길을 오릅니다. 그 사내를 힘겹게 하는 것은 물기 머금은 무거운 배낭인가 봅니다. 백운산 비박에서 비를 맞았 다나요? 고역스럽게 고갯길을 오르는 그 모습을 뒤로하면서, 도대체 순례자의 고행과도 같은, 산행이란 도대체 무엇인가를 생각해 보았습니다.

특히나, 홀로 걷는 산길이란 사람의 생을 닮았구나. 일단 그 길 에 접어든 이상, 쉼 없이 그 길을 걸어야만 하는…… 때로 힘겹고, 때로 외롭기도 한 그것. 그러나 외로움도 힘거움도 어디까지나 생 의 일부분일 뿐. 걸어 지나쳐 온 길의 보람과 성취감, 산 내음, 바람 결, 들꽃의 미소 같은 위안 들이 더해져서 그렇게 길과 시간을 짚어 나가는 것, 그것이 산행이기도 하고, 우리네 인생이기도 한 것 아닐까. 조금은 쓸쓸하고 외롭지만, 그 속에서 발견하는 걸음걸음의 반짝임…… 결국은 그것이 우리의 생이라는 것…….

서봉.

남덕유산 쪽에서 이른 가벼운 배낭 차림의 남녀 한 쌍. 남자가 여자의 어깨를 뒤에서 두른 다음 주변의 풍광을 보고 있다가, 나를 보더니 슬그머니 손을 내립니다. 서봉 주변으로는 갈빛이 더해져 있네요. 점점 기온이 내려가고 있으니, 가을빛이 내려닿는 것도 이젠 날을 다투겠지요.

남덕유산 봉우리에 이르니 오후 3시에 가깝습니다. 이제 다시, 월성재를 지나 삿갓봉을 넘으면, 오늘 하루 머물게 될 삿갓재대피소가 나옵니다. 2시간 남짓의 거리에 있답니다.

대피소에 이르자마자 저녁 채비를 합니다. 마른 빵으로 떼웠던 점심이 입안을 칼칼하게 했었거든요. 인스턴트지만 육개장을 끓입니다. 얼큰하니 맛있습니다. 묵은김치는 더 할 나위 없는 맛이지요. 맞은 편에 앉은, 혼자 온 남자에게도 권해 봅니다. 지난 봄부터 산의 매력에 빠지기 시작했다네요.

식탁에 올려진 소주는 '나, 이 지역에서 왔소.'를 광고라도 하는 듯합니다. 그 남자가 올려놓은 것은 대전지역 소주랍니다. 내가 가져간 경남의 소주와 한 잔씩 나눠 맛을 봅니다. 술 맛에 젬병인 나는 소주 맛이 거기가 거기지하고 속으로 뇌어 보았지만 그 사내, 가져온 통조림살코기를 기름에 둘러 구워내면서 예민한 소주 술미각을 자랑합니다.

자릴 배정받고 남은 술잔을 기울이니, 밤과 함께 으스스 추위가 몰려듭니다. 동녘으로 밝은 달이 떠올랐네요. 어제 볼 수 없었던 보름달입니다. 그러나 오랫동안 달구경을 하기엔 걸쳐 입은 얇은 외투만으로는 감당할 수 없는 추위의 서슬.

대피소 안, 조금은 흐릿한 형광등 아래 책을 읽는가 했는데……까물까물 책을 보다가 졸았습니다. 피곤했나 봅니다. 책을 일찍 거두고 눈을 감고 자리에 누웠습니다. 한 쪽에선 벌써 맹렬하게 코고는 소리가 들려옵니다.

첫사랑 같은 덕유산.

추석 바로 뒷날인 탓인가 봅니다. 덕유산 구석구석을 자주자주 다녀봤지만, 오늘처럼 한가한 산길은 일찍이 없었답니다. 어느 산 능선이든 관광버스로 부려놓은 단체 산행객들의 행렬과 마주하곤 했었는데…….

키 세운 산죽잎이 쓰윽 가슴을 매만지기도 하고, 청량한 가을바람이 다가와서 얼굴을 비비기도 하지만, 가도 가도 마주하는 사람은 없습니다. 어쩌다 두어 시간 만에 한두 명 지나가는 사람 정도. 이는 내게 과분한 호사처럼 여겨집니다. 이 고요…… 이 청량한 가을빛의 고즈넉한 능선길은 오롯이 당신과 만나는 일이 되니까요.

무룡산 근처에서 산봉우리와 어우러진 덕유산 운해의 장관을 맞이합니다. 산악 시계 온도계가 9도를 가리키는데, 손목 체온의 편차를 감안한다면 7도 정도나 되는 싸늘함에도, 딴 세상에 부려진 듯 꿈속 풍경인 듯 그 풍경에 젖어 한동안 몽롱해 있었습니다.

덕유산은 내 첫사랑 같은 산이랍니다. 첫사랑은 '처음 갖는 사랑'이란 뜻만은 아니라고 자의적으로 말하겠습니다.

뭐랄까요? 사람들은 이런저런 마음의 쏠림을 이름하여 '사랑'이라고 하지요. 타인에 대한 감정을 구분하여 이건 이런 마음, 저건 저런 마음이라고 따로 이름하여 붙일 수 없으니까. '사랑'이라 하면 통하지 않는 것이 없으니까 그냥 싸잡아 쉬이 '사랑'이라 한답니다. 때로 세상엔 사랑이란 단어처럼 간편한 명명이 없을 지경이기도 하지요. 그러니, 사람들과의 부대낌 속에서 수많은 사건과 감정들의 뒤채임 속에 살아가며 숱한 사랑을 겪는 것이 또한 우리네 인생이지요.

그러나 그 속에 담긴 숱한 사랑 중에서도, 홀로 쓸쓸하지만 홀로 빛나고 잊히지 않는 하나의 사랑이 있다고 한다면 나는 그것을 기꺼이 '첫사랑'이라 이름 붙이고 싶습니다.

지리산은 다른 사람들의 말처럼 어머니 같은 산이랍니다. 허전하고 막막할 때 그 속에 들어서기만 해도 위로받는 따스한 느낌 넉넉하고 푸근한 것이 온몸을 껴안아 주는 산이지요. 그래서 어머니 같다는 비유가 참 적절하구나. 그런 생각 자주 했었습니다.

그러나 덕유산은 이렇습니다. 그 어느 산모퉁이 길가의 어여쁜 님과 같고, 아련한 옛 추억을 더듬는 흑백 사진첩과도 같은, 목청 너머로 돌아 나올 듯 말 듯 한 속울음과도 같은 그런 산, 그런 산길.

저 억새 너머 호젓한 산길에서 금세 방싯 웃으며 그리운 님이 달려올 것만 같은 산입니다. 혼잣말로 나직이 소리 내어 봅니다.

덕유산 내 첫사랑……:

29 / 늘 그리웠던 당신
- 계관산

늘 가던 김밥 집에 들렀더니, 10년째 한 줄에 1,000원이던 김밥이 1,300원으로 올랐더군요. 한 줄 김밥 가격은 1300원이 아니라 2,000원이어도 비싸다는 생각은 들지 않는데…… 이상하게 허전했습니다. 무슨 쓸쓸한 느낌 같기도 했습니다. 무슨 까닭인지 10년 넘게 알던 사람이 별안간 낯빛을 바꾸고 이름을 바꾼 것 같은 그런 느낌……. 김밥 두 줄 2,600원.

일요일 오전까지 내릴 거라던 비는, 새벽같이 중부지방으로 북상을 했나 봅니다. 길을 나섰습니다. 바람이 불어옵니다. 구름 사이 드문드문 비치는 햇빛에 새로 돋은 눈부신 새잎들의 모습이 새삼 감동입니다. 오셨네요 당신! 늘 그리워했답니다. 이 누추한 표현을 용서하세요. 그렇습니다. 얼마나 자주, 그리고 오랫동안 당신을 그려왔는지 모릅니다. 겨우내 옹송그리며 지낼 즈음에도 어쩌다 해바라기를 하며 등을 데울 때에도 당신을 그리며 꿈꾸며 그 이름을 중얼거리곤 했지요. 버릇처럼 버릇처럼…….

길섶으로 한바탕 봄꽃이 흐드러진 자리 너머로 새잎들이 돋아나고 있습니다. 산허리에는 아직 화사한 산벚나무 꽃 덤불도 보이고, 아이들이 나무 그림를 그리면 아마도 이런 모양이 나올 테지요? 몽글몽글 동화의 구름 같은 연둣빛 새순이 나무를 에워싸기도 합니다. 그리웠던 빛깔이었습니다.

몇 년 전쯤이었을까요? 서하초등학교 능수벚꽃을 본 뒤에, 오늘 오르는 이 산을 찾았던 것이. 그것도 벌써 아득한 시간 저층으로 멀어져 가는군요.

고갯마루에 이르니, 바람은 더 많이 거세게 불어오고 구름안개에 풍경마저 닫혀 버렸습니다. 어둑한 사방, 인적이 없는 산길을 오르니 새삼 낯설고 서먹한 느낌이 몰려옵니다. 그러나 이내, 적막과 고요는 등줄기로 한두 방울 돌아 오르는 땀방울과 한 몸이 되어, 평안으로 찾아듭니다. 구름 안갯속 키 큰 나무들 사이로 진달래꽃이 그 어느 산모퉁길에 서서 어여쁜 임 날 기다리듯 애틋한 빛으로 젖어 드는 느낌까지 익숙하게 재생이 되는군요.

능선을 오르니 바람은 사뭇 차가워집니다. 높은 산마루까진 아직 봄빛이 다 차오르지 않았네요. 큰 나무들 아래 바짝 엎드린 작고 애진 목숨들 먼저 꽃을 피워 봄을 알리고 있습니다.

산정에 이를 무렵엔 몸을 가눌 수 없을 정도의 거센 바람과 마주합니다. 안개 머금은 바람은 마치 비를 뿌리기도 하는 것 같네요. 무슨 까닭인지 예전의 '괘관산'은 '계관산'으로 바뀌어 있고 그것도 바위로 아찔한 곳에 있던 정상 표지석은 자리를 비웠습니다. 이병주가 쓴『지리산』이란 소설에도 이 '괘관산'은 자주 등장하는데…… 어찌하여 '갓걸이산' 괘관산이 '닭벼슬산' 계관산으로 개명되었는지 알 수 없습니다. 새로 새긴 무수한 이정표는 반복하여 새 이름을 말하지만, 나는 여전히 옛 이름을 웅얼대며…… 또 한편으론 이름이야 또 어떠하랴 생각도 하며 걷고 또 걸었습니다.

이제 당신은 머잖아 이 높은 산봉우리까지 차올라 목숨으로 더욱 푸르러지겠지요. 몇 번의 계절이, 또 몇 번의 속절없는 그리움이 내 생의 시계를 되풀이하는 동안 나는 또 그들의 이치에 따라 아득해질 테고요. 걸음을 재촉해 아래 자락으로 내려서니 다시 봄빛 일렁이는 가슴입니다.